十年，许你情深如故

静文 著

远方出版社

图书在版编目(CIP)数据

十年，许你情深如故/静文著.—呼和浩特：远方出版社，2017.5
（紫水晶情感小说系列）
ISBN 978-7-5555-0839-7

Ⅰ.①十… Ⅱ.①静… Ⅲ.①长篇小说—中国—当代 Ⅳ.①I247.5

中国版本图书馆 CIP 数据核字（2017）第 113704 号

十年，许你情深如故
SHINIAN，XUNI QINGSHEN RUGU

作　　者	静　文
责任编辑	蔺　洁
责任校对	蔺　洁
出版发行	远方出版社
社　　址	呼和浩特市乌兰察布东路 666 号　邮编 010010
电　　话	（0471）2236471 总编室　2236460 发行部
经　　销	新华书店
印　　刷	三河市华东印刷有限公司
开　　本	155mm×225mm　1/16
字　　数	200 千
印　　张	16.5
版　　次	2017 年 5 月第 1 版
印　　次	2017 年 7 月第 1 次印刷
标准书号	ISBN 978-7-5555-0839-7
定　　价	38.00 元

如发现印装质量问题，请与出版社联系调换

楔 子

深秋十月，染黄了整片大地。

一男一女，一前一后地走出民政局大门，两人鼻梁上各自戴了一副茶色墨镜，令人看不清他们眼中的神色。

女的是殷雪，她一改以往素净的衣着，穿了一件火红色的风衣。这样的打扮，在民政局门口格外显眼。走下台阶，殷雪停下脚步。凉风起，树上枯黄的叶子在空中打了个转儿，从她肩上飘落，最后落在她的脚下。摘下墨镜，她缓缓转身，露出一张妆容精致却冷若冰霜的脸，"穆先生，恭喜你恢复单身。"

穆倾尘薄薄的唇抿得极紧，明媚的阳光下，那张刀刻般俊朗的面容覆上一层厉色。他缓缓扬起手，修长的手指间夹了一张巨额支票，墨色镜片后那一双深邃的眸子闪过复杂的神色，朗声道："有了这笔遣散费，你下半辈子尽可衣食无忧。以后，不要再来找我了。"

听到最后一句话，殷雪脸上的血色尽褪。良久，她红唇勾起一抹讽刺的弧度，接过支票飞快地撕得粉碎，朝穆倾尘面上一扬。

"穆先生，祝你和老情人早日破镜重圆，百年好合！"从牙缝中挤出这句话后,殷雪挺直脊梁,踩着高跟鞋头也不回地穿过马路,钻进一辆没有牌照的黑色奥迪车。

目送殷雪转身离开到那辆车消失在视野里,穆倾尘这才收回目光。他伸手拂去肩上的碎叶片,目光落在左手无名指的婚戒上,他的心仿佛被一只无形的大手狠狠攥住,剧烈而绵延的痛令他不由得紧蹙眉头。

恍惚间,他和她在一起的每一幕仿佛幻灯片般在脑海里一一闪过,她是他最爱的女人,是他一心要相守白头的妻子。如今他们却走到离婚这一步,虽是形势所迫,但也只能怪他身不由己。

叹息一声,穆倾尘快步走到停车场,刚坐上车,他的手机响了起来。

电话接通,叶佳妮温柔的声音从话筒里传来:"倾尘,我和小天做好了饭菜,你要不要过来和我们一起吃?"

"改天吧。现在这个时候,我刚刚离婚,咱们不宜立刻见面。"语落,穆倾尘立即挂断电话,顺便关了手机。

启动车子,穆倾尘驶离了停车场。一路上他甩掉了跟踪的几拨人马,最终在胡同深处换上一辆不起眼的奇瑞QQ,直奔飞机场。

这时候,不知道能不能赶得上为她送行。双手抓紧了方向盘,穆倾尘难得露出一丝焦急的神色。

滨城,机场大厅。

"闵老师,今天我演技还不错吧!"殷雪坐在椅子上,调皮地眨了眨眼。此刻的她面色红润,眼眸澄清晶亮,根本看不出来是一个刚离婚的怨妇。

"非常好。"闵浩哲俊朗的脸上浮现出浅浅的笑意,眼里闪过一丝疼惜，他从行李箱里取出毯子轻轻覆在她的身上，"天气转凉，小心身体。"

"谢谢。"殷雪掖了掖身上的毯子，双手下意识地放在小腹上，"闵老师，这次我去加拿大保胎多亏您多方周旋。我替肚子里的小宝宝谢谢您。"

"这些都是我应该做的。"闵浩哲身边放了两个旅行箱，粉红色的是殷雪的，蓝色的则是他的。这一次，他会陪同殷雪前往加拿大，亲自将她送到弟弟闵楠的医院，安排妥当后才会回国。

"还是给您添麻烦了。若不是您这次正好要去加拿大那边讲学，我是无论如何都不敢让您这位大学者陪我跑一趟的。"

"你我认识多年，除了师生情谊，我们还是很好的朋友，何须言谢？"闵浩哲笑笑，拿出两张机票，"时间差不多了，雪儿，我们该安检了。"

"嗯。"殷雪站起来，将毛毯叠好递给闵浩哲，趁着他往行李箱塞毛毯的空当，她下意识地环顾四周，却没发现那人熟悉的身影。

"雪儿，我们走吧。"

"嗯。"垂下眼睑，遮挡住眸中失落的表情，殷雪默默地跟在闵浩哲身后。

此时，远处的一根柱子后，闪出了一抹颀长的身影。看到殷雪不时回头张望，穆倾尘心中一紧，置于身侧的双手不由得暗暗握拳。

安检处排起了长龙，穆倾尘目力极佳，他眼睁睁地看着那抹火红的身影一点点地挪动，最终消失在视线里，这才戴上墨镜，迅速离开。

殷雪和闵浩哲一起顺利登机，她给闺蜜戚兮发了条微信：

"兮兮，今天我和穆倾尘办了离婚手续，现在我在飞机上，打算去加拿大保胎。抱歉，我没有事先告诉你这些，好好照顾毛毛，保重身体。"

微信刚刚发过去，戚兮立刻打来了电话。

"雪儿，你真的和穆少离婚了？"戚兮开门见山地问。

"嗯。"

"天！我以为你只是口头说说的！穆倾尘这个王八蛋，他明明知道你怀了他的孩子还和你离婚，他还有没有良心？"

听到戚兮一副激动的语气，殷雪不禁扶额。她就知道戚兮是个火爆脾气，才没有把离婚的真相告诉她，也没让她过来送机。

"戚兮，有些事我现在不便和你说。闵老师陪我一起去加拿大，飞机马上起飞了，等到了加拿大我再和你联系。你不用替我担心。照顾好自己和孩子，乖！"

"是闵浩哲老师吗？哦哦哦！我明白了！雪儿，穆倾尘是靠不住了，闵老师这么多年一直都很喜欢你，他条件又不比穆倾尘差。这一次，你可要把握好机会哦！好了，我不打扰你们的二人世界了。到了那边记得给我发微信，再见！"语落，戚兮立刻挂断了电话。

殷雪哭笑不得地将手机从耳边移开，对上闵浩哲探究的眸子，她关了手机，耸了耸肩膀不做解释。

不久，飞机缓缓起飞。殷雪坐在最里面的位置，透过小小的窗子向下俯瞰。

"刚刚是戚兮打来的电话？"身边的闵浩哲突然发问。

"嗯。"殷雪讶然，脱口道："闵老师，您还记得她？"

"我记得你念书的时候，有一个叫戚兮的好闺蜜。"

"是啊，她是我最好的朋友。"

想到自己能和穆倾尘走到一起，戚兮这个媒人可谓功不可没，殷雪面上的神色愈发柔和，她从随身的包里拿出一本《男式针织衫花样图》随意翻看了起来。

闵浩哲愣愣地看向身旁淡雅的女子，她向来素面朝天如清水芙蓉，没想到离婚之日却画了淡淡的妆容，原本精致玲珑的五官透着几分纯媚，白皙的肌肤近乎透明，长长的睫毛如同蝶翼，那美好的侧面如同一幅雅致到极点的水墨画，在他平静的心湖激起层层涟漪。

"雪儿，你和穆倾尘离婚真的一点都不担心吗？"闵浩哲忍了又忍，最终没沉得住气。

殷雪卷翘的睫毛一点一点地扬起，露出清澄明亮的瞳仁，她的目光转向窗外，唇角恰到好处地扯出一抹温婉的笑意。蔚蓝的天空，洁白的云朵，一切干净而纯粹，令人心旷神怡。

叹息一声，心头泛起难言的酸涩，殷雪低下头，双手叠起放在小腹上，唇角的笑意分外柔和，淡淡道："闵老师，我相信命运，更相信他。"

闵浩哲讶然，心突然疼了一下，看到殷雪难过却坚定的表情，他心底的那点期冀瞬间土崩瓦解。

殷雪并未留意闵浩哲的神色，此时她思绪翻飞，一年前和穆倾尘再次相遇后发生的一幕幕在她脑海中一一掠过……

目录

第一章　新欢旧爱一锅炖 / 001

第二章　斗渣男灭小三 / 026

第三章　终极大老板的垂青 / 045

第四章　死缠烂打的大老板 / 066

第五章　惊艳亮相 / 086

第六章　怦然心动 / 108

第七章　求婚成功 / 134

第八章　信任危机 / 158

第九章　冰释前嫌 / 176

第十章　阴谋诡计 / 199

第十一章　婚姻保卫战 / 215

第十二章　千帆过尽，我仍在等你 / 232

第一章　新欢旧爱一锅炖

一年前。

春末夏初的滨城，晚风中透着些许薄凉。

一辆黑色轿车稳稳地停靠在华府小区门口，副驾驶的车门打开，一个身穿白色连衣裙的女子走了下来。

"谢谢你，穆先生。"挡风玻璃下落，殷雪弯下身子，对坐在驾驶座的男人笑了笑。

"殷小姐不必客气，顺路而已。"穆倾尘明亮的眸子暗淡了几分，唇角的笑意略显僵硬。

"那好，我们明天见。"殷雪冲穆倾尘挥挥手，大步走进了华府小区。

夕阳西下，天际红霞遍布，头顶却似有阴云密布的趋势。穆倾尘将车子熄火，点燃一根烟夹于指间，定定地看着那抹娇俏的身影。渐渐的，那抹白色变得模糊，最终彻底消失在视野里。那一瞬间，他有种她就此从他生命中走出的错觉，心尖猛地一痛。

她现在很快乐，在他不在的日子里，她已经找到了属于自己的幸福。或许，到了应该放手的时候了。

手指传来灼热感，穆倾尘收回心神，将一口没吸的香烟捻灭。启动车子，调转车头，刚开出没多远，他发现副驾驶的座位上多了一部手机。这时，手机铃声响起。

这手机应该是殷雪遗落的,穆倾尘一边将车子停靠在路边,一边接通了电话。

"雪儿,你应该去找纪温言谈谈。要不要我陪你一起去?"话筒里传来女人急吼吼的声音,穆倾尘看了眼手机屏幕,是一个叫"兮兮"的女孩儿打来的电话。

"不好意思,我是穆倾尘。殷小姐将手机落在我的车上了。请问你是她的朋友吗?"

"哦,穆先生你好。我叫戚兮,是雪儿的好朋友。你现在在哪儿?我这就去帮雪儿取手机。"

"我在华府小区这边。"

"我就在附近,麻烦你在小区门口等我一下。"说完,戚兮干净利落地挂断了电话。

握着殷雪的手机,穆倾尘无奈地扯出一抹笑容,随即再次调转车头。

另一边,殷雪走进小区大门,下意识地裹了裹脖子上的纱巾。滨城是座海滨城市,这个季节格外阴凉。拐进单元楼,进了电梯,她看着那不断上升的数字,不由得幽幽叹息了一声。

算了算,她和纪温言差不多有半个月没联系了吧。

纪温言是她相处了四年的男朋友,两个人正打算谈婚论嫁。前一阵子,因为一些琐事他们在电话里吵起来,而后便开始了冷战。

在好友戚兮的劝说下,殷雪倒是主动给纪温言打过一个电话。电话打通了却无人接听,事后他并没有主动联系她。紧接着,殷雪被公司外派参加培训。等她回到滨城,一转眼半个月已经过去了,纪温言依旧杳无音讯。

"叮"的一声,电梯抵达十九楼,应声而开。

罢了，有什么事当面解释清楚好了。想到这里，殷雪硬着头皮走出了电梯。站在纪温言家门口，她从挎包翻出他家的钥匙，刚要将钥匙插入锁孔却发现门是虚掩的。

皱了皱眉，殷雪下意识地伸手推门。"吱嘎"一声，房门大剌剌地大开，一副不堪入目的景象映入了她的眼帘。

从玄关到客厅的地上，凌乱地散落着男女的衣物，其中不乏女人的蕾丝内衣和红色性感内裤。沙发上，两个叠加的身体正在上演人类最原始的律动，暧昧得令人恶心的气息扑面而来。

殷雪愣愣看着沙发方向，依旧保持伸手开门的姿势，脸上的血色一点点褪去，浑身的血液瞬间凝固。

"雪……雪儿……"纪温言率先发现殷雪，忙扯过毯子遮挡两个人的身体，语无伦次，"你……你怎么来了？"

殷雪的目光在那张熟悉的面孔上定格，唇角挂起似笑非笑的笑意，"抱歉，打扰你们了。"

语落，她转身，飞快地向电梯口跑去。

乘电梯抵达一楼，殷雪跑出单元门，一路狂奔出了小区大门。她的身子晃了晃，忙扶住马路旁的一棵柳树，大口大口地喘着粗气。

"雪儿！你听我解释。"纪温言一路追来，一把拉住殷雪的胳膊，"雪儿，我错了。这是第一次，你原谅我吧。对不起，我知道我错了！"

"放开！"殷雪狠狠甩开纪温言的桎梏，只觉他原本算得上俊朗的容颜此刻分外虚伪恶心。

"雪儿，别闹了！"

"我们分手吧！"

两个人同时说了一句话，纪温言顿时愣住，而殷雪心里竟有了一丝轻快。

这个男人，曾经在大学里苦苦追求了她三年。最后，在戚兮的劝说下，她试着和他交往。他们在一起的四年里，他是个称职的男友，对她嘘寒问暖，照顾有加。而她心里很清楚，她这辈子再也不能爱上任何人了。如今纪温言出轨被她抓了个现形，或许他们缘分已尽，不如就此结束了吧！

两个人拉拉扯扯期间，周围已经聚拢了一圈路过的居民。殷雪不想再纠缠下去，深吸了口气，强迫自己冷静下来，淡淡道："温言，我们分手吧。"

语落，她转身，却被纪温言再次拉住，"雪儿，我只问你一句话，你爱过我吗？"

殷雪顿住脚步，扭头看向纪温言。良久，她轻轻摇了摇头。

"呵！殷雪，你的心是石头做的吗？！这些年我对你怎样你心知肚明，你呢，你又是怎么对我的？"

周围围观的人开始指指点点，仿佛她才是出轨的坏女人。殷雪尴尬无比，咬着唇想要挣脱却抵不过纪温言的力气，一时间只觉无比难堪，眼泪在眼眶里打转转，却倔强地不肯流泪！

这时，一抹瘦小的身影突然冲到殷雪面前，戚兮重重地推了纪温言一把，强忍着上前扇他两个耳光的冲动，厉声道："纪温言，你这个劈腿渣男，当初是我瞎了眼才撮合了你和雪儿。现在明明是你对不起雪儿，还装出一副情圣的痴情样儿，真是不要脸！以后，你走你的阳关道，不要来骚扰雪儿，不然我要你好看！"

说着，戚兮拉起殷雪的手，拨开围观的人群，向外走去。

纪温言上前追了两步，戚兮回头瞪了他一眼。想到她是跆拳道黑带，纪温言终究还是止住了脚步。

"雪儿，你没事吧？"察觉到殷雪手心冰冷，戚兮关切地问道。与此同时，她一边四处环顾，一边拿起手机给殷雪的手机打电话。

见状，一直站在不远处目睹整场闹剧的穆倾尘快步走向两人。

"穆先生？"看到穆倾尘突然出现，殷雪微微错愕。不知道他刚刚有没有撞见她被纪温言纠缠的一幕，想到这里，殷雪皱眉，低下了头。

看到殷雪面无血色，一脸憔悴，眼眸失去了原有的光彩，穆倾尘心中又是欢喜又是心疼，他张了张口，想要安慰却不知从何说起，最终只能笑道："殷小姐，你的手机落在我车上了。刚刚你的朋友打了你的手机，让我在这边等她。"

殷雪抬头看向戚兮，"哦，原来是这样。"

穆倾尘笑眯眯地看向戚兮，道："这位就是戚小姐吧？"

"是的，我就是戚兮。穆先生，今天多谢你了。我这个好姐妹总是这样，整天迷迷糊糊，丢三落四的。"戚兮替殷雪接过手机，放进了她的包里。

"这个时候不太好打车，你们要去哪儿？我送你们。"

"穆先生，谢谢你的好意。不过不用麻烦了，兮兮开车过来的。"殷雪冲穆倾尘点了点头，挽着戚兮的胳膊想要离开。

这时，戚兮突然感到小腹一阵抽痛，她脸色一白，一只手捂住小腹，蹲了下来。

"兮兮，你怎么了？"殷雪见戚兮疼得额头沁出一层冷汗，忙递了张纸巾给她。

"雪儿，我肚子痛，可能刚刚不小心动了胎气。快，送我去医院！"

胎气？

听到这两个字，殷雪一惊，随即明白过来。天！戚兮竟然怀孕了！

"我的车就在那边,上我的车!"

"好吧!谢谢你。"这一次,殷雪不再拒绝。

穆倾尘帮殷雪搀扶着戚兮上了他的车,迅速启动车子,飞快地朝最近的医院驶去。

陪戚兮坐在后面,殷雪紧紧抓住她的手,眸子里满是紧张担忧的神色,"都是我不好,害你生气动了胎气。"

"别这么想,责任不在你。"穆倾尘的目光看向前方的路况,淡淡道。

闻言,殷雪一下子就明白了。

原来,他真的看到了……

"我没事的。"戚兮感觉好多了,在殷雪的手背上拍了拍,"你知道的,我身体向来不错,可能是头三个月,胎还不是很稳。去医院让医生看看就好了,没什么大问题的。"

十分钟后,穆倾尘的车子停靠在人民医院门前。这时,空中乌云密布,很快就下起了瓢泼大雨。

穆倾尘撑着伞,陪同殷雪一起将戚兮送进医院。一番检查下来,医生说并无大碍,只是开了些保胎药就让他们回去了。

离开医院的时候,已是华灯初上,在穆倾尘的坚持下,他开车送两个人回家。

"穆先生,今天多亏有你在。你现在还没吃饭吧?我们小区门口有一家川菜馆特别正宗,要不要一起吃个饭?"戚兮开口邀请道。

"还是改天吧。你们都早点回家休息,我晚上还有个应酬。"穆倾尘透过后视镜看向殷雪,见她神色萎靡,不禁露出关切又心疼的神色。

就在他守在华府小区等待戚兮过来的时候,他生怕会看到殷雪挽着一个男人的胳膊,两个人亲密地从小区里走出来。是的,十年了，他对她的感情一直都没有变。可是，当他得知她尚在人世而急匆匆从国外赶回来的同时，却又不得不面对她已经有了未婚夫、即将结婚的事实。

不过，他更没有想到会看到殷雪和纪温言分手的一幕。其实，他应该开心的，不是吗？可为什么看到她红着眼眶的样子，他的胸口会如此憋闷呢？

"好吧。"戚兮敏锐地察觉到穆倾尘微妙的情绪，她眼珠一转，笑着闲聊道："穆先生，你是雪儿的客户？"

"嗯。我刚刚从国外回来，在海边买了一套别墅。殷小姐是业内有名的室内装潢设计师，我便找上门了。"

"哦，原来如此。"戚兮暗暗将穆倾尘打量了一番，见他相貌英俊，气质儒雅，身上的西服亦是手工定制的限量版，顿时对他很有好感，"穆先生，方便留个电话吗？改天，等你有时间了，我和雪儿请你吃饭。"

说着，戚兮用手肘碰了碰殷雪的胳膊。

"……"殷雪一直不在状态，她抬起眼，茫然地看向戚兮。

"当然方便。"遇到红灯，车子停了下来，穆倾尘从口袋里掏出手机，"把你的手机号告诉我。"

戚兮笑眯眯地报上了自己的手机号，穆倾尘立刻给她拨了回去。戚兮将穆倾尘的号码存到手机里，两个人仿佛早就相识一般，一路上不停地聊天。很快，通过一问一答式的交谈，戚兮对穆倾尘有了大概的了解。而殷雪一直沉默地坐在戚兮身旁，心里奇怪戚兮怎么好像在查户口。两个人的谈话她插不上嘴也无心接入，只是杵着下巴望向窗外一闪而过的夜景发着呆，直到车子停靠在洛林小区的门口，她才回过神来。

穆倾尘下车，绅士地为两个人拉开车门。殷雪和戚兮一前一后地走下车。

"穆少，今天能认识你，我真的很高兴。咱们改天见。"戚兮大大方方地伸出手，和穆倾尘握了握。

"好的，改天见。"穆倾尘松开戚兮的手，目光转向殷雪，双腿不受控制地向她走了两步，伸手将她脖子上的丝巾拢了拢，柔声道："什么都别想，回去洗个澡好好睡一觉，明天一觉醒来，就什么都过去了。"

穆倾尘亲昵的举动令殷雪下意识地后退了一步，面颊微微泛红。抬眼，对上穆倾尘真挚而疼惜的眸子，她长而翘的羽睫猛地颤抖了一下，忙垂下了眼帘。一颗心，突然剧烈地跳动了起来。

"嗯。我没事的，你去忙吧。"语落，殷雪拉起戚兮的手快步闪进了小区。

没想到，十年过去了，不过遇上和那人相似的一双眼睛，她竟会脸红心跳，难以自持。做了几次深呼吸，殷雪渐渐平静下来。

殷雪和戚兮住在同一个小区的两个单元楼里，戚兮的男朋友李达这几天不在家，再加上不放心她这个孕妇，殷雪便打算今晚陪她一起住。

进了戚兮的出租屋，殷雪换了双拖鞋，来不及换睡衣便将自己丢进沙发里。今天发生的事，太过突然，令她一时间难以接受。

她和纪温言是大学同学，她学的是土木工程，而他学的是俄语专业。在大学里，他是她最执着的追求者。大学四年，每天早晨他都会守在她的宿舍楼下为她送上早餐。后来他大学毕业直接参加工作，而她被保送读研深造。在她念研究生期间，他直接在学校的家属楼租了房子，继续坚持每日为她送早餐。正是因为如此，研究生毕业季的时候，她被他的真诚和温柔打动，同意以男女朋友的名义交往。一直到现在，两个人在一起也差不多四年了。在她的印象里，纪温言一直是一个负责任的好男人，也是最懂她的人。他知道她是个外表倔强内心却无比脆弱的女子，于是他为她放弃了出国读研的机会，放弃了回到父母身边工作的念头，一心一意陪在她的身边。他苦苦追求了她七年，他们相识也有整整十个年头，说实话若不是亲眼看见了纪温言和别的女人滚床单，她是无论如何都不敢相信这个十年里每天早午晚按时给她打电话、为她送了七年早餐的男人会做出这种事！

"你的睡衣，还有，喝水。"戚兮从卧室里翻出殷雪的睡衣丢在她身上，又为她倒了杯水放在一旁的茶几上。

殷雪默默换上睡衣，将那杯白开水一饮而尽，随即又躺回到沙发上，将自己蜷缩成一团。此时此刻，她的脑子乱成一团，眼前不时浮现出纪温言家里沙发上的一幕。那是他为了迎娶她而买的婚房，装潢设计出自她手，房子里的每一件家具，甚至每一个小摆设两个人是都用了心思千挑万选出来的。而今，纪温言将其他女人领回了他们的爱巢，甚至做出了那样的事情，这让她情何以堪！

见好友一副半死不活的样子，戚兮蹲在沙发前，拍了拍她的后背，柔声道："雪儿，塞翁失马焉知非福。谁都没想到纪温言会是那样的人，你千万别为了这种人伤心，不值得。我看你身边就有不少好男人，你得好好调整一下，为自己的将来做打算啊。"

"我还有什么'将来'可言？"殷雪叹息了一声，坐了起来，"兮兮，别替我担心，我没事的。你先去床上躺着休息一下，我去给你做晚饭。你现在是孕妇，不能饿肚子。还有，保胎药记得按时吃。"

说着，殷雪起身朝厨房走去。

"雪儿，你若是心里难受，就哭出来吧。你这样，我看着心疼。"戚兮温柔的声音在身后响起，透着几分哭腔。

顿住脚步，殷雪眼睛有些湿润，她重重地咬了一下下唇，声调平静道："我没事的。兮兮，我记得我和你说过的，我是一个没有心的女人。既然无心，又怎么会伤心呢？"

殷雪的唇角弯起一抹苦涩的弧度，两行清泪却无声地滚落了下来……

三天后，周六一大早，尚在被窝里和周公聊天的殷雪被戚兮一把捞了起来。

"雪儿，快起来，我有事和你说。"戚兮将手中的手机扬了扬，一脸得意的笑容，"我帮你搞定了一个相亲对象，对方想约你出去吃饭。"

"大姐，拜托，让我再睡一会儿吧！"殷雪打了个哈欠，重新躺回到床上。

失恋后的这三天，她一直住在戚兮这边。当着她的面，她每天都装出一副无所谓的模样，每到夜里却只能盯着天花板发呆，暗自流泪到天明。这不，她刚刚迷迷糊糊地睡了一会儿，就被戚兮这位姑奶奶掀了被窝，那滋味儿别提多痛苦了！

看着殷雪眼底浓重的黑眼圈，戚兮不由得心疼，却还是再次把她拉了起来，"不行，你必须得起来梳洗打扮。相亲嘛，最重要的还是看脸。你现在这幅鬼样子可怎么出去见人啊！雪儿，我知道你心情不好需要调整，我不应该逼你出去相亲。可你看看你——年近三十，研究生学历，年薪二十万，你这可是典型的三高女。和你年纪相仿的优秀男人，早就结婚生娃了，能遇到一个各方面条件匹配的那可是相当不容易了！今天这个可是我从十几个男人中精挑细选出来的,人家可是国外创业归来的钻石王老五,人长得也不错,你可千万别错过了。"

被戚兮一顿碎碎念,殷雪彻底清醒了。她知道再继续赖床下去也是徒劳,于是顶着一对熊猫眼默默地从床上爬了起来。

洗漱间里,殷雪拧开水龙头,将冰冷的水泼在脸上。洗漱完毕,她拿起一旁的毛巾,抬头的瞬间看到对面镜子里憔悴的自己。水滴沿着脸庞汇聚在她尖尖的下巴,又滴落在光裸的胸口。不过三天的时间,仿佛换了个人一般,她眼圈发黑,眼眸空洞,头发也是乱糟糟的鸡窝状,整个人也瘦了一大圈。

看来今天就算不去相亲也得出去转转了,再这么颓废下去终究不是个办法。用毛巾胡乱地擦了擦脸,殷雪走出洗漱间,径直去了厨房。

餐桌上摆放了两碗米粥和一屉小笼包,是戚兮起早下楼买来的早餐。殷雪的胃口依旧不好,她缓缓落座,低头默默地喝了一口粥。戚兮无奈地摇了摇头,陪殷雪用完早餐,主动收拾起碗筷。

"还是我来吧,厨房地滑,小心跌倒伤到肚子里的孩子。"殷雪抢过戚兮手中的两个空碗,动作利落地拾起桌上的两双筷子。走到水池前,她挽起袖子开始刷碗。

"雪儿,对方把地点约在滨城大学的那家咱们经常去的咖啡厅。"戚兮站在殷雪身旁,开口说道。

"我的事先放一放,戚兮我想问问你和李达接下来有什么打算?"这几天殷雪一直沉浸在失恋的痛苦中,把戚兮怀孕的事都忘记了,"你和李达结婚也有三年时间了吧,当初他说家里困难只能裸婚,你不要房子不要婚戒不要婚礼就和他领了证。结婚这么多年,你们手头应该有些积蓄了。现在你怀了孩子,总不能孩子出生后你们一家三口还继续租房子住吧?"

即便纪温言已经准备好了婚房，殷雪还是在去年为自己在洛林小区买了一套小户型的房子。而戚兮虽然和她住在同一小区，却是租来的房子。戚兮和李达都是从农村走出来的孩子，两家老人经济条件都很一般。当初结婚时，李家拿不出房子首付的钱，戚兮二话没说和他领了证，将裸婚进行到底。可就在去年，李达家的房子动迁，政府给了一大笔动迁款，具体金额殷雪并不知晓，但她总觉得李家完全可以拿出一部分动迁款给小夫妻付个首付，让他们在滨城顺利安个家。

"其实结婚后，我们一直都在很努力地赚钱，手头也有了近三十万的积蓄。可你知道的，今年年初我公公得了场大病，李达把我们的钱都邮寄给家里了。现在，我是真的没钱买房了。"戚兮伸手在平坦的小腹上摸了摸，一脸纠结，"我们大人也就算了，可孩子将来生下来还住在租来的房子里，我想想就觉得很难过。"

"李达父亲什么病，要花三十万？他们去年就动迁了，动迁款去年的下半年就已经下来了，为什么还要用你们的积蓄？"殷雪洗完碗，拉着戚兮回到客厅，两个人在沙发上挨着坐下，"兮兮，你别太傻了，留个心眼好不好。现在你们手头没钱，若是将来李家出钱买房，房产证上又不写你和李达的名字，你就吃大亏了！"

"雪儿，你说这话是什么意思？"戚兮不解地看向殷雪。

"如果李家出钱买房，写了他们的名字，将来你若是和李达离婚，是分不到房子的。"

"李达才不会和我离婚呢，你这乌鸦嘴别瞎说！"

"好吧，算我多心了。我当然希望你和李达能举案齐眉，白头到老。可你也看到了，就连纪温言那样的男人都能出轨，人心难测啊！兮兮你一定要记住，将来你和李达的房产证上必须有你的名字,知道了吗?"殷雪握紧戚兮的手,郑重地说道。

"雪儿,你在怪我,对不对?高中时,我亲眼看到你和沐晨在一起时有多快乐,我知道你对他的感情是谁都不能取代的。我就不应该撮合你和纪温言,若是你们没有在一起交往,他就不会伤害到你了。"

猛地听到"沐晨"这个名字,殷雪顿时红了眼眶。戚兮和她是高中同学,两个人那时就是很要好的朋友。她和沐晨的故事,她是最清楚不过的。

"雪儿,对不起……"

"兮兮,这世上除了沐晨,你是对我最好的那个人。你知道的,自从父母突然离世,我身边再无亲人。从高中到大学再到现在,我们认识也有十几年了吧,在我心里我早就把你当成亲人看待了。我知道你心里是怎么想的。没错,当初若不是你极力撮合,我是不会同意和纪温言在一起的。因为我知道沐晨的死是我这辈子都迈不过的那道坎儿,我再也不会爱上任何人了。不过,和纪温言交往的决定最终是我自己做出的,而今他劈腿了,要怨也只能怨我有眼无珠看错了人,和你一点关系都没有。"

"雪儿……"

"兮兮,其实我应该庆幸的。若是我和纪温言领证结婚后才发现他出轨,那就更糟糕了。要知道离婚可比分手麻烦多了。况且还有你这个好姐妹陪着我,我应该感到幸福才对!"说着,殷雪挽着戚兮的胳膊,将头搁在她的肩膀上,"兮兮,和纪温言在一起的这些年,我曾经努力过,想让自己爱上他。可感情这东西终究是勉强不来的,或许分手于我而言也是一种解脱。"

"你能这么想就更好了。这世上还是有好男人的,雪儿你可千万别为了纪温言那一棵小树苗抛弃了整片森林。喏,今天中午十一点,滨城大学咖啡厅靠边的那个位置,就有一个好男人在等着你哦!"

"不会吧,真的要我出去相亲啊!"

"那当然!我和这人已经聊了三天了,好不容易才摸清了他的底细,你说帮你找个靠谱的相亲男我容易吗,你若是不去我的心血可就白费了啊!"

"好吧,我知道你一片苦心。可我今天真的没心情!"

"没心情才要出去散散心嘛!雪儿,你现在已经二十九了,找个合适的男人谈恋爱再结婚就得差不多一年的时间了吧,结婚后还得相处个一年半载才能要孩子吧!这么一拖,你可就成了高龄产妇了。不行,你必须抓紧时间相亲。今天这个看不中我手头还有十几个呢,咱们慢慢来,结婚可是女人一辈子的大事,总是要精挑细选的嘛!"

一听戚兮说她手头还有十几个相亲男,殷雪顿时一个头两个大。

戚兮站起来一边向卧室走去一边大声道:"好啦,别磨蹭了。你快去画个淡妆,我去帮你挑选衣服。现在都快十点了,咱们得抓紧时间!"

殷雪倒在沙发上,揉了揉乱糟糟的头发,无声地抗议。

戚兮折回来,手里多了几套裙子。看到殷雪躺在沙发上闭目装睡,忙将衣服丢在她身上。跑到厨房拿了把明晃晃的菜刀,戚兮回到客厅,朗声道:"你若是不去,我就立刻切腹自尽,让你知道啥叫一尸两命!"

闻言,殷雪睁开眼,看到戚兮那拼命的架势,不由得打了个冷战……

滨城大学。

校内一家咖啡店里，因为周六的缘故，前来消费的学生特别多。

站在咖啡店门口，殷雪愣愣地出神。这里对于她而言再熟悉不过了，她曾经在这所大学生活学习了七年时间，这家咖啡厅，她和戚兮、纪温言来过无数次。真没想到，戚兮会将她的第一次相亲安排在这里。

步入咖啡店，殷雪向右侧的窗边看去。靠窗的位置，绿色蔓藤花样铺就的桌布上摆放了一杯咖啡，一抹颀长的身影背对着她站在窗前。

这就是她的第一个相亲对象了吧。殷雪咬了咬唇，低头走到那男人的身后，小声道："你好，请问是……"

"殷小姐，没想到我们这么快就见面了。"男人快速转过身来，那张熟悉的面孔上挂着熟悉的儒雅笑容。

"……"殷雪瞪圆了双眼。

"殷小姐，请坐。"穆倾尘为她拉开椅子，随即绕过桌子坐到了自己的位置上，"要不要喝点什么？"说着，他挥手召唤服务生。

"一杯芒果汁吧。"殷雪对跑过来的服务生说道。

"再加一份水果沙拉、一份海鲜比萨吧。"穆倾尘补充道。

服务生一一记下，不到两分钟就将东西送了上来。

穆倾尘喝了口咖啡，笑道："听戚兮说这里的西餐很地道，价格也公道。她还告诉我，你喜欢吃这里的水果沙拉和海鲜比萨。"

殷雪咬着面前果汁的吸管，良久才小声说道："这家的咖啡也不错，老板是我们的校友，出国后回到这里开了这家店。我们学校的学生都很喜欢来这里。"

殷雪的声音越来越小，她低下头，面上略显尴尬。她和纪温言分手不过三天的时间，戚兮就给她张罗了十几个相亲对象。今天，在她这个中国好闺蜜的胁迫下，她开始了漫漫相亲路。

不过她真的没有想到，她的第一个相亲对象竟然会是穆倾尘！

他只是她的一个普通客户，因为要装修新买的别墅而和她有了交集。三天前，好巧不巧的，他目睹了纪温言和她分手的全过程。说实话，现在他以她相亲对象的身份坐在她面前，她多少还是有些尴尬的，甚至觉得十分狗血。难怪戚兮那天在回家的路上对穆倾尘查户口似的一番询问，原来那个时候她就已经把他列为她以后交往的首选之人了。

想到这里，再联想到今早戚兮威逼利诱她来相亲时一脸的精灵古怪表情，殷雪不禁又气又笑，平静的面上露出一丝无奈的苦笑。

殷雪不想开口说话，穆倾尘倒也有耐心，他只是静静地坐在那里，看向她的目光温柔而平静，眸子深处却似乎有一簇明亮的烛光跃动。

殷雪默默吃着盘中的比萨，目光偶尔掠过穆倾尘的面孔，却不敢与他直视。说实话，这是个十分英俊的男人。他的脸部轮廓线条仿佛刀刻般硬朗，五官立体而精致，薄薄的唇习惯性地轻轻抿着，透着几分肃穆威仪，尤其那一双剑眉下的深邃眼眸，漆黑如墨，仿若深潭般泛着凉意却又能令人不忍移开视线、深陷其中。

熟悉的心悸的感觉再次袭来，殷雪目光看向窗外，内心深处私密的一角探入些许阳光，前程往事飞快地在脑海中闪过，心头再次隐隐作痛。

时隔十年，这种痛并不剧烈，却十分绵长。仿佛一根根尖利的钢针，不经意间在她的伤口上猛地扎了一下，那种细细密密的痛犹如一张令人窒息的网,将她兜头罩住,就连呼吸都变得困难。

相对于殷雪的心不在焉,穆倾尘此刻的心思却全都放在了她的身上。对面的小女人显然为了这次的相亲做了充分的准备,她穿了一件蓝色短裙,衬得她肤白如雪,乌黑的长发高高盘起,露出一截雪白的脖颈,白净的脸上涂了淡淡的腮红,甚至还画了一个精致的眼妆。这样的殷雪,是他从未见过的。可即便如此,他还是能一眼看透她彩妆下惨白的脸色。

"殷小姐,你的脸色不是很好。是不是昨晚没有睡好?"察觉到殷雪情绪低落,穆倾尘打破沉静,柔声问道。

"哦,这几天都睡在兮兮家里。我这人有些赖床,换了个环境睡不踏实。"殷雪回过神来,低声答道。

见心上人依旧神情萧瑟,穆倾尘思虑再三,认真道:"雪儿,实话和你说吧。我第一次看到你就喜欢上你了,觉得你就是我这辈子要寻找的那个人。后来得知你有了未婚夫,而且即将结婚,我心里真的很难过。和你接触这几次,我一直不敢向你表白,担心你会因此疏远我,那样我们就连朋友都做不成了。可是……现在情况不同了。所以,我恳求你给我一个试着交往的机会,也给你自己一个开始新感情的机会。"穆倾尘一口气将心里话吐了个干净,他面上的神色十分真挚,心里却掀起了惊涛骇浪,目光紧紧盯着殷雪,不敢放过她任何微小的表情变化。

面对如此坦白的告白,殷雪微微惊讶,她没想到眼前的这个男人早就对她一见钟情,更没想到在目睹三天前那狗血一幕后,他还会坐在这里充当她的相亲对象。

戚兮是她最好的闺蜜,也是最为她考虑的人。她说她年近三十,是实打实的大龄剩女,再不急着相亲肯定嫁不出去,会孤老终身。只是戚兮一直都不明白的是,在她经历十年前那场无果的初恋后,她就已经心如死灰。而几天前的那次分手,让她彻底不再考虑男女之情,只想就这么一直单下去。

咬唇,殷雪鼓起勇气,抬眼看向穆倾尘,刚要开口说话,就听他笑着说道:"雪儿,你不必急着给我答复。我知道你这几天心情都不太好,也无心开始新的感情。我年长你一岁,你可以把我当成哥哥。心情不好的时候,我们可以一起吃吃饭看看电影,放松一下。"

殷雪没想到穆倾尘会这么说,轻描淡写的几句话便将她拒绝的话全部堵了回来。

"雪儿,我刚刚回国,这边也没什么朋友。你千万不要因为我的告白而有任何心理负担,我很喜欢你,也很欣赏戚小姐爽朗的性格。你们女孩子不是经常说每个女生都应该有个蓝颜知己吗?我可以当你们的男闺蜜啊。"

"好吧。"穆倾尘都把话说到这个份上了,她如果再拒绝就显得太不通情理了。殷雪身子向后,靠在沙发上,面上终于露出了放松的笑意。从相亲到现在,她的神经始终是紧绷的,就连身体都格外僵硬。这是她第一次相亲,分外紧张也在情理之中。只是她心里一直很清楚,她是不会和穆倾尘这样的优质男发生什么的。之前因为业务的接触,穆倾尘给她的印象一直很好,他是个温润如玉的男人,儒雅中透着几分贵气,即便没多做了解,单单他那套价值三千万的海边别墅,他的经济实力就可窥一斑。这样的男人,即便不是出身豪门,身份亦定然不凡,不是她这样的平凡女孩儿能招惹得起的。不过,对于他今天的宽容体贴,她确实心存感激,不由得对他又生出几分好感。

"雪儿,你说的那个玄关设计真是巧妙。还有,我同意你的第一套方案。我从小就在四合院里长大,如果我的别墅能这样……"接下来,穆倾尘主动交谈起别墅的装潢方案。涉及自己的业务范畴，殷雪侃侃而谈，很快彻底地放松了下来。

两个人一边聊天一边用了西餐，而后在穆倾尘的建议下，两个人出了咖啡厅，在校园里闲逛了起来。

走在熟悉的林荫小路上，殷雪做起了向导，不时指着两侧的建筑向穆倾尘介绍："喏，从这里向右拐，那栋红色的房子就是学生宿舍，我念书的这七年都住在那里。"

闻言，穆倾尘停下脚步，向那栋六层高的宿舍楼望去。

"从这条路一直向前走，那栋楼就是教学楼了。教学楼的八楼是自习室，我经常在那里的805房间自习。"

穆倾尘目光移向远处的灰色建筑，唇角弯起一抹迷人的弧度，"让我猜猜，你应该喜欢坐在教室的第三排靠窗的位置，对不对？"

"咦？你怎么知道？"殷雪惊讶地瞪圆了眼睛，她歪着头看向闭口不言的穆倾尘，又换上一副恍然大悟的表情，"该不会又是戚兮告诉你的吧！"

穆倾尘面上浮现出一抹极浅的笑意，眸光格外温柔地看向面前的女孩儿。十年过去了，她的面容几乎没有发生改变，依旧是他喜欢的模样。而她的性子也还是原来那般，工作认真负责，生活中迷糊又单纯。她也还保留着原有的习惯，喜欢去同一家咖啡厅，喜欢芒果汁、水果沙拉和海鲜比萨，喜欢在同一个教室的同一个位置自习……

被那双和沐晨太过相似的眼睛看着，殷雪莫名地红了脸，她耸了耸肩膀，故作轻松道："肯定是她告诉你的，她怎么连这个都和你说。"

"要不要带我上去看看？"

"去教学楼的自习室？"

"嗯！"穆倾尘郑重地点了点头，心中默念：雪儿，我在你的世界里消失了整整十年。而今，我只想去看看你生活过的地方，走走你走过的路。

"好吧。"虽然对穆倾尘的要求感到有些奇怪，但殷雪还是答应了下来。

沿着主干路走了大概五分钟，抵达了教学楼，两个人乘坐电梯上楼。电梯门打开，穆倾尘率先走了出去。

找到805教室，穆倾尘站在紧闭的后门，透过上面的玻璃小窗向里面看去。这是一个小型自习室，大概能容纳四五十人。因为是周六的午饭时间，自习室里空荡荡的，只有一排排整齐的桌椅。阳光透过明亮的窗子照射进来，洒落一地金黄。微风拂过，蓝色的窗帘飘荡起来，书桌上的书本被风吹乱，发出一阵阵沙沙的声音。

伸出手，小心翼翼地推开后门，穆倾尘走了进去，径直去了第三排靠窗的位置，坐了下来。

跟在穆倾尘身后的殷雪看到他的举动，心里突然有了一种奇异的感觉。她缓缓走进教室，一阵风吹过，身后的门"嘭"的一声关上。

殷雪吓了一跳，下意识地扭头看了后门一眼，待她再次回过头来看向穆倾尘，他也向她投来了目光。

四目相对，殷雪想要迈出的脚仿佛被钉在地上，身子瞬间僵硬。

从这个角度向他看去，他周身被阳光镀上了一层金色的光圈，逆光的缘故，她几乎看不清他的模样。唯有那一双含笑的眸子，晶亮仿若天边的星辰。

那个经常在她梦中出现的人也有一双这样的眸子，含着几分浅笑，却又脉脉深情，似有千言万语想要对她述说。而他总在她追奔而去的时候无情地转身离开，孤寂的身影消失在一片白茫茫的雾色里，徒留她一个人孤单单地在黑暗中苦苦追寻。

"这个位置很好，看书一定很享受。"男人低沉而充满磁性的嗓音在空荡的教室里响起。

殷雪回过神来，脑中一片恍惚，依稀记得沐晨也曾经这样说过，幽幽开口道："我记得，曾经有人也这么对我说过。"

"是吗？"穆倾尘笑了笑，站起身向殷雪走来。

"嗯。"殷雪点点头。

穆倾尘在她面前站定，视线落在她泛红的眼眶上，心里一疼，柔声道："你的同学？"

"我的……"殷雪顿了顿，哑声道："一位故人……"

"抱歉。"穆倾尘双手轻轻搭在殷雪肩上，他张了张嘴想要说些什么，但一看到殷雪忧伤的样子，不由得将到了嘴边的话咽了回去。

"没关系的。时间不早了，这里很快会有人过来自习的，我带你去其他地方转转吧。"

"好。"

两个人出了教学楼，继续在滨城大学里逛。一路上，即便殷雪掩饰得极好，穆倾尘还是敏锐地察觉到她满脸笑容下的落寞神色。

走到体育场时，穆倾尘看到一旁有一个小超市，问道："雪儿，你要不要吃个冰淇淋，或者喝杯水？"

"一瓶矿泉水就可以了。"殷雪答道，她目光看向不远处，突然停下了脚步。

注意到殷雪神色有异，穆倾尘在她身旁站定，顺着她的目光看去，只见一男一女手挽着手从对面的林子里走出，向他们这边走了过来。

那男人殷雪再熟悉不过，正是她的前男友纪温言，而那个女孩儿，殷雪是不认识的。她不过二十出头，穿了一件大红色吊带短裙，波浪卷发披在裸露的肩上，说不出的年轻妩媚。殷雪的目光落在两个人交缠的手臂上，脑海中不由得自动播放起三天前那不堪的一幕，胸口顿时堵了一口气，闷闷地疼。

"穆先生，兮兮还在家里等我，我想回去了。"说着，殷雪转身就走。

"我送你。"当看到纪温言走过来时，穆倾尘一下子就明白了，也立刻认出了纪温言身旁的女人是谁。他皱眉，转身紧紧地跟在殷雪身后。

纪温言显然也看到了两个人，他身子一僵，目光不善地落在穆倾尘脸上，终究没有开口打招呼。而他身边的穆婉容却快跑了几步，一把抓住穆倾尘的胳膊，大声道："表哥，你怎么在这儿？你什么时候回国的？怎么也不回家看看，姑母一直很想你呢。"

穆倾尘被拉住，不得不停下脚步，冷冷道："上周刚回来。"

听了两个人的对话，殷雪一头雾水后，顿时明白了。没想到，抢走她未婚夫的女人竟然会是她相亲对象穆倾尘的表妹。呵呵！这个世界还真是小！

穆婉容动作优雅地摘下鼻梁上的墨镜，看向穆倾尘身旁的殷雪，眼睛微微眯起，露出暧昧的笑，"表哥，这位就是你经常挂在嘴边的那位殷小姐？"

闻言，一直低头看自己脚尖的殷雪抬起头飞快地扫了穆婉容一眼，秀气的眉拧起。她和穆倾尘认识不过一周的时间，何来的"经常挂在嘴边"？

"婉容，给你介绍一下，这位是殷雪，是我正在追求的女生。"穆倾尘一脸坦荡，拉起殷雪冰冷的手，厚实掌心传递过来的温暖令她瞬间平复了下来，原本心中的那点愤恨和尴尬也消失得无影无踪。

她和纪温言分手责任并不在她，而是因为他劈腿出轨。如今她在相亲，好巧不巧地遇见了他和女小三。应该感到无地自容的是他们才对，她又何必苦恼纠结？！

纪温言听了两个人的对话，看向殷雪的眸子闪过一丝醋意。当初，他苦苦追求了殷雪七年才换来她的青睐，如今他们分手不过三天的时间，她就傍上了其他男人。而这个男人无论长相还是经济条件都显然远超过他，要说他们之前没什么，他才不信！呵呵！殷雪，原来你也是那种脚踩两只船、贪慕荣华富贵的女人！

纪温言的脸色越来越难看，可殷雪现在交往的对象是穆婉容的表哥，即便他憋闷得想吐血也不得不在看向穆倾尘时换上一脸虚伪的笑容，"婉容，这位是？"

"哦，都忘了给你们介绍了。"穆婉容挽起纪温言的胳膊，脸上挂了甜腻的笑容，娇声道："这位是我表哥，穆倾尘。表哥，这位是我的男朋友，他叫纪温言，在一家翻译公司工作。"

"穆先生，你好。"纪温言伸出右手。

穆倾尘丝毫没有与之握手的意思，只是冲纪温言稍稍点了点头，他松开殷雪的手，长臂一伸揽过她的肩膀。

穆倾尘突然间的亲昵举动令殷雪一张脸瞬间涨红，耳边喷薄着他微烫的呼吸，只听他柔声道："逛了这么久，你应该累了。咸兮一个人在家，想必你也不放心，我送你回去吧。"

纪温言的手定格在空中，半响才缓缓收了回去，他看着穆倾尘和殷雪两个人亲密的模样，一张脸变得铁青。

无暇顾及纪温言的反应，殷雪木然地点了点头，身子僵硬地任由穆倾尘搂着她转身离开。直到走出很远，他才放开她的身子，一只手再次顺势握住她冰冷的手。

"谢谢。"殷雪停下脚步，抽出了自己的手。

蓦地失去了掌中的柔荑，穆倾尘心中一阵失落。凉风起，吹乱了殷雪的长发，他脱下自己的西服外套为她披上，抬手将她的碎发向耳后掖了掖，"对不起，我不知道是我表妹……"

"这件事和你无关的。"

"那……我送你回去？"

"嗯。"

穆倾尘的车子停在了校园门口，两个人默默地原路返回，皆不再言语。

宽阔的校内马路上，一个男生骑着自行车从道路中间驶过，后面坐了一个长发飘飘、怀抱书本的女生。不知那男生扭头和女孩儿说了什么，她突然咯咯笑了起来，顿时清脆的笑声洒满了林荫小路。

殷雪脚步放缓，目光看向那辆渐行渐远的自行车，思绪回到了十年前的那个雨夜……

那时，她还在念高中。高三晚自习后，已经接近晚上十点。她背着书包低头走出教室，被沐晨堵在了班级门口。

"要不要我送你回家？"他背靠着墙，双手插在校服的裤兜里，含笑的眼睛搅乱了她一池春水。

不待她回答，他一把拉住她的手，两个人在同学们惊讶而羡慕的目光中，跑出了教学楼。

那晚，他骑了一辆自行车，她拘谨地坐在后面的位置上，双手紧紧地环在他的腰上。车铃清脆，撒满了校园里的每一个角落。她记得，那晚的月亮特别圆，特别大，那晚的星星也格外明亮。

许多年过去了，她依旧经常梦见那晚皎洁月色下沐晨挺拔的背影。初恋青涩甜蜜的滋味儿和那匆匆而逝的青春犹如一幅永不褪色的画,镌刻在她的脑海里,深入骨髓,再也难以忘记。

穆倾尘看着身边愣愣出神的小女人,她眉宇间有一朵化不开的愁云弥漫。十年未见她依旧是那个敏感而柔弱的女孩儿,一颦一笑,喜怒哀乐都能牵扯他所有的目光。

"人面不知何处去,桃花依旧笑春风。"喃喃低吟了一句,殷雪堪堪收回心神。她低头加快脚步,和穆倾尘一起走出了校门。

只是没想到,在穆倾尘那辆黑色轿车旁,她又看到了那两个此时此刻最不想见的人。

第二章　斗渣男灭小三

"表哥。"穆婉容倚着车身，一看到穆倾尘出现立刻跑了过来，抱住他的胳膊摇了摇，撒娇道："我的车子坏了，我和温言急着去看电影，你送我们一程嘛！"

闻言，殷雪眉心微微蹙起。

"我要送雪儿回家，你们自己打车好了。"穆倾尘一口回绝。

"哎呀，这里不好打车的嘛！"穆婉容撒娇卖萌地将头靠在穆倾尘的肩上，整个人几乎都挂在他的身上。看到这一幕，不知怎的，殷雪心里突然有些不舒服。

"殷小姐，我和容容打算去看《复仇者联盟》，你和穆先生若是没事就一起来嘛。相聚就是有缘，人多也能热闹些。"一旁一直沉默的纪温言突然看着殷雪，发出了邀请。

殷雪一时间不明白纪温言葫芦里卖的什么药，眉心蹙得更紧。而穆婉容听了他的话顿时黑了一张脸。

若是刚刚殷雪还以为穆婉容并不知晓她的身份，现在看两人的神色，她就是再糊涂也明白了。原来这对渣男贱女一直在装傻卖萌，明里暗里、想方设法地膈应她。若不是穆倾尘在场，若不是女小三是他家亲戚，她早就一巴掌扇过去了！要知道，她殷雪也不是任人捏扁搓圆的软柿子！

"我今天有点不舒服，就不和你们凑热闹了。"殷雪勉强挤出一丝笑容，拒绝道。

接下来，更奇葩的一幕出现了。

穆婉容放开穆倾尘，突然一把拉住了殷雪的手，嘟起嘴，眨巴着涂了厚厚睫毛膏的眼睛，嗲嗲地说道："雪儿姐姐，我一看到你就觉得喜欢。你和表哥说说，我们一起去看电影嘛！拜托你了啦！回头我请你吃饭，吃大餐，好不好？"

被"雪儿姐姐"这四个字惊到，殷雪一阵反胃，顿时起了一身的鸡皮疙瘩。

"别胡闹，再不打车你们就真的赶不上了。"看到两个人为难殷雪，穆倾尘脸色一沉，一把推开穆婉容，拉起殷雪的手转身就走。

"倾尘，我听说这电影的影评很不错的。我最近工作忙得很，算起来好久没有去电影院看大片了呢。"殷雪主动挽起穆倾尘的手，甜美的脸上绽放出柔柔的笑靥。

穆倾尘被那声亲昵的"倾尘"唤得酥麻了半边身子，温柔的眸子满布惊喜，想也不想地一口应下，"你想看，我陪你。"

"嗯。"殷雪扭头看了身后那对极品男女一眼，眼底闪过一丝狡黠。哼！秀恩爱是吧，谁不会啊！

穆倾尘何其聪明，顿时明白了殷雪的小心思。只是她这样的心思恰恰给了他接近她的机会，他当然乐意奉陪。

"你们两个，上车吧。"穆倾尘用车钥匙解锁，冲呆愣在原地的两个人使了个眼色，随即绕道副驾驶，殷勤地为殷雪打开车门。

"小心点。"担心殷雪上车时碰到头，穆倾尘更是体贴地用手在她头顶的位置挡了一下。那绅士温柔的模样，看得穆婉容目瞪口呆。

"容容，要不……我们改天再去看电影吧。"纪温言心里醋意翻滚,他刚刚之所以会邀请殷雪,是因为他笃定以她的性格是一定会拒绝的。她是那种有感情洁癖的女孩儿,眼睛里容不得一点沙子。而今,她和穆倾尘相处和睦,甚至连和他们在一起看电影都毫不介意,这是不是意味着她已经完全放下了他们的感情,完全投入了穆倾尘的怀抱?

呵!她果然是个绝情的女人,或许正如她所言,她从来都没有爱过他。既然不爱,放手又有何难……

"去,为什么不去!"穆婉容狠狠地在纪温言胳膊上掐了一把,低声道:"纪温言,你给我听好了。既然选择和我在一起,你心里最好别再装着别的女人!不然,我要你好看!"

"容容,你别胡思乱想。"纪温言收敛了怨愤的情绪,想起穆婉容还有利用的价值,忙哄道:"我和她已经分手了,早就没什么了。"

"你们两个,还上不上来了?"穆倾尘从车窗探出头,看向拉拉扯扯的两个人,不悦道。

"表哥,我们这就来。"扭头的瞬间,穆婉容换上一张甜腻的笑脸,拉着纪温言一起上了车。

"去哪家影院?"车子缓缓开启,穆倾尘板着一张扑克脸,冷冷问道。

"就去附近的万达好了。"穆婉容坐在殷雪后面的位置,她身子前倾,装出一副亲热的样子,"雪儿姐姐,你和我表哥什么时候认识的啊?你们交往多长时间了,有结婚的打算没?"

"婉容,你这是在查户口吗。"穆倾尘一边开车一边竖起了耳朵,他语调中透着调侃,透过后视镜淡淡扫了穆婉容一眼,看似温和的眸子透着一股寒意。

被这样的目光扫过,穆婉容吓得立刻闭上了聒噪的嘴巴。她这个表哥是个极有主意的人,性子也不似表面看上去的那般温和无害。这些年他一个人在国外打拼，创下丰厚的家产。听闻他和继母，也就是她的姑母，关系一直都不是很好。也因此他很少回穆家，和他们这些亲戚一直都很疏远。

"容容，表哥的私事，我们还是不要太深究为好。"纪温言搭腔道，一脸讨好的表情。穆婉容的身世背景他早就摸清楚了，她是大小姐的性子，能让她禁言的这位表哥显然也不是普通人物，他巴结讨好还来不及呢。

殷雪眼底闪过一丝厌恶，偏过头看向窗外。此时此刻她只恨自己瞎了眼，到现在才看清纪温言狗腿虚伪的本色。如果说这几天她一直在为他们四年情殇而伤心，此刻她彻底得到了解脱。这样的男人，不值得她驻足留恋，更不值得她为他难过！

穆倾尘将车子停在地下停车场，一行人乘坐电梯抵达四楼。纪温言主动跑去买了四张电影票，赶在开场前五分钟，四人走进电影院，找到最后一排的位置坐了下来。

纪温言买的是情侣厅的电影票。情侣座位上，殷雪挨着穆倾尘坐下，电影即将开始，光线暗了下来。

"我先出去一下，很快就回来。"穆倾尘贴在殷雪耳边轻声道，随即起身离开了座位。

熟悉的呼吸喷薄在耳边，殷雪的脸一下子就红了。

"表哥，你不会临阵脱逃了吧！"穆婉容捂着嘴咯咯娇笑道。

闻言，殷雪心中一紧，心里慌乱了起来。若是穆倾尘这个时候离开，她这场恩爱秀少了男主角，她一个人怎么唱得下去！

"我很快就回来。"穆倾尘停下脚步，扭头冲殷雪笑了笑，给了她一个安抚的眼神，这才快步离开。

黑暗中，他的眸子犹如漆黑夜色中闪亮的星辰，熠熠生辉，格外璀璨明亮。殷雪提起的心放了下来，她身子向后一靠，不再手足无措。这个男人身上有一种特殊的魔力,单单一个笑容,一个眼神,就能让她心安。

过了一会儿,电影开演了穆倾尘还是没有回来。穆婉容挪了挪身子,靠了过来,"殷小姐,我表哥他恐怕不会回来了。你还不知道吧,他平时很忙的。还有,我表哥的公司开在美国,他在国内是不会待太长时间的。我和你一见如故才好心提醒你,他这样的男人不太适合你这样小家碧玉型的。你还是趁早死了这份心,把心思花在别的男人身上为好。你岁数也不小了吧,我劝你不要在我表哥身上浪费时间了。女人一过了三十再想结婚就很难了,殷小姐该不会想找个二婚男人给人家做填房吧。"

"雪儿,我回来了。"穆倾尘的归来拯救了殷雪的耳朵。他怀里捧着一大袋子零食,空气中顿时弥漫起爆米花香甜的味道。

"看电影怎么能少了零食呢。"穆倾尘坐下来,从塑料袋中变戏法似的取出一捧爆米花和两杯水,还有若干小包装的零食,"哦,我还买了你喜欢吃的香草味的冰淇淋。"

"谢谢。"殷雪捏起一个爆米花放进嘴里,顿时口里和心里都是甜甜的。

"表哥,我也要吃爆米花。"穆婉容嗲声嗲气道。

"想吃让你男朋友去买,我买的不多,刚够我和雪儿吃。"穆倾尘看也不看穆婉容一眼,打开冰淇淋的盖子,连同勺子一起递给了殷雪。

"还愣着干什么啊!还不快去买零食回来!"穆婉容气极,不敢朝穆倾尘发火,只好对纪温言低声吼道。

"好好,我去买,我这就去买。"纪温言心中不满却不敢表露出来,屁颠儿屁颠儿地跑了出去。

接下来,穆婉容那对活宝总算消停下来。殷雪和穆倾尘一边看电影一边吃零食，倒也惬意。吃完了冰淇淋，殷雪连连打了几个哈欠。这几天在戚兮家里没休息好，一阵困意袭来，她的眼皮开始打架，本想闭目休息一会儿，却不料靠着椅背沉沉地睡了过去。

"雪儿，要不要吃点圣女果？我洗好了的。"穆倾尘看向殷雪，发现她鼻梁上带着3D眼镜正睡得香甜，甚至发出轻轻的鼾声。

唇角弯起，他的脸上浮现一抹宠溺的笑容。小心地将歪到一边的眼镜取下，借着微弱的光，他贪婪地看着身旁小女人娇憨的睡颜。

穆倾尘伸出手揽过殷雪的肩膀，鼻端萦绕着她淡淡的体香，怀中软玉温香，她的长发掠过他的脸颊，痒痒的，仿佛鸟儿的羽毛拂过心房，带来一阵酥麻。

殷雪闷哼了一声，抱住穆倾尘的胳膊，把他当成了自己床上的毛绒大熊，寻了个舒服的姿势继续呼呼大睡。

穆倾尘轻轻抱住殷雪的身子，在心中默念了一句——雪儿，我回来了。

这一刻，他鼻尖酸涩，眼眶泛红。十年了，他们竟然分开了整整十年的时间。他知道，从这一刻起，他会寸步不离地守护在她身边。这辈子，除了生死，谁也别想再让他们分开！

一小时后，万达地下停车场。

"穆先生，真的很抱歉，我不知道我怎么就睡着了……"殷雪坐在副驾驶的位置上，连连道歉。

"没关系的。你可能最近没休息好。"穆倾尘侧过身子，弯下腰为她系上安全带。

他突然的靠近令殷雪身子一僵，却听他柔和的嗓音在耳边响起,"还是不要叫我穆先生了,我喜欢听你唤我倾尘。"

穆倾尘抬起头,灼灼的眸子对上殷雪的双眸。她眸光清澈,甚至可以看到他的身影,一张俏脸红扑扑的,羞赧中透着慌乱。

"好的……倾尘……"殷雪下意识地向后靠,声音有几分颤抖,"对了,你表妹呢?怎么出来就没看到他们?"

闻言,穆倾尘眼眸黯淡下来,他垂下眼帘,唇角泛起苦笑,"我也不知道他们去哪了。可能觉得电影无聊提前回家了吧。"

说完,穆倾尘直起身子不再刻意靠近,发动车子离开了停车场。

车内两个人不再开口,气氛略显尴尬。

过了几分钟,穆倾尘率先打破了沉默,"我送你回家。戚兮应该还在家里吧,我刚刚帮她叫了份外卖。这样你们晚上就有吃的了。"

"你想得真周到。我厨艺一般,戚兮怀孕后口味刁得很,我刚刚还在发愁,不知道晚上要给她做什么吃呢!"

"总不能让咱们的媒人在家饿肚子吧!我还指望她多替我说好话呢。"

一路上穆倾尘不时说几件在国外遇到的趣事,殷雪笑得前仰后合。两个人顺路取了他事先在"醉仙楼"订好的外卖,抵达洛林小区时已经接近下午四点钟。

穆倾尘坚持在小区门口的水果超市买了个果篮,见殷雪拿不了这么多东西,他便有借口陪她一起去了戚兮家。

"贵宾到访,蓬荜生辉啊!"因为事先通了电话,戚兮开门时穿了一件居家的棉裙,她接过殷雪手中的外卖,招呼道:"穆先生你也太客气了吧,都叫了外卖还买果篮做什么。快进来坐坐,喝杯茶再走嘛!"

"我就不进去了。雪儿,果篮你拿好。我改天再来看你们。"

将果篮放到殷雪手上,穆倾尘冲两个人挥挥手,转身向电梯口走去。

"穆先生真的不进来坐坐啊?"戚兮站在门口,朗声道。

"不了。雪儿累了一天,她需要休息。你们快进去吧,电梯到了,我先告辞。"说话间电梯门打开,穆倾尘冲两个人笑了笑,进了电梯。

殷雪捧着果篮,跟在戚兮身后回到屋里,她先将果篮放到地上,接过戚兮手上的外卖,道:"中午我不在,你吃了些什么?"

"胃口不太好,只喝了一碗稀粥。"戚兮拉了拉殷雪的胳膊,一脸暧昧八卦的笑容,"雪儿,没想到我给你安排的第一个相亲对象会是穆倾尘吧!嘻嘻!"

"是啊!我到咖啡厅看到和我相亲的人是他,还真是吃了一惊呢。"殷雪将外卖一一取出放在茶几上,走进厨房拿了碗筷出来。

"快和我说说,今天相亲感觉怎么样?是不是觉得穆倾尘这个人蛮靠谱的?"

"他这人是挺不错的。好了,你先吃饭,吃完了我再和你详说。"殷雪将外卖的小盒子一一打开,顿时客厅里菜香四溢。

"天啊,这不都是你爱吃的菜嘛!"戚兮拿起筷子朝着茶几上的菜看一一点去,"宫保鸡丁,木须柿子,剁椒鱼头,皮蛋豆腐,还有鲫鱼汤。雪儿,你确定这是穆倾尘为我这个孕妇准备的外卖嘛?"

故意装出一副苦瓜脸,戚兮用筷子扒拉碗里的米饭,幽怨道:"'醉仙楼'可是滨城数一数二的大酒楼,我还以为穆少会给我点个鲍鱼煲饭呢!没想到,全是你喜欢吃的家常菜。"

"你怀孕了,海鲜还是少吃为妙。我觉得这些菜点得很不错啊,丰盛又营养,很适合你这个孕妇的。喏,这里还有你喜欢吃的爆炒菜花呢。哎呀,你放心吧,我现在不饿,这些都是你的,我不会和你抢的!"

殷雪也没想到穆倾尘会特地点了她喜欢吃的菜,这么多菜戚兮一个人肯定吃不完,明天热热她们两个人还能吃上两顿。他知道她的厨艺不好,就变相送了饭菜过来,还真是难得的细心又周到呢。

"切!"戚兮白了殷雪一眼,伸出一个手指在她额头上点了点,"说是讨好我这个媒人,实际上还不是为了你!算了算了,不和你们计较了。我啊,命苦得很。以后你吃肉我喝汤就是了。"

"好了,快吃吧,菜凉了就不好吃了。"殷雪坐在沙发上,拿起遥控器打开电视。这时她的手机响起,见是导师闵浩哲打来的电话,她忙起身一边走向阳台一边接通了电话。

"我先吃饭,等我吃完了再审问你。"闻着菜香,戚兮还真是有些饿了,她一边吃饭一边不介意地看了眼电视。当看到屏幕上那张熟悉的面孔,她先是一愣,随即大喊道:"雪儿,你快过来!快点!"

戚兮放下手中的筷子,瞪圆了双眼看向电视屏幕。

现在她看的是滨城的经济频道,是一个商业大亨的访谈节目。此时,男主持人正向穆倾尘发问,"穆总,众人皆知'穆氏集团'是一家大型的跨国公司,而您正是集团的创始人兼掌门人。'穆氏集团'是您在美国一手创办的,现在集团业务可谓蒸蒸日上。在这个时候,您为什么会选择将总部从洛杉矶搬到中国呢?"

紧接着,镜头移向穆倾尘,他那张俊朗的脸上依旧挂着浅浅的笑容,眼眸中多了几分意气风发,"首先,我是一个土生土长的中国人。其次,我在美国念书,在美国创业,可我一直都是中国国籍,以后仍会如此。'穆氏集团'日益壮大,这使我十分欣慰，也令我坚定了回国的决心。"

"穆总，我还有一个疑问。您为什么没有将总部搬到北上广那样的大城市，而是选择了滨城这样的二线城市呢？"

穆倾尘的目光看向镜头，唇角扬起，露出一抹极温柔的笑容，一字一句却又十分坚定地说道："为了我心爱的人。她在这里，我就在这里。"

闻言，戚兮张大了嘴巴，穆倾尘眼中的真挚和痴情令她甚为感动。不过同时，她又暗暗吃了一惊。她知道穆倾尘的真实身份，却没想到十年的时间，她这位老同学竟然成了大老板，更没想到十年后的他对殷雪依旧情深如故，甚至不惜将国外的总部搬到滨城，只因为这里是殷雪生活工作的地方。

"兮兮，什么事？"殷雪挂断电话回到客厅，这时穆倾尘的访谈节目已经结束，屏幕里正在播广告。

戚兮咬住筷子，心里纠结了一下，最终指了指那道皮蛋豆腐，"你要不要吃点？明天吃就不是这个味道了。"

通过这几天和穆倾尘的交流，戚兮了解到他想和殷雪再续前缘。只是，殷雪现在才刚刚失恋，他不想在这个时候乘虚而入。穆倾尘对她说过，阴差阳错，他和殷雪整整分离了十年。如今，殷雪尚在人世，这就是老天爷对他最大的眷顾。这次重新开始，他不会逼她太紧，他会给她时间疗伤，默默陪她度过这段伤心的时光，等她对他再次敞开心扉的那一天。尊重穆倾尘的意见，戚兮答应过他暂时不要将他的真实身份告诉给殷雪，所以刚刚她只好将到了嘴边的话咽了回去。

"让你这么一说，我还真有点饿了呢。"伸长脖子，殷雪张开嘴巴，戚兮会意，夹了一块豆腐递到她嘴边。

"嗯！好吃。"殷雪笑弯了眉眼，扬了扬手里的手机，笑道："兮兮，刚刚闵老师给我打电话了。"

"是闵浩哲老师？"戚兮眼前一亮，丢下筷子双手合十，一脸花痴相，"要是咱们的男神教授给我打电话，那该多好啊！"

"他告诉我下个月滨城即将举办建筑设计大赛，让我早做准备。"

"看来咱们的男神教授对你这个得意门生很照顾的嘛！早知道我大学毕业也考研究生好了，虽然我不喜欢念书，可若是闵老师能做我的研究生导师，我还是求之不得的！"

两姐妹口中的男神教授正是滨城大学建筑系的闵浩哲老师，他今年不过三十出头，出国深造后回到滨城大学执教，是业内颇有名气的建筑天才，亦是C大历史上最年轻的博士生导师。除此之外，他身高一米八五，长相俊朗阳光，鼻梁上的那副金丝眼镜更添了几分学者儒雅的风采，深受校内女生的追捧，一举夺得"男神教授"的美誉。

"如果你想念闵老师的在职研究生我劝你还是放弃，闵老师教学很严格的，他布置的作业你未必能搞定。"殷雪提醒道。

"人家就是嘴上说说，爱美之心人皆有之嘛！不过，雪儿，闵老师好像还单身吧。若是你不喜欢穆倾尘，可以考虑一下他嘛！"

"算了吧，这种'红颜祸水'我可不敢染指。"殷雪笑着摇了摇头，她和闵浩哲认识也快十年了，他的人品条件都不错，但她深知像他这样的男人只能当良师益友，不能轻易触及男女之情。否则，怕是连普通朋友都做不得了。

吃完饭，殷雪收拾起碗筷进了厨房，戚兮像只小尾巴紧紧跟在她的身后，"饭都吃完了，快和我说说，和穆倾尘相亲相得如何？"

"我也不知道。"殷雪低下头，想了想，道："我和他今天在学校里闲逛的时候，遇到纪温言和那个女小三了。"

"啊？！不会这么巧吧！"戚兮一脸吃惊的表情，"那纪温言什么反应，他有没有和穆倾尘说什么对你不利的话？"

"他没什么反应，挺平静的。"殷雪手上刷碗的动作顿了顿，抬眼看向戚兮，神色平淡道："他和他现任女友还邀请我和穆倾尘看电影来着。"

"啊？不会吧！"这明显不正常嘛！

"哦，对了，他那个女朋友和穆倾尘认识，她叫他表哥。"

"这么巧？这世界也太小了吧！抢走纪温言的女小三竟然会是穆倾尘的表妹，你和穆倾尘相亲的时候你们四个遇到，纪温言还邀请你们去看电影？！这也太狗血了吧！"

"是啊，这个世界本来就很小。有些人，不管你喜欢还是讨厌，总会出现在你的生命里。"殷雪无奈地耸了耸肩膀，将洗好的碗筷摆到碗架上晾好，"不过，经过今天，我想我是彻底放下和纪温言的那段感情了。"

"雪儿，你不会真的喜欢上穆倾尘了吧？说实话，他的条件真的很不错，若不是我和李达结婚了，我肯定倒追他！"戚兮笑道。

"不是的。"殷雪擦了擦手，和戚兮一起走出厨房回到卧室，她躺在床上，双手枕在后脑勺上，神色一改前几天的抑郁阴霾，"我之前一直以为对纪温言这个人很了解，毕竟我们在一起也接近四年的时间了。今天，看到他在穆婉容面前小心翼翼，对穆倾尘拼命讨好。他那样虚伪的嘴脸于我而言真的是很陌生。或许，他原本不是这样的人，工作后才变得趋炎附势。或许，他原来就是这样的人，只是掩饰得比较好。不过，他究竟怎样现在已经与我无关了。我们以后，只是熟悉的陌生人罢了。"

"雪儿，你能这么想真是太好了。"戚兮亲眼看见殷雪失恋的这几天是怎么过来的，如今看到她彻底放下过往不再伤心，她心中甚是欣慰。

"不过兮兮，我现在只想静一静，放松放松。暂时不想考虑男女之情。"看到戚兮想要张嘴说话，殷雪忙继续道："兮兮，我知道你对我好，也知道你说的都在理。可你敢保证穆倾尘就不是第二个纪温言吗？可能我就是晚婚的命，也可能老天爷在惩罚，让我孤老终身。一切都随缘吧，不必强求。"

戚兮摇摇头，劝道："雪儿，你也太悲观了。好吧，我不逼你了。等过一阵子，我再给你安排相亲的事。这几天，要不要休年假，出去旅游散散心？"

"还是算了，我手头有几个大客户的方案还没做好。"殷雪拿起手机逛起了淘宝，搜索了"婴儿用品"，指着手机屏幕道："你看看，现在小孩子的衣服、尿布什么的都很贵的，我这个干妈必须努力赚钱，给你肚子里的娃多买礼物。"

"算你还有良心。不过，雪儿，事业上你也别太拼了，要多注意身体。"

"好了好了，别啰唆了。我困了，让我睡一会儿。"殷雪打了个哈欠，将戚兮赶出卧室，翻身钻进被子里，不久就沉沉地睡了去。

半夜时分，窗外下起了倾盆大雨。轰隆隆的雷声中，殷雪从睡梦中惊醒。

她又做梦了。

梦中还是那个熟悉的场景，操场上，一个挺拔的男生高高跃起，一个漂亮的三分球后，他唤着她的名字，向她跑来。逆光的缘故，她看不清他的脸，却快步向他走去。她向他伸出手，却在碰到他指尖的瞬间，他突然化为幻影，随即消失得无影无踪……

挣扎着坐了起来，殷雪满脸汗水，冷汗浸湿了单薄的睡衣，好不难受。透过薄薄的窗帘，一道道光亮在黑寂的夜色中划开一道道口子，她慌忙捂上耳朵，瘦小的身子缩成了一团。

十一年前，就在这样的雨夜，她的父母订了饭店为她庆祝十七岁的生日。就在回家的路上，他家的轿车和一辆大货车相撞。她记得，关键时刻同她一起坐在后面的母亲将她死死护在身下，变形的车厢内弥漫着浓重的血腥味儿，母亲的鲜血一滴一滴地滴落在她的脸上，那种恐惧无助的滋味儿犹如噩梦！

十年前，还是这样的雨夜。她一边哭一边奔跑在马路上，沐晨在后面一路追赶。两道明晃晃的车灯猛地射向她的脸，电光火石的瞬间，她被一个力道重重地推开，紧接着"嘭"的一声，他被一辆车撞飞了起来……

胸口仿佛被压了千斤大石，呼吸都变得十分艰难。那一幕幕血腥的画面在脑海中愈发清晰，她的脸上分不清是汗水还是泪水，只觉头痛欲裂，痛不欲生！

正在她沉浸在回忆中无法自拔时，放置在身边的手机突然一亮，紧接着清脆的铃声响了起来。她闭着眼，摸索到手机，颤抖着放到耳边，接通。

"雪儿，是我。"

熟悉的声音在耳边响起，仿若情人间的呢喃细语。

殷雪看了眼手机屏幕，上面赫然显示"穆倾尘"三个大字，"穆……穆先生？"她的声音干涩嘶哑得不成样子。

"雪儿，我知道你怕这样的雨夜，所以打电话过来陪你。"穆倾尘轻笑了一声，随即柔声道："别怕，你先躺下来。"

殷雪乖乖地点点头，重新躺回到被窝里。

"闭上眼，什么都不要想。别怕，等你睡着了我再挂电话。"

"嗯。"

接下来，穆倾尘不再言语，他轻浅的呼吸透过话筒传来，她烦乱无助的心慕地变得平静而柔软。

侧过身子，保持手机放在耳边的姿势，殷雪很快就陷入了梦乡。

过了足足十分钟，穆倾尘轻轻地唤了一声，"雪儿？"

见对方并没有应答，过了两分钟，他再次唤了一声。确定殷雪睡着了，他的唇角向上扬起，在心里默念了句"晚安"，挂断了电话。

将手机从耳边移开，穆倾尘伸手关掉了卧室的灯。他一个人静静地站在窗前，目光透过窗外密集的雨帘仿佛看向了不知名的远方。

蓝色的窗帘随风而起，细细的雨丝从打开着的窗子飘了进来，落在他的脸颊上，带来丝丝凉爽。穆倾尘伸手关上窗户，此时的他毫无睡意，明亮的眼眸多了一丝雀跃。抬起手腕，他看了眼手表。现在已经是晚上三点了。

"雪儿，再过六个小时，我们又能见面了。"穆倾尘唇角弯起，他回到床上躺下，伸手将放立于床头的相框拿到眼前。这张照片是他在自习课上偷拍来的，照片里的女孩儿正是殷雪，那时的她梳了一个利落的马尾辫，低头翻书的模样清纯而可爱。

贪恋地对着照片看了又看，良久，穆倾尘才不舍地将照片放在了枕边。闭上眼，他强迫自己休息，只为明天见到殷雪时，能给她留下更好的印象……

殷雪这一觉睡得极好。第二天早七点，公司打来加班电话，她迷迷糊糊地听了个大概，极不情愿地从床上爬了起来。

"雪儿，你怎么起这么早？"听到洗漱间有声响，戚兮从卧室走了出来，连连打了几个哈欠。

"公司加班。大周末的,真不知道抽的是什么风!"殷雪怨念地用毛巾胡乱擦了把脸,跑到衣柜里翻出一身运动装,套在身上就往外走。

"那你什么时候回来啊?我本来打算让你陪我逛街的。"玄关处,戚兮郁闷地问道。

"我也不知道什么时候加班结束啊。这样,你再睡一会儿,饿了的话就叫早餐外卖。我这边下班了,立刻给你打电话。"殷雪穿上一双白色运动鞋,拉开门向外走。

"雪儿,你该不会就这么去上班吧!"戚兮一把拉住殷雪的胳膊,将她上上下下打量了一番——灰色的运动衣、运动裤,白色球鞋,一张脸不施粉黛,头发就这么随意地披散在肩上。

"怎么了?我平时经常去工地,这样的装备比较方便嘛!"殷雪挠了挠头。

"胡莉现在和你一个单位吧,你看看她是怎么打扮的。我就不信了,胡莉也穿运动服、素面朝天的去上班。"

"好了,没事提她做什么!"听到"胡莉"两个字,殷雪不由得暗暗磨了磨牙。

胡莉是她大学时的同班同学,念书那会子就是个喜欢打扮、到处招蜂惹蝶的主儿。说实话,胡莉的长相并不十分出挑,但她的身材十分火辣,穿着亦十分开放,再加上她喜欢捏着嗓子嗲嗲地说话,倒也迷倒了不少校园里的青涩小男生。本来,她和胡莉并无过节,大家都各自有各自的小圈子,井水不犯河水。本科毕业后,她和胡莉一起报考了闵浩哲教授的研究生,两个人笔试只差了一分。谁料,原本信心满满的胡莉却在面试的时候被她赶超,从此两个人就结下了梁子。

再后来,她研究生毕业,在闵浩哲的推荐下应聘鼎盛建筑公司,担任装潢部副总监一职。在她上班的第一天才知道,原来胡莉也在这家公司工作，和她在同一部门，也做到了副总监的位置。

于是，职业生涯伊始，殷雪就敏感地嗅到了一丝不寻常的气息。从此，职场上胡莉对她明里暗里地设下不少绊子。去年装潢部总监退休，他的位置空了下来，胡莉更是将殷雪视为眼中钉肉中刺。

殷雪是那种不喜欢耍心机的女生，面对乌眼鸡似的胡莉，她总有种一个头两个大的无力感。平日在公司里，她尽量对她视而不见，下班后更是不允许其他人提起这个名字。也不知道胡莉使了什么手段，年初就从她这里挖走了不少客户，害得她的业绩一落千丈，这又怎能令她不恼火？！

"不用你说，我用脚趾头都能想到，她肯定还和大学时一样，每天换一套衣服，每件裙子都是超短裙。"说着，戚兮看了眼殷雪脚上的球鞋，笑道："还有，她绝对不会穿平底鞋。"

"好了，不和你磨蹭了，再晚就要迟到了。"反手关上门，殷雪跑快步向电梯。

出门时已经快八点了，公司九点上班，殷雪跑到小区门口打了辆出租车。

周末，路上堵车堵了差不多半个小时，待她赶到会议室时，已经迟到了三分钟。

轻轻敲了一下门，殷雪低头弯腰走进了会议室。会议圆桌正位上正在侃侃而谈的公司总裁刘广抬头看了她一眼，面上露出一丝不悦。

"雪儿姐姐，这里。"殷雪的助理江暖指了指身边的空位。

殷雪刚刚落座，刘总做完了讲话，大家一起鼓掌。她不知道什么状况，也只能跟着一边鼓掌一边傻笑。这时，她敏感地察觉到一道目光落在她的身上,抬眼顺着目光来的方向看了过去。当看到穆倾尘衣冠楚楚地坐在刘总身边时,殷雪手上的动作不由得停了下来。

穆倾尘怎么会在这里,这是什么状况?殷雪一脸迷茫。

"呦!殷总监,你起得好早啊。"众人掌声一落,胡莉突然拔高了声音,讽刺道,"今天咱们公司易主,这么重要的会议全体工作人员都必须按时参加。现在,请殷总监给我们一个合理的迟到理由吧。"

"我……"

殷雪刚张口要说路上堵车,见胡莉捂嘴咯咯娇笑。她今天穿了一件红色皮裙,"V"字领令她胸前深深的沟壑展露无遗,这么一笑,那两团白花花的肉也跟着乱颤,着实吸引了不少在座男士的眼球。

"殷总监,你该不会想要说路上堵车吧!今天可是周末,是不会堵车的。"胡莉跷起二郎腿,两条白生生的大腿交叠成一个诱人的姿势。

"我……"殷雪憋得脸色涨红,她从位置上站了起来,冲刘总歉意道:"今天路上确实堵车,我迟到了,很抱歉。"

"殷小姐无须自责,本来就没什么大事。"刘总还没说话,一旁的穆倾尘伸出手示意她坐下来,开口道:"没什么事大家就先回自己的办公室吧。今天周末加班,我会给大家三倍工资。"

闻言,众人发出一声低低的欢呼,随即纷纷走出了会议室。

"哇!新上任的老板人好帅啊!"

"是啊是啊!而且,出手大方得很,竟然给我们三倍工资!"

"你们昨天看经济频道没有,咱们的新老板可是'穆氏集团'的创始人耶!我听说……"

殷雪呆愣愣地站在原地,目光看向穆倾尘,耳边皆是公司女员工对他赞赏的话语。

　　"雪儿姐,你怎么了?"江暖见殷雪不在状态,拉了她一把,"刚刚你来晚了,没听到刘总的讲话。咱们公司被'穆氏集团'收购了。"

第三章　终极大老板的垂青

"什么，公司被收购了？"殷雪惊讶地看了眼江暖，有些不太相信。鼎盛建筑公司是业内公认的比较有实力的大公司，被收购这么大的事情怎么会事先一点儿风声都没有呢？

"嗯。喏，那个人。"江暖下巴朝穆倾尘努了努，"他就是穆倾尘，'穆氏集团'的创始人，咱们鼎盛建筑公司新上任的终极大老板。"

穆氏集团？终极大老板……

殷雪脑子里一团乱麻。

这时，穆倾尘大步向两个人走了过来，伸出一只手，脸上堆满了和煦的笑容，"殷小姐，很高兴我们又见面了。"

"是啊，没想到今天在公司能见到您。"殷雪伸手和穆倾尘握了一下，迅速地抽离。

"我刚接手公司，对这里的情况还不是很了解。殷总监方便带我四处转转吗？"

他称呼她为"殷总监"，工作时他和她只是单纯的上下级关系，这么一想，殷雪当然没有理由拒绝了，"愿意效劳。"

一旁的江暖听到两个人的对话，视线在穆倾尘和殷雪之间打了个转儿，她眼眸一亮，心中不禁替殷雪高兴，忙道："雪儿姐，我手里还有活没干完，先回办公室了。"

"嗯，你去忙吧。"

鼎盛建筑公司的办公楼一共有八层，每一层分布着不同的部门科室。殷雪花了整整一上午的时间，带领穆倾尘熟悉环境，顺便介绍每一个部门的分工和职责。

两个人最后来到八楼，总裁办公室门前。

"行了，我差不多了解情况了。离午饭时间还早，先去我办公室坐坐吧。"说着，穆倾尘拉开门，做了个请的手势。

"穆总先请。"殷雪拘谨道。

"好吧。"穆倾尘也不推辞，率先走进了办公室。他拿起座机的话筒，吩咐秘书送咖啡和芒果汁过来。

"雪儿，坐。"穆倾尘指了指沙发，"你喜欢喝的芒果汁很快就能送来。"

殷雪在沙发上坐下，笑道："谢谢。"

穆倾尘在办公桌后面站定，他身子前倾，双手撑在桌子上，突然问道："雪儿，你知道我为什么会收购'鼎盛'吗？"

"抱歉，我不知道。"殷雪摇摇头。

"我是因为你才收购的。"穆倾尘深情地看向殷雪，一字一句道。

闻言，殷雪身子微微颤抖了一下，脸上发烫了起来。

"怎么，你不相信？"看到殷雪羞赧吃惊的模样，穆倾尘唇角弯起，调侃道。

殷雪愣了愣，摇了摇头，又点了点头。

这时，秘书敲门，将咖啡和芒果汁送进来后又立刻走了出去。

殷雪坐在沙发上，低头，双手握住杯子，眼神颇为慌乱，一颗心却不争气地剧烈地跳动了起来。不过很快，她就冷静了下来，抬起头，她换上一脸平静的表情，笑道："穆总，你可真会说笑。您这么说，可是会吓坏我的。"

穆倾尘耸了耸肩膀，知道这个时候在殷雪面前还不能表现得太过殷勤，只好无奈道："是这样的，因为装修别墅的缘故，我有缘结识了你。通过接触，我发现你是一位很特别很有创意又很负责的设计师。所以，我想，能培养出你这样优秀设计师的建筑公司想必也不会徒有虚名。果然，经过调查，我发现鼎盛建筑公司是一家颇有潜力，很有前景的建筑公司。所以，我决定将它收购。这也是'穆氏集团'迈向建筑行业的第一步。"

闻言，殷雪紧绷的神经稍稍放松，她喝了口手中的芒果汁，自嘲地弯起了唇角。看来，是她自作多情了呢！

"雪儿，你在这里就职了三年，作为员工，你对公司的发展有什么意见和看法吗？或者，你有什么需要我帮忙的地方吗？"穆倾尘收购这家公司时就调查过，殷雪工作三年还是副总监，他想在事业上帮她一把，因为以他对她的了解，他知道她一定能够胜任总监一职。

"意见和看法倒是没什么，需要帮忙的地方嘛……"殷雪想了几秒钟，犹豫了一下，还是开口道："我有一个女助手叫江暖，她在公司实习也有快半年的时间了。穆总您对我们建筑行业可能不是很了解，这一行是有性别歧视的，女生想要在这一行业闯出点名堂来要付出很多的努力。江暖这个女孩儿我看还不错，很是吃苦耐劳，业务上也肯钻研。我希望公司能将她聘用，我想转为正式员工的江暖，一定会加倍努力工作，给公司带来更多的回馈。"

"为你的手下讲情？"穆倾尘挑眉。

"算是吧。"

"没有其他要求了？"

"没有了。"

穆倾尘点了点头。

殷雪这样的答复也在他的意料之中,她这个人总是这样,为别人考虑得多,为自己着想得少。

两个人又闲聊了一会儿,到了午饭时间,在殷雪的带领下,他们乘电梯径直去了一楼。

一出电梯,殷雪就发现周围的员工向她和穆倾尘投来了注目礼。胡莉一身火辣的打扮,站在食堂的门口左顾右盼。这一上午,听说是殷雪陪同新来的大老板熟悉环境,现在到了午餐时间,她可不想错过和穆少一起用餐的机会。

所以,当胡莉看到殷雪和穆倾尘一同走过来的时候,忙换上一脸甜腻的笑容,踩着高跟鞋,花蝴蝶般地扑了过来,"穆少,您好,我是装潢部的副总监胡莉。"

胡莉伸出一只手,指甲上涂满了鲜红的颜色,衬得她的手愈发白皙粉嫩。

"你好。"穆倾尘礼貌性地和胡莉握了一下,扭头看了一眼殷雪,见她面色虽然平静,眼底却多了一丝厌恶和不屑。

"穆总,食堂这边我熟悉,我带您去用餐吧!"胡莉上前一步挽起穆倾尘的胳膊,拽着他向里面走,"咱们这边分员工餐厅和高管餐厅,您应该去高管餐厅用餐的。"说着,胡莉扭过头来,挑衅地看了殷雪一眼,故意提高了嗓门,大声道:"刘总还在那边等着您呢,好酒好菜已经备好了呢,等会儿,我一定陪您多喝几杯!"

殷雪站在食堂门口,看着两个人的背影,不知怎的,心里突然涌起了一丝酸酸的感觉。

这时,她身边的江暖推了她一下,"殷总监,你看,那个狐狸精把大老板给抢走了。你要不要也跟过去?你也是副总监啊,在高管餐厅用餐是理所当然的嘛!"

"算了，平日里我就一直在员工餐厅用餐，他来了我就跑到高管餐厅那边，岂不是太过殷勤了。"殷雪笑了笑，拉起江暖的手，"走，咱们去打饭。我还有个好消息要告诉你呢！刚刚我和穆总谈好了，你的正式聘用文件很快就能下来了。"

"真的啊？"江暖高兴地几乎跳了起来。

"嗯，这几天你就别去工地了，免得人事那边找你签合同的时候你不在。"

"好的，谢谢雪儿姐！"江暖亲密地挽起殷雪的胳膊，两个人步入员工食堂。

打了两份饭，殷雪和江暖找个清静的位置坐了下来。

"雪儿姐，你快看！那个好像是穆总耶！"江暖瞪圆了眼睛，指着排队打饭的队伍，"你看最后那个拿餐盘的人，是不是大老板？"

闻言，殷雪抬起头顺着江暖指的方向看了过去。在那一长排队伍里，一身浅蓝色意大利西装的穆倾尘分外打眼。或许因为今天正式接手公司的缘故，他比前几次见面多打了一条暗红色的领带。利落的短发，俊朗的面容，一身价值不菲的手工西服，此刻的他仿佛一个天生的发光体，吸引了在场所有女职工的目光。

似乎察觉到什么，穆倾尘扭头向殷雪这边看了过来。四目相对的瞬间，他唇角弯起，冲她微微点了点头。

殷雪一颗心突然怦怦地跳动，她忙收回目光，继续埋头吃饭。心中不由得泛起了嘀咕：穆倾尘不是和胡莉去高管餐厅吃饭了吗，怎么又会出现在员工餐厅呢？

由于穆倾尘的突然出现，餐厅里的员工沸腾了。

"天啊，大老板驾临了耶！"

"是啊！穆少长得好帅啊！"

"大老板这是微服私访、体察民情的节奏吗？"

而坐在殷雪身边的江暖用手肘碰了碰她，压低了的声音中透着隐藏不住的兴奋，"雪儿姐，天啊！穆总竟然端着餐盘往这边来了！"

语落，江暖猛地站了起来。

穆倾尘冲江暖点了点头，将餐盘放在桌上，在她们对面的位置上坐了下来，目光灼灼地看向殷雪。

殷雪只觉被两道灼热的目光盯着，面上微微发烫，忙找了个话题道："暖暖，你这次顺利转正，可是穆总亲自批准的。你可要多谢他呢！"

"谢谢穆总！我以后一定会努力工作的！"江暖又是高兴又是激动。

穆倾尘淡淡一笑，伸出手，"恭喜你成为'鼎盛'的正式员工。"

江暖受宠若惊，忙伸出手和穆倾尘握了握，"谢谢！谢谢！"

收回手，穆倾尘看了殷雪一眼，将一碗汤放到她的餐盘里，"刚刚看你没有盛汤，就帮你捎带了一碗。"

"谢谢。"殷雪看着面前翠绿色的菜汤，心里顿时暖暖的。

"哦，我忘了，你不喜欢吃香菜的。"穆倾尘好看的眉皱了一下，将刚刚的那碗汤拿了回来。他将衬衫的袖子挽起，拿起筷子，低头将菜汤上漂浮的香菜一根一根地挑拣了出来。

他的动作十分优雅，神色却十分认真而肃穆，仿佛在做一件极其郑重的事。一时间，不仅仅殷雪惊呆了，周围的员工也不由得伸长了脖子，向他们这一桌投来了注目礼。

"好了，挑干净了。"穆倾尘完成任务，将那碗汤再次推向殷雪。

殷雪只觉面上滚烫，低低地道了声"谢谢"，继续埋头吃饭。

接下来，穆倾尘倒也没再说话，只是不时地夹菜给殷雪，而殷雪不好意思说话更不好意思拒绝，只能像一头小猪般，给什么吃什么。

江暖看出了几分端倪，往嘴里扒了几口饭，丢下一句"我吃完了，你们慢用"就急匆匆地离开了食堂。

见状，殷雪端起碗一口气将菜汤喝光，随即起身，端起了餐盘，"穆总，您慢用。"

"我也吃好了。"穆倾尘从餐桌上的纸抽里抽出一张面巾纸，慢条斯理地擦了擦嘴，端起餐盘，跟在殷雪身后走出了餐厅。

走廊里，穆倾尘和殷雪并肩而行，"雪儿，我刚刚听刘总说你从工作的第一天起就在员工食堂用餐。你为什么不去高管食堂吃饭呢？"

"我一直认为，既然都是公司的员工，为什么在工作餐这个问题上要分出三六九等呢？"殷雪放缓脚步，扭头看了穆倾尘一眼，叹了口气，道："当然，其他的高管并不这么认为。所以……改变不了别人，我就只能坚持做自己喽！"

"我这个高管倒是和你的想法不谋而合呢！"

"所以，你刚刚没有在高管餐厅用餐？那岂不是很不给刘总他们面子。"

穆倾尘笑了笑，下巴微微扬起，"雪儿，从明天开始，公司里不会再有高管餐厅了。"语落，他加快了脚步。

殷雪不解地看向那一抹颀长的身影，突然间明白了他的意思，不由得会意一笑。

回到自己的办公室，殷雪拉开门，一眼就看到自己办公桌上摆放了一大束火红的玫瑰花。

"雪儿姐，你老公好浪漫啊！"江暖见殷雪走进来，忙凑到她面前，"雪儿姐，你是不是好事将近了啊？这玫瑰花里该不会藏了一枚钻戒吧!"

"确定是我的玫瑰花?"殷雪走到办公桌前坐了下来,伸出手在那玫瑰花上轻轻拂过,一时间有些摸不清状况。

她和纪温言已经结束了,经过昨天那次偶遇,虽然还狗血地在一起看了场电影,想必以后他们都不会彼此联系了。所以,这束花一定不是他送来的。

此时,办公室里只有她们两个人,江暖说话不再顾忌,笑着说道:"雪儿姐,等会儿姐夫不会突然破门而入,跪地求婚吧?"

"当然不会了!我们已经分手了。"

"啊?!怎么会这样啊!"江暖记得殷雪有一个相处了四年多的男朋友,两个人都到了谈婚论嫁的地步,怎么会说分手就分手了呢?

殷雪面色十分平静,淡淡道:"这世上没有什么是不可能的,纪温言爱上别人了。"

不会吧!江暖惊讶地张大了嘴巴。

"这件事你知道就好了,先不要告诉别人。"殷雪嘱咐了一句。工作后,渐渐地她发现职场中从来不乏一些喜欢家长里短的闲人。她可以把别人的闲言碎语当耳旁风,却也不想成为别人茶余饭后的谈资。

"好吧,我知道了。"江暖见过纪温言几次,感觉他还挺不错的,没想到竟然会干出这么过分的事,真是令人气愤!

看到江暖气鼓鼓的样子,殷雪耸了耸肩膀,冲她笑了笑,"不必替我生气,有的事过去了就算了。"

"好吧。"看殷雪似乎没受到失恋的影响,江暖看向桌上的玫瑰,好奇心暴涨,"雪儿姐,既然不是那个人送过来的,那这花是谁送给你的呢?"

"我也不知道呢。"殷雪将系在玫瑰花上的卡片取了下来,翻开，看了过去。

只见精致的卡片上，龙飞凤舞地写了三个大字——穆倾尘。

察觉到殷雪脸色微变，江暖忙凑了过来，"到底是谁啊？这么浪……漫！"

话说到后面，江暖声调放缓，结尾拔高了几分，带了一丝颤音。

天啊！这花竟然是新来的大老板送过来的！

今天是公司易主的日子，穆总上班的第一天就对殷雪另眼相看，甚至还送来了这么一大捧玫瑰。这是一见钟情的节奏？

江暖想起她转正的事是殷雪向穆倾尘提起的，而他又一口应了下来，不由得八卦地问道："雪儿姐，你和穆总是不是早就认识啊……"

"嗯，他是我的……"殷雪顿了顿，将和穆倾尘的关系在心里过了一遍，最终下了结论——"他只是我的一个客户。不过，现在变成咱们的老板了。"

"呵呵……雪儿姐，你可真幽默。"江暖挠挠头，显然不相信她的话。

"哎！这个该怎么处理呢？"殷雪看着那一大捧玫瑰花，突然发了愁。她暂时还不想谈恋爱，不过她看得出来，穆倾尘对她还是很有好感，有心追求的。不然，他也不会送花过来。

"算了，暖暖，这个给你吧！"殷雪拿起那捧玫瑰花，丢给了江暖。

"雪儿姐，这不太好吧……"江暖烫手山芋般地捧着那束花，想要还给殷雪，却也知道她是说一不二的脾气；想要丢掉又太可惜了。

"没什么好不好的，天知地知你知我知。"殷雪笑笑，捡起办公桌上的铅笔，开始绘制设计图。

"穆总知道了,肯定会不开心的。"江暖回到自己的位置上,将鲜花放在桌子上,小声地嘟囔了一句。

闻言,殷雪手上的动作顿了顿,眼前闪过穆倾尘那张阳光俊朗的脸,心里暗暗地叹了口气。

穆倾尘的心意她心领了,可就算有一天她想通了,想要找个男人搭伙过日子了,她还是不会选择他。穆倾尘是豪门贵公子,而她只是平凡的灰姑娘。经历了这么多事情,毕业后又在社会上摸爬滚打了这么多年,她早就不是不谙世事的单纯的小姑娘了。古人讲究门当户对,现在的人又怎能免俗。她向来都喜欢过平淡的日子,嫁入豪门这种事太有技术含量,她不会,也没有勇气去尝试。

一小时后,殷雪接到工地打来的电话,她简单地收拾了一番,手里拿着安全帽就走出了办公室。

电梯门打开,里面站着穆倾尘和胡莉,殷雪冲两个人点了点头,走了进去。

穆倾尘和胡莉去的是负一层,殷雪摁下了一楼的摁钮,随即默默地站着一边。

"雪儿,你这是要去工地?"看到殷雪手上的安全帽,穆倾尘开口问道。

"嗯。刚刚工地那边来电话,我要过去一趟。"

穆倾尘点了点头,没再开口说话。

"呦!殷总监这次还要打车过去吗?"胡莉抚了抚自己的卷发,白了殷雪一眼,捏着嗓子道:"殷总监,不是我说你,你在'鼎盛'好歹也做到了副总监的位置,年薪也有二十多万吧。以你的身家,买辆车代步应该能负担得起吧。你这天天打车挤公交车的,其他公司的人知道了,还以为我们'鼎盛'效益不好呢!"

"胡总监,你杞人忧天了。我只不过是一个小人物,谁会吃饱了饭没事干,整天关注我的出行方式呢!"殷雪瞥了胡莉一眼,冷冷道。

这时,电梯抵达一楼,殷雪快步走了出去。

"穆少,你看看,殷总监总是这样,说话夹枪带棒的!"此时电梯里只剩下胡莉和穆倾尘两个人,她不着痕迹地向他靠了靠,嘟嘴,装出一副楚楚可怜的模样,"人家也是好心嘛!殷总监每天都挤公交车上班,经常迟到不说,也很辛苦的!"

说着,胡莉向穆倾尘身上靠了过去。

穆倾尘始终没搭腔,电梯门打开,他身形一闪,迅速走了出去。胡莉没料到穆倾尘会躲开,顿时扑了个空。重心一个不稳,整个人重重地跌倒在电梯里。

"哎哟!"胡莉低呼了一声,待她从地上爬起来跑出电梯时,穆倾尘的车子在她眼前快速驶过。

"穆少,我的车子好像坏了,您捎我一程嘛!"跟在车子后面跑了几步,胡莉大声喊道。

从后视镜看到车尾的胡莉朝他挥手,穆倾尘唇角勾出一抹讽刺的弧度,随即加快了车速,飞快地驶出了地下停车场。

车子出了停车场,穆倾尘放缓了车速沿着马路边行驶,果然,在距离公司大门不远处看到了站在路旁打车的殷雪。

这个时间正是最不容易打到车的时候,殷雪刚刚用打车软件发布打车信息,只见一辆黑色轿车在她身边停下,紧接着车窗摇下,露出一张温润含笑的面孔,"雪儿,上来吧,我送你去工地。"

对上穆倾尘火热的眸子,殷雪下意识地摇了摇头,她扬了扬手中的手机,笑道:"不用麻烦了,已经有司机师傅接单了。"

殷雪话音刚落,一辆红色的士在她身边停了下来,她冲穆倾尘点了点头，随即拉开的士的车门钻了进去。

见殷雪离去，穆倾尘的眸子暗淡了一下，他一只手搭在方向盘上，另一只手扶着额头，心头浮现出一抹落寞。

胡莉一瘸一拐地走出停车场，将殷雪拒绝上车的一幕看在眼里。其实她今天车子报修并没有开车上班，之所以会去负一层就是想借机会蹭穆倾尘的车，接近他这个新晋老板兼钻石王老五。亲眼看见穆倾尘对殷雪献殷勤，再联想到刚刚他对她的冷漠疏离，胡莉不禁生出些许怨愤，一张妆容精致的脸略显狰狞。

殷雪抵达工地后，戚兮很快打来了电话，殷雪向她简单交代了一番，答应晚上陪她一起吃饭便挂断了手机，随后便投入忙碌的工作之中。

待殷雪走出工地时，已是华灯初上。她拖着沉重的步子，一个人默默地走在静辟的小路上，身体已经疲惫到了极点。正当她掏出手机打算用打车软件叫车时，身后两道明亮的车灯打在她的身上，司机摁了喇叭，殷雪走到路边停下脚步，转身向身后看了去。

"雪儿，好巧！"轿车停妥，穆倾尘拉开车门走了下来，大步向殷雪走来，"我刚刚去工地视察，施工方说你刚走不久，我便顺着这条小路来寻你了。"说着，穆倾尘看了眼殷雪的手机，笑道："这个地方即便是用打车软件也很难打到车的。我要赶着去机场送人，不能顺路送你回家，只能把你送到前面的公交车站。"

"哦，那就麻烦穆总了。"一直低垂着眼眸的殷雪抬起眼眸看了穆倾尘一眼，但见他面色坦荡，她不由得点了点头，跟着他上了车。

若是穆倾尘一开始就说要亲自送殷雪回家，她便会毫不犹豫地一口回绝。不过若他只是偶然得知她在附近，刻意寻了过来捎带她一程就又是另外一回事了。而今看来,倒是她想多了,自作多情了……

车子开动,殷雪低头一言不发,穆倾尘也只是专注开车。一时间,车厢内的气氛有些凝滞。

突然,穆倾尘的手机响起,他拿起手机接通,"喂,婉容,你男朋友送你去机场?嗯,那好吧,一路顺风,我今天还有事,就不去机场送你了。旅途愉快。"

挂断电话,穆倾尘扭头看了殷雪一眼,见她一脸平静,半晌开口道:"现在,我没什么事了,可以把你直接送回家。"

"不用麻烦了,你把我送到前面公交车站牌就行了。"

"雪儿,婉容和纪温言的事,我已经弄清楚了。"穆倾尘轻咳了两声,低声道:"很抱歉。"

"没什么的,这和你无关。"殷雪淡淡道,"能被拆散的爱情,都不算爱情。我很庆幸,没有嫁给一个负心汉。"

"你能想开,就最好了。"穆倾尘暗暗松了口气,车厢内光线昏暗,他微微侧过头,扯开了一抹得意的笑容,依旧坚持道:"雪儿,还是我送你回家吧。这里离你家也就二十分钟的车程,戚兮怀孕在家等你吃饭,你总不好让她这个孕妇久等吧。"

殷雪闻言不由得点了点头,没有再次拒绝穆倾尘的好意。

接下来,车厢内再次陷入沉寂。殷雪扭头看向窗外一闪而过的街景,心里却翻涌起复杂的情愫。而穆倾尘则双眼看向前方认真开车,唇畔却始终挂着一丝清浅的笑容。

快到小区门口的时候,殷雪的手机响了起来,她忙从包包里掏出手机,一不小心摁了免提。

"雪儿,你再不回来我和肚子里的娃就都饿死了!"戚兮的大嗓门从话筒里传了出来。

"我马上就到小区门口了。"殷雪看了眼时间,见已经快晚上七点了,想着回去立刻做饭来不及,道:"兮兮,小区门口新开了家面馆,我给你买碗面回去吧。"

"雪儿,不用了,刚刚我逗你玩的。我家老李马上回来,他给我买了吃的了。"

"哦,李达今晚回来啊。那……我就不过去找你了。"

"嗯。晚饭你自己解决下吧,一定要吃饭哦,你胃一直不好。好了,不和你叨唠了。有人敲门,估计是老李!"语落,还不待殷雪说话,戚兮便自顾自地挂断了电话。

殷雪撇了撇嘴,怏怏地将手机放回到包里。这时,穆倾尘已经将车子停靠在"穆氏面馆"的门口,他扭头看了她一眼,笑得温润无害,"雪儿,我充当车夫送你回来,就算你不打算请我上去坐坐吃顿大餐,请我吃碗牛肉面总是可以的吧!"

说着,穆倾尘自顾自地走向"穆氏面馆",仿佛对这里十分熟悉。

见状,殷雪不好拒绝,只好快步跟上。

小区门口的这家面馆是上个月新开的店面,"穆氏面馆"好像是个连锁店,如雨后春笋,不过一个月的时间就在滨城开了几十家。"老板,来两碗牛肉面。"穆倾尘寻了个靠窗的位置,掏出湿巾将两个人的桌椅擦了一把,朝殷雪招了招手,"这边!"

"哦……"殷雪小步挪了过来,缓缓落座,顺便四处打量。

这家店的椅子是橘黄色的,桌面是翠绿色,白色的墙,粉红色的地毯,给人一种干净明朗的感觉。店里放着轻缓的音乐,仔细听了一下,竟是《童年》这首歌曲。

扭头,殷雪看到不远处的窗边摆放了一排的满天星,她不由得微微一愣,随即脑海中闪过一些模糊的画面。

"吃过这家的面吗?我听说,很好吃。"

"……"

"雪儿？"

"嗯？"殷雪回过神来，目光却有几分茫然，"你刚刚说什么？"

"没什么。"穆倾尘心里紧张到了极点，面上却露出淡淡的笑容，"只是觉得这家面馆的环境很不错。"

"我也这么觉得。"殷雪的目光看向不远处的满天星，淡淡道，"我特别喜欢满天星，只是很少有人用它来装点环境。或许，因为它的花语是'甘做配角的爱'吧。"

"我也很喜欢满天星。"说着，穆倾尘起身拿了一小盆满天星放到餐桌上，柔声道："不过，我喜欢满天星，是因为我的一个朋友很喜欢。我呢，当然就爱屋及乌了。"

看到穆倾尘提及那位朋友时眼眸温柔的模样，殷雪不禁莞尔一笑，刚要发问，却见服务生端着餐盘走了过来。

服务生将两碗热气腾腾的牛肉面放到了桌上，穆倾尘递给殷雪一双筷子，道："晚上吃点面食，很养胃的。你总胃疼，以后不要加班了，一日三餐要正点吃。还有，等会儿吃完饭我陪你去旁边超市买点水果，我记得你特别喜欢吃红心火龙果，现下正当季。"

闻言，殷雪愣了愣，脱口问道："你怎么知道我胃不好，喜欢吃什么水果？"

"戚兮告诉我的。"穆倾尘朝殷雪看了一眼，忙把面碗挪到自己面前，一边仔细地挑香菜，一边柔声道："我还知道，你不喜欢吃香菜。抱歉，刚刚忘记和老板交代一声了。"

"没……没关系的……"

殷雪定定地看向对面拿着筷子认真为自己挑香菜的男人，晕黄的灯光下，他的脸上镀上了一层淡淡的柔和光晕，他低垂着眼睫，长长的睫毛在眼底投下淡青色阴影，薄薄的唇含着清浅的笑，整个五官都透着说不出的迷人魅惑。

这样的情景，是那样的熟悉，一时间，仿若时光倒流。

渐渐的，那熟悉的画面在殷雪的脑海中越来越清晰……

当年在那间小木屋中，餐桌上也摆了一盆满天星。那天，他亲自下厨为她做了一碗牛肉面庆生。而后他也是这样坐在她的身边，细心地帮她挑面中的香菜……

对了，那天屋子里放的音乐，也是《童年》！

熟悉的歌曲，温馨的环境，这一刻，时间定格在十年前……

"好了，香菜挑干净了。"穆倾尘笑着将面碗推到殷雪面前，"趁热吃。"

"哦，谢谢。"殷雪怔愣了一下，随即垂下眼眸，深吸了一口气，拿起筷子开始埋头吃面。

"加点醋。"穆倾尘倒了一些陈醋在殷雪碗里，"我记得，你只喜欢吃陈醋，不喜欢米醋。"

"谢谢。"殷雪抬头看了穆倾尘一眼，见他挑着面条慢条斯理吃得优雅，脸一红，心跳骤然加速，忙再次低了头，小声道："兮兮连这个都和你说了，真八卦。"

"是啊，戚兮是个很细心的姑娘。我的记性也向来不错。"穆倾尘吃了口面，微微眯起眼。

嗯，这味道还真不错，将他的手艺学了十成。

穆倾尘一边吃面，一边环顾四周，眼中透着几分满意。

殷雪刚开始吃时，有些心不在焉，可当她吃了几口后，不禁放缓了速度，细细地咀嚼起来。

这味道，好熟悉。

心脏骤缩，胸口仿佛压了一块大石，殷雪深吸了口气，端起面碗，喝了一口汤水，细细地品尝……

热气升腾，氤氲了眼眸。良久，熟悉的味道刺激着殷雪的味蕾，令她眼眶酸胀。

"雪儿，你怎么了？"穆倾尘强压住眼底的欣喜，故作关切地问道。

殷雪抬眼，泪眼蒙眬地看向穆倾尘，面汤升起氤氲，隔着重重雾气，对面男人的脸庞和那人年轻的脸庞渐渐重合……

"你……到底是谁？"哑着嗓子，殷雪看向穆倾尘俊朗的面孔，低声呢喃，似乎在询问，目光却好似透过他看向另外一个人。

如果沐晨还活着，也应该这般英俊挺拔了吧！他对她那般的好，他们那么相爱，应该早就结婚生子，幸福甜蜜了吧！

可是……这一切都是她的幻想，是永远都不可能实现的。因为……沐晨，那个她几乎用尽了全部力气去爱、去怀念的人，早在十年前就已经死了！

一碗味道相似的牛肉面，令殷雪回忆起当年那段校园初恋的美好，也勾起了她深藏在心底的苦涩情感。她的眼眸一直盯着穆倾尘，目光却渐渐涣散失去焦距，空洞而忧伤。

"雪儿！"穆倾尘轻唤了一声，见殷雪这副茫然而悲伤的模样，心中一痛，当下一狠心想要将所有的真相统统告诉给她！

想到这里，穆倾尘不再犹豫，一把抓住殷雪的手，一双星眸对上她的泪眼，一字一句郑重道："雪儿，有件事我一直想告诉你。其实，我就是……"

这时穆倾尘放在桌子上的手机突然响了起来。

殷雪身子微微一颤。

穆倾尘扫了眼手机，眉心几不可觉地蹙起，随即松开殷雪的手，拿起手机关了机。

"穆总，我想起家里还有点事。"吸了吸鼻子，此刻的殷雪已然回过神来，她眨了眨眼将泪水逼了回去，"抱歉，失陪了！"

语落，殷雪拿起包包，逃也似的离开了。

见状，穆倾尘微愣，立刻起身追了几步，又硬生生地止住了脚步，他眼睁睁地看着殷雪的背影消失在视线里，脸上的表情说不出是喜是悲。

回到座位上，呆坐半晌，穆倾尘一只手扶额，修长的手指轻轻敲打桌面，眼眸深邃，思绪回到了十年前的那一天……

"阿晨，你做的牛肉面最好吃了！"

"是吗？那我以后每天都给雪儿做面吃，好不好？"

"好啊好啊！可是，如果阿晨你很忙，没有时间怎么办呀？"

"那我就请很多很多的厨师来家里，把做牛肉面的诀窍告诉他们，让他们替我给雪儿做面吃，好不好？"

"嗯！不过，我还是喜欢吃阿晨亲手做的牛肉面！"

"好啊，你以后嫁给我，我就每天陪着你，每天都给你做面吃！"

"哈哈！美得你！"

她清脆的笑声仿佛还在耳边回响，他亦记得，那是他带她第一次也是最后一次参观自己的"秘密基地"，并亲手为她做了一碗牛肉面的情景。

目光掠过窗台上的紫色小花，穆倾尘唇角勾起笑意。

那天他的餐桌上，就摆了这样一盆满天星。

因为他知道她最喜欢满天星，也曾对她说过——"雪儿，满天星辰，你是我心中唯一的小星星。"

那天的情景是那般的美好，每一个细节都深深镌刻在了他的脑海中。然而老天爷似乎和他们开了一个天大的玩笑，片刻之后，他和殷雪便遭遇车祸，险些纷纷丧命！

"穆总，电视还用打开吗？"店里老板不知何时来到穆倾尘的身边，将他从思绪中拉扯到了现实。

穆倾尘轻轻"嗯"了一声。

"穆总，鲜花和戒指……"老板嗫嚅着，面色尴尬。

"先不用送上来了。"

穆倾尘唇角的笑容带了苦涩，片刻后，电视打开，他缓缓地抬起头。

对面墙壁液晶电视的屏幕里出现了一个年轻的熟悉的女主持人，她脸上挂着职业的微笑，介绍着"穆氏面馆"的来源。

"'穆氏面馆'是一个新的品牌，能够在短时间内在全国成立多家连锁店，成为饮食行业的黑马，到底有这么诀窍呢？下面让我们来采访一下'穆氏面馆'的创始人，穆氏集团的新任总裁穆倾尘先生！"

下一秒钟，屏幕里多了一个儒雅挺拔的男人，他拿着话筒，棱角分明的脸上挂着淡淡而忧伤的笑容："'穆氏面馆'之所以会在短时间内得到消费者的肯定，我想是因为它的制作过程，充满了爱。而我之所以会创建这个品牌，也是为了纪念一位已故的朋友。"

已故的朋友……

听到这五个字，穆倾尘轻笑出声，他起身伸展了下手臂，原本黯然失色的面孔变得神采奕奕。

他的雪儿，还活着。

只要她还活着，他就有机会将她重新追求回来，不是吗！

一个阴谋，一场谎言，已经害的他们这一对有情人整整分离了十年。这十年里，他从来没有停止过对她的回忆和思念。如今，他羽翼丰满，而她，尚在人间。

只要他的雪儿还活着，能活生生地站在他的面前，就连她的世界里曾经出现过一个叫作温岩的男人他都能忽略不计，那么她现在的抗拒躲避，又算得了什么！

走出面馆，穆倾尘的脚步轻松了许多。

上车的时候，穆倾尘的手机响起，见是戚兮打来的，他忙接通。

"怎么样，有进展吗？"戚兮的声音中带着一丝调侃。

"雪儿应该想起来了，不过我看得出她很痛苦。"

没错，今晚和殷雪的"偶遇"是穆倾尘一手策划的。他原计划创造一个熟悉温馨的场景，让殷雪想起他们在一起的美好时光，再向她说明自己就是沐晨的事实。最终，面馆老板会奉上鲜花和戒指，他会现场向她求婚。

当然，后来的计划因为殷雪的逃离而被迫搁浅了。

"没关系，我会帮你的，不要气馁，再接再厉！"

"戚兮，谢谢你，我不会放弃的！"

"加油！"

挂断电话，穆倾尘倚着车，点燃了一根烟。

原本，在戚兮的帮助下，穆倾尘选择用相亲的方式接近殷雪，是想给殷雪一段疗伤的时间。他以为殷雪即便不爱纪温言，经历一段情伤后，她是很难在短时间内迅速投入到下一段感情的。而今天一早和戚兮通过电话后，穆倾尘从她的口中意外得知殷雪对纪温言再无留恋，便迫不及待地策划了这场求婚。毕竟他们已经错过了十年的时光，他想让她立刻回到他的身边，一分一秒都不想耽误！

只可惜，欣喜之下，穆倾尘忘了戚兮曾经对他说过殷雪对于过去的事情似乎不愿提及。而他做了这么多，却是想要让她回忆起过往他们两个人在一起的情景，如今看来却是大错特错了……

或许，当年他的"意外身亡"带给殷雪的伤害太过深刻，以至于多年来她对那段感情讳莫如深，甚至一味逃离。经过今晚，穆倾尘认识到在殷雪失恋后的脆弱期向她摊牌的举动真的是太过心急了，即便他今晚成功向殷雪阐明了事实，证明他就是她的初恋男友沐晨，可他们两个毕竟分离了整整十年，尚需时间彼此了解、加深感情，就这样贸然求婚，实在是不智之举。

想到这一点，穆倾尘深深吸了口烟，深邃的眸子在黑夜中熠熠生辉，仿佛冰川之下暗涌的潮，却透出莫名的柔意。

这一个骄傲的男人，不屑以初恋男友的身份乘虚而入，赢得美人归。同时，这也是一个极其自信的男人，他相信即便隐瞒了自己就是沐晨的事实，他还是会让殷雪爱上他，她最终还是会毫不犹豫地选择和他在一起。如果非要加上一个时间，那必定会是一辈子！

第四章　死缠烂打的大老板

殷雪回到家，来不及换睡衣就将自己丢到了冰冷的床上。将头脸埋在被子里，她只觉自己的心揪成了一团，时隔多年早已结了疤的伤口再次裂开，汩汩冒着鲜血。

那牛肉面面的味道，还有那窗台上的满天星，令她脑海中那人早已模糊的影像变得清晰。其实，有很多东西一直被她刻意压抑，但那并不意味着遗忘……

口腔里熟悉的味道，几乎令殷雪怀疑沐晨还活在这个世上。是他为了实现当年的承诺，创办了"穆氏面馆"。

只是，这怎么可能！那个雨夜，她的阿晨为了保护她而死于车祸，早在十年前就已不在人世了！

翻了个身，殷雪只觉呼吸困难，当年血腥而残忍的画面仿佛幻灯片般在眼前一一回放，她眼神空洞地望向头顶的天花板，咬着唇任由滚烫的泪从眼角滑落，无声地哭泣。

不知道过了多久，刺耳的座机铃声催命般急促地响起，她挣扎着起身，拿起话筒。

"殷雪，你怎么回事？打你手机不接，打座机半天才接！"话筒里，戚兮急吼吼地大喊。

"我……"殷雪拿起纸巾抹了抹脸上的泪水，声音沙哑道："对不起戚兮，我手机好像调了静音。"

"你嗓子怎么哑了？"戚兮耳朵向来灵敏，心疼道，"傻丫头，是不是又哭了？"

"没有！"殷雪挤出一个笑容，"可能下午在工地待的时间长了，被风吹得嗓子不太舒服。"

"那就好！"戚兮叹了口气，不再揪着这个问题不放，"雪儿，你快打开电视，看经济频道，穆倾尘上电视了。"

"嗯？"戚兮话题转换太快，殷雪一时脑袋转不过来。

"我不和你说了，你快看电视吧，等会儿我给你打手机。"

殷雪有些莫名其妙，却还是乖乖去打开电视，调到经济频道。

难道，因为收购了鼎盛建筑公司，穆倾尘被采访上电视了？

"'穆氏面馆'是一个新的品牌，能够在短时间内在全国成立多家连锁店，成为饮食行业的黑马，到底有这么诀窍呢？下面，让我们来采访一下'穆氏面馆'的创始人，穆氏集团的新任总裁穆倾尘先生！"

"'穆氏面馆'之所以会在短时间内得到消费者的肯定，我想是因为它的制作过程，充满了爱。而我之所以会创建这个品牌，也是为了纪念一位已故的朋友。"

已故的朋友……

看着屏幕中那张儒雅的脸，殷雪眉头紧锁，她盯着他的眼睛，那种久违的熟悉感，再次在心头萦绕……

这时，戚兮的电话打了过来，殷雪忙拿起手机。

"雪儿，看到了吧，我就说穆倾尘这个人很靠谱的！"戚兮语速很快地说道："你看，他能牢记一个已故朋友的承诺并履行诺言，这样守信用的男人，如今可不多了！"

"或许，他那位已故的朋友，就是他的前女友呢。"殷雪用遥控器关掉电视，总觉得有些地方怪怪的，说不出来的蹊跷。

"就算是他前女友又怎么样呢！雪儿，现在他对你感兴趣，喜欢你,想要和你在一起,想要娶你,这才是关键。"

"算了吧,我和他……"殷雪沉思了片刻,轻笑道:"戚兮,我和他根本就是两个世界的人。好了,你别操心我的事了,不早了,你这个孕妇早点休息吧!"

说完,殷雪挂断了电话。她在沙发上呆呆地坐了一会儿,唇角扯出了一抹苦笑。

当年,她和沐晨在一起就是门不当户不对,他母亲一直看不上她这个孤女,一心想要拆散他们。

如今,她已经不是当初青涩冲动的小女孩儿了。在社会上摸爬滚打的这几年,她已经变得成熟而冷静。嫁入豪门这种事,对于平凡的灰姑娘而言,比读个博士变成灭绝师太还难,真是太有挑战了。

而穆倾尘,毫无疑问,金光闪闪的钻石王老五一枚,"穆氏集团"掌门人,那应该是豪门中的豪门。所以,即便是有一天她殷雪想要结婚了,他也不会在她的考虑范围内。

穆倾尘回到自己在滨城的临时公寓,一进门,就看到沙发上多了两个人,面上毫不掩饰地流露出厌恶。

刚刚,他和殷雪在面馆的时候,穆婉容打电话来就是想说梁凤茹到滨城了吧!

"表哥,你总算回来了。"见穆倾尘一脸冰冷,穆婉容硬着头皮强挤出笑容,"姑妈都等你半天了。"

"你来了。"穆倾尘将身上的西服外套脱下,随意丢在一旁,他随即看向穆婉容,唇角勾起冷笑:"是你告诉她的?"

"不是我……"穆倾尘的笑透着杀气,穆婉容一个激灵,脸色雪白。

她知道她这个表哥不好惹,上次她找了殷雪麻烦,回头就被他狠狠整治了一顿,连信用卡都停了,还扬言要收回她手中的公司股份。想到此，穆婉容头皮一麻，声音发抖道："表哥，听你的话，我已经和纪温言订婚了。还有，刚刚，按照你吩咐的，我帮你演戏说纪温言送我去机场……"

"你是不是打算不回去了？"梁凤茹打断穆婉容的话，她年近六十，由于保养得当，看上去不过四十岁出头，一身墨绿色旗袍，头发高高盘起，眉目间有一股不怒自威的气势。

"暂时没这个打算。"穆倾尘靠在门框上，双手环胸，目光对上自己的继母，字字清晰道："还有，你别找她麻烦。"

"给你三天时间，立刻回丽城，总公司那边离不开你。"梁凤茹冷哼一声，"不然，我不保证殷雪的安全。十年前我能让她离开你，十年后她依旧配不上你。"

"我已经不是十年前那个任你欺骗的孩子了。"穆倾尘眸光幽冷，英气逼人的脸上散发出凛冽的煞气，"殷雪我自然会派人保护，你敢动她一根头发，我定让你生不如死！"

"你……"没想到穆倾尘的态度会如此强硬，梁凤茹满脸怒气，一抬头对上穆倾尘那双寒潭般的眼眸，向来强硬的她不禁噤了声。

是啊，十年时间，穆倾尘已经从一个青涩的退伍兵成长为呼风唤雨的穆氏集团总裁，上任不到两年时间，他凭借高贵的出身和总裁身份结交各路人物，投资影视行业，发展商场连锁超市，甚至饮食业也有所涉及，成功建立了属于自己的企业王国。就连她这个做母亲的，也不知道他的实力究竟强大雄厚到何种地步。

半年前，她的丈夫穆庆军去世，她这个儿子便开始暗地里掠夺她手中的公司股份，使得她只能依靠仰仗他生活下去，沦为任由摆布的傀儡。若非这次穆倾尘突然离开丽城，她恐怕很快就会被逐出董事会，再无立足之地。

"记住我的话,否则别怪我六亲不认。"穆倾尘收敛了气势,淡淡道:"两个小时后就有回丽城的飞机,婉容,送她去机场吧。"

"姑妈……我们走吧。"穆婉容偷偷看了一眼气得快昏过去的梁凤茹,小声说道。

"阿尘,你竟然赶我走!你还当我是你母亲吗!"梁凤茹猛地站起来,一改以往温婉高贵的形象。

"母亲?"穆倾尘眸光冰冷,讽刺地勾起唇角,"没错,你是我的生母,可在我眼里,我的母亲只有一个,那就是被你逼死的亲姐姐!"

闻言,杵在一旁的穆婉容大吃一惊。她知道梁凤茹嫁入穆家做了填房,也隐隐听家里长辈说过穆家二伯的原配是自己的另一位姑妈梁凤芝,却没想到害死梁凤芝的竟然是她的亲妹妹!

"姑妈,我好像忘记锁车了,我下去看一下!"穆婉容精明得很,这种豪门秘事她可不想知道太多,寻了个理由匆匆地出了门。

"阿尘,你胡说什么!"梁凤茹脸色惨白,强自稳住心神,声音颤抖道:"我知道你从小养在姐姐身边,对她的感情比我这个生母深厚。生母不如养母大,这个道理,我明白!"

"够了!你不用再在我面前演戏了!只会让我更觉得你恶心!"穆倾尘别开脸,皱着眉冷冷道。

梁凤茹气得不轻,胸脯剧烈起伏,随即声嘶力竭道:"不管你爱不爱听,我都要说,殷雪她根本就配不上你!我们是什么家庭,岂是她一个孤女能高攀得起的?!撇开出身不谈,贵为穆氏集团的接班人,你的婚姻必须符合集团利益!阿尘,我是你妈,我不会害你的。你就听妈的,娶一个集团千金或者政要的女儿,好不好?"

穆倾尘眼底闪过一丝冷意，他转过脸定定看向梁凤茹，一脸正色道："和集团利益相比，我觉得我的终生幸福更为重要。这世上只有一个殷雪，而我，也只爱她一人。非常抱歉，你的好意我不能接受。至于你到底是为我着想，还是为你自己下半辈子的荣华富贵考虑，我心里有数！"

"你！"梁凤茹气得说不出话来，双手捂住胸口，身子向后仰去。

见状，穆倾尘冷哼一声，一个利落地转身，大步走到门口拉开门。

果然，穆婉容一脸慌乱地站在门口，"表哥，我……我刚刚回来。我什么都没听到！"

"婉容，你姑母心情不太好，你陪她去丽城小住几天。"说完，穆倾尘头也不回地大步走了出去。

殷雪现在肯定不想看到穆婉容，把她打发到丽城去，再好不过了。至于梁凤茹，她患有心脏病，被他这么一气，估计得在医院住上好一阵子。短时间内，应该不会找殷雪的麻烦了。他这个"生母"，是个不安分的狠角儿，养母的死和当年的车祸，都是她的手笔。只是，他还没有将她手中的股权全部夺回，还没到撕破脸的时候。不过，若她再敢在殷雪身上动歪心思，他不介意将手中的人证物证交给警方，让她把牢底坐穿！

第二天，殷雪按时起床上班。洗漱穿戴完毕，她拎着包下楼去吃早餐。

"早啊，雪儿。"

殷雪一出楼门，就看到温暖的晨曦下，一脸和煦笑容的穆倾尘。

"穆总？"微微挑眉，殷雪眼底闪过一抹惊讶。

"现在不是工作时间，你叫我阿尘就行。"穆倾尘扬了扬手中的袋子，"我已经买好了早餐。"

猛然听到"阿尘"这两个字，殷雪不由得想起了她的"阿晨"，心里微微一痛，勉强维持面上的平静，看了眼穆倾尘手中的塑料袋，眸中多了几分惊讶，"庆丰包子？你怎么知道我想吃这个？"

殷雪家附近新开了一家庆丰包子铺，生意火爆。她今早特意早起，就是为了赶到包子铺吃个早餐。

"我未卜先知呗！"穆倾尘耸了耸肩膀，拉起殷雪的手就往小区外走，"我把车子停在门口了。"

这个时间段，是早高峰。一听穆倾尘的车堵在门口，殷雪便不再多说，和他一起快步走出了小区。

果然，因为穆倾尘的车，小区内很多车在门口排起了长龙，猛摁喇叭。

穆倾尘连连道歉，拉着殷雪上了车，迅速发动车子离开。

"你是故意的吧。"殷雪侧过脸飞快看了穆倾尘一眼，他唇角弯起，心情很好的样子。

"我是想让你一出单元门就能看到我，这才随便把车子往小区门口一丢。"穆倾尘回答得理直气壮，撒谎毫不脸红。

"今天就算了，明天我还是要坐公交车去上班的。"已经上了"贼船"，殷雪也不想再追究，她默默拿出自己的那份早餐放进包包里。

抵达公司，穆倾尘将车子开到地下停车场，和殷雪一同进了电梯。

穆倾尘的办公室在十九楼，殷雪在十二楼。

"和我一起上去吧。"电梯停在十二楼，穆倾尘一把拉住往外走的殷雪，"去我办公室吃饭。"

"不用了。"殷雪摇头拒绝。

"那，我去你的办公室？"说着，穆倾尘一只脚迈出了电梯。

"穆总！"眼角瞥到走廊拐角处有几个同事说说笑笑地走了过来，殷雪一慌，低呼一声，一把拉住穆倾尘，和他一起回到了电梯里。

电梯门关合，上升，几秒钟后，停在了十九楼。

"走吧！"对于这样的"偶遇"，穆倾尘颇为满意，他似乎料定殷雪会跟着他上楼用餐，眉眼瞬间飞扬。

咬唇，殷雪低头和穆倾尘进了他的总裁办公室，坐在沙发上，像个小媳妇儿似的默默地啃起了包子。

"喝点水。"穆倾尘为殷雪倒了一杯温开水，挨着她在沙发上坐了下来。

"谢谢。"殷雪一直低着头，即便如此她还是能感觉得到身边投来的那两道炙热的目光，顿时觉得浑身不自在。

"慢点吃。"从穆倾尘这个角度看过去，殷雪一张白皙的小脸红红的，就连耳朵也染上了一层粉红，羞涩可爱得惹人怜惜。

"咳咳……"殷雪吃得太快，端起杯子喝水的时候不小心呛了一下。

"怎么这么不小心！"穆倾尘抽出两张纸巾，体贴地为殷雪擦嘴。

"穆总，早！"

总裁秘书张倩敲了敲门走了进来，看到两个人坐在沙发上亲密无间的模样，脸上闪过一丝惊讶。

瞬间，殷雪的脸红得滴血。

"今天的日程表已经发您邮箱了，您忙。"到底是公司的老人儿，张倩很快便恢复了平静，低头退了出去，顺带关了门。

"喝点豆浆吧。"穆倾尘一脸的若无其事，慢条斯理地从袋子里把豆浆拿了出来，插上吸管，送到殷雪嘴边。

"不用了，我已经吃得很饱了。"咬了咬唇，殷雪往外挪了挪，起身，低声道："穆总，我先回去上班了。"

"好吧，你先去上班吧。"穆倾尘点了点头，目送殷雪离开。

那一抹倩丽的身影消失在门口，穆倾尘眼神狡黠，身子往后一靠，跷着二郎腿，继续细嚼慢咽地吃起了早餐。

这一上午，秘书张情发现总裁大人的心情似乎很好，嘴角挂着一丝淡淡的笑意，不时地哼着小曲儿，一脸的容光焕发。

呵呵！爱情的力量真伟大啊！

另一边，空无一人的办公室里，殷雪看着桌子上的那一捧硕大的玫瑰花束，一张俏脸皱成了一团。

"呦！殷总监这是大婚的节奏啊！"一个尖利讽刺的声音在门口响起，一身黑色紧身短裙的胡莉闪身进来，伸出涂满丹蔻的白皙手指在鲜红的玫瑰花上抚弄，揪下一片花瓣在唇上吻了吻，笑得妩媚，"殷总监，这是你未婚夫纪温言送来的？呵！昨天我去七星国际看电影，可是看到他和一个年轻女孩子手拉着手走在一起呢！"

"我和纪温言早就没有瓜葛了。"面对胡莉的挑衅，殷雪面上淡淡的，十分平静。

"殷总监恐怕还不知道吧，咱们公司虽然被收购了，刘总还是被任命为执行董事。刘总可和我说了，只要我能让大明星纪冉希接下鑫海别墅群的代言广告，就正式任命我为装潢部的总监。"

"那就先恭喜胡总监了。"殷雪淡淡道，随即走到办公桌前拉出办公椅稳稳落座，拿起铅笔画起了设计图，完全将胡莉当成了透明人。

她一直以来只醉心于装潢设计，对于拉明星做广告这种公关事宜向来懒得关注。若是胡莉真的因为让纪冉希拿到代言而被任命为总监，她亦无话可说。总之，她殷雪有自己的原则，只做她认为应该做的事，就是这么任性！

胡莉碰了个软钉子，倒也不是十分生气。以她对殷雪的了解，她是不屑跑去做公关的。这样一来，她没了竞争对手，总监一职就更加十拿九稳了。

想到这里，胡莉冷笑了一声，转身，扭着腰肢、踩着高跟鞋、趾高气扬地走出了殷雪的办公室。

江暖在门口处和胡莉打了个照面，被她白了一眼顿时心情大为不悦。江暖快步走进办公室，反手将门"嘭"的一声关上，"雪儿姐，她怎么来了？"

胡莉和殷雪向来不对付，两个人办公室虽然离得很近，她却从未主动上门来访。

殷雪闻言将铅笔放下，抬头看了满脸怒气的江暖一眼，笑道："她快要成为真正的胡总监了。"

"啊？！"江暖惊讶地瞪大了眼睛。

殷雪笑着将胡莉造访的过程说了一遍，而后又拿起铅笔，旁若无人地继续工作。

看到殷雪一副没事人的样子，江暖又急又气，嘴巴张了几次又闭上，只好把到了嘴边的话咽了回去。她太了解她的这位顶头上司了，外柔内刚，清高到了骨子里，让她去拉广告还真的难如登天！

转眼间，一周时间过去了，殷雪每天一上班就会收到一大捧火红的玫瑰，她把玫瑰花上的卡片扯下撕毁，丢进垃圾桶。

江暖和张倩本来就不是喜欢嚼舌根的人，再加上是她们的总裁大人在追求殷雪，而殷雪这一方态度冷淡，所以都乖乖地识相地闭紧了嘴巴。

殷雪这阵子一直在忙着城西的一个开发项目，经常往工地跑。而穆倾尘似乎也有自知之明，不再来找她，就连工作上的事宜两个人也只是通过邮件来进行沟通交流。

这一天，周五。

殷雪早晨出门上班，一开门，地上放了一个塑料袋。

她叹息了一声，掏出钥匙锁上门，拎起袋子进了电梯。

低头，殷雪看着手中的袋子，里面装着她爱吃的早餐。

这几天，穆倾尘再也没有一大早地跑来找她，约她一起去办公室吃早餐。不过，每天她家门外相同的位置上，都会有一个这样的白色塑料袋，里面的早餐很丰盛，每天都不同：周二是黄鹤楼饭店的蟹黄包，周三是城南泰和轩的虾饺，周四呢是城东富合庄的驴肉火烧。今天周五，里面放着简单的豆浆、油条，散发出熟悉的味道。

殷雪知道，这是滨城大学校门口那家早餐店的豆浆、油条，虽然算不上多有名气，但对于殷雪而言却有别样的意义。

大学本科四年，再加上研究生三年，殷雪在滨城大学度过了美好平静的七年时光。所以，这样的豆浆、油条，就算闭着眼睛，她都能闻出来就是校门口那家早餐店的。更何况，在大一的时候，她曾经在那家早餐店勤工俭学过一个学期。

坐公交车来到鼎盛建筑公司，殷雪径直进了自己的办公室，坐在办公桌前，她默默地吃着豆浆、油条，脑海中不由得回想起在滨城大学念书的那段日子。渐渐的，她胃里和心里，都是暖暖的。

江暖来上班，她看了眼殷雪的桌子，念叨了一句，"今天怎么没有玫瑰花？"

殷雪正吃着早餐，江暖的话将她从追忆中拉回了现实。这时，她才注意到，今天穆倾尘没有命人送花过来。

低垂下眼帘，殷雪脸上闪过一丝不易察觉的失落，剩下的早餐也有些食不知味。

这时，办公室的座机响起，江暖接起，随即告诉殷雪九点钟去会议室开会。

"周五例会吧，应该没什么大事。"殷雪皱了皱眉，"我等会儿还得去趟工地，就不去了。江暖，你帮我请个假。"

说不清心里那股忐忑不安来自何处，殷雪起身简单收拾了一下就出了门。

出门打的，殷雪坐在车里，揉了揉胀痛的太阳穴，眉心紧锁。

说实话，对于穆倾尘的示爱，殷雪并非没有一丁点儿的感觉。面对他的体贴温柔和火辣追求，她再想要干净利落地把这个男人推开，不沾瓜葛，也是有些力不从心的。

来到工地，殷雪换上工作服，戴上安全帽，和几个施工的工程师一起忙碌了起来。工地上，尘土飞扬，噪声不断，恶劣的工作环境和较大的工作强度，令殷雪暂时忘却了苦恼和纠结。

午饭时间，殷雪和工人们一起吃盒饭，她寻了处清凉的地方，席地而坐。

忙碌了一上午，殷雪一脸的灰土，她用湿巾简单擦了擦，一边吃饭一边琢磨着下午的工程安排。

突然，一双黑色皮鞋进入了殷雪的视野，她愣了愣，抬头向上看去，便看到了黑色的西裤、白色的衬衫，还有，穆倾尘那张俊朗的面孔。

"穆总？"殷雪微微惊讶。

这是周一在穆倾尘办公室吃早餐后，两个人的第一次见面。

看着一身灰土，脸颊热得绯红，坐在地上吃盒饭的小女人，穆倾尘眼底的那点气恼瞬间消散，脸上掠过浓浓的疼惜。

"你胃不好，应该多吃点有营养的东西。"穆倾尘放柔了声音。

"没事的，大家都吃盒饭，我不能搞特殊。"淡淡说了一句，殷雪低头，继续吃着盒饭，心里流过一丝暖意。

还以为她没去参加例会，穆倾尘是来找她兴师问罪的，还好，不是。

定定地看了眼这个执拗的小女人，穆倾尘转身离去，很快领了一盒盒饭，顺便买了两瓶矿泉水回来。

"给！"穆倾尘挨着殷雪坐下，拧开一瓶矿泉水递了过去。

"穆总，您的衣服！"见穆倾尘和她一样坐在地上，殷雪低呼了一声。

穆倾尘看了眼脏兮兮的西裤，一点都不放在心上，将矿泉水送到殷雪嘴边，"喝水。"

殷雪接过瓶子喝了几口，目光落在穆倾尘沾满泥浆的裤腿上，"穆总，您这是在微服私访吗？"

"不是啊！"穆倾尘打开盒饭，吃了起来，"现在是午休时间，我是来看你的。"

闻言，殷雪面上一红。

接下来，两个人相依而坐，默默地吃着盒饭。殷雪眼角瞥向穆倾尘，从这个角度看过去，穆倾尘的侧面棱角分明，隐隐透着几分凛冽刚毅，他的唇形很好看，吃饭的姿势动作也极为优雅，算得上赏心悦目。正午的阳光炙热明媚，暴晒下，他把衬衫的长袖挽起，衬衫上面的扣子也解了几颗，露出性感的锁骨和一片健康的小麦色肌肤。

"为什么把玫瑰花丢到垃圾桶里？"目不斜视，穆倾尘突然冒出一问。

"……"殷雪忙收回目光，装作没听见。

"好吧,上一个问题你可以不用回答。但这个问题,你必须回答。为什么没把早餐也丢进垃圾桶呢?"穆倾尘合上盒饭,一边用纸巾擦嘴,一边再次发问。

"呃……"殷雪咬着筷子,想了半天。说实话,穆倾尘的这两个问题,她都不知道该怎么回答。

"浪费粮食,很可耻。"半晌,殷雪从牙缝儿中挤出了一句话。

"浪费玫瑰花,就不可耻了?"穆倾尘轻笑。

"既然话说到这儿了,穆总,咱们就打开天窗说亮话。"见穆倾尘似乎没有生气,殷雪合上盒饭,"可不可以不要再送我玫瑰花了?"

"那,你喜欢什么花?满天星?"

"我的意思是,不要再送我花了。"

"哦,那好吧。"穆倾尘一脸失落,"我可以不送你花,不过,你不能拒绝我的早餐。"

"穆总,您这是何必呢。"殷雪咬了咬唇,看着眼前这个执着的男人,有些不忍,却还是正色道:"我原以为,我已经把话说得很清楚了。穆倾尘,我们并不适合!"

说着,殷雪站了起来,想要离开。

"殷雪,我很喜欢你。"穆倾尘起身,扳过殷雪的肩膀,对上她黑白分明的眼睛,一字一句道。

"我还是那句话,我们不……"

"怎样才算合适!"打断了殷雪的话,穆倾尘顾不上两个人一身的灰土,一把将她拉入怀中,"雪儿,从我见你的第一眼起,我就认定你是我想要守护的那个人了!我不知道在你心里,什么样的男人才算合适。只是,不要拒绝我,试着和我在一起,好吗?"

猛地撞进了一个温暖结实的怀抱,殷雪只觉瞬间停止了心跳，她的脸埋在穆倾尘的胸膛里，熟悉又陌生的气息在鼻端萦绕。

恍惚间，她仿佛回到了十年前。

那年，那夏，那夜，学校的篮球场上，他也是这样，突然间向她告白，猛地把她紧紧地搂在怀中。

熟悉的场景，仿佛时光倒流，殷雪没有挣扎，双手在空中犹豫了片刻，最终轻轻地环上了穆倾尘的腰身。

这一时刻，时间凝滞，如果可以的话，殷雪希望时间永远地停留在这一秒钟，因为，她太过贪恋这样久违的温暖怀抱。

"雪儿……雪儿……"穆倾尘的大手轻轻抚摸过殷雪的长发，口中低喃着她的名字，薄薄的唇抿起，眼底柔情无限。

良久，殷雪率先恢复了冷静，她轻轻推了下穆倾尘的胸膛，抬起脸，对上他宠溺的眸子。

"不要拒绝我。"穆倾尘看着她的眼睛，轻轻叹息，"就算你现在不能接受我，也不要拒绝我的追求，好不好？"

"……"不敢再看他火热而深情的眼睛，殷雪垂眸，不再言语。

"好了，我们不讨论这个问题了！"穆倾尘耸了耸肩，故作轻松道："下午的工作，什么时候能完成？"

"我也不清楚。"苦笑了一下，殷雪不着痕迹地退后了几步，和穆倾尘保持一定距离。

她的工作性质就是这样，有时候忙着绘图到深夜，有时候天不亮就到工地赶进度，加班加点顾不上吃饭是常有的事。

"很急？必须你来处理？"

"没有。"殷雪笑了笑，她很清楚，她没必要在工地上当"监工头"的，今天过来就是想要避开在例会上见到穆倾尘。

"那就好，我们回公司，谈谈城东游乐场开发的项目。"

"城东游乐场开发的项目？"

"嗯！回公司再说，我需要你的意见。"

和穆倾尘一起回到公司，坐在他的办公室里，殷雪认真地翻看投标书。

"雪儿，今天例会我们已经初步讨论过了。城西的开发项目接近尾声，接下来，我想把公司的工作重点投到游乐场开发这个项目上来。"说着，穆倾尘简单地将例会讨论的过程向殷雪介绍了一遍。

"这个项目，很有前景。"合上投标书，殷雪给予肯定意见，"去年我们鼎盛建筑公司在诸多建筑公司中脱颖而出，成功投标城西老城区开发项目，已经展示了我们的实力。游乐场项目的利润虽然不及这个项目，但很有意义。"

滨城是个海滨城市，气候宜人，风景秀丽，每年全国各地慕名前来的游客就不下百万。作为旅游城市，滨城交通等基础设施建设可谓十分过硬，可娱乐设施还不算完备，缺少大型游乐场这样的娱乐场地。

"市里对这个项目很重视。"穆倾尘起身为殷雪倒了杯水，"我想拿下这个项目，让公司再创佳绩。"

"我会全力以赴。"殷雪点了点头，"投标截止日期是什么时候？"

"下周二。"

"这么急？"殷雪挑眉，嗅到了一丝不同寻常的气息。

现在已经周五了，公司才得知投标一事。以往这样的大单子，他们公司最晚一个月前就会听到些风声。这次，确实有些蹊跷。

"是啊。很急。"穆倾尘摸了摸下巴，冷哼道："有些人，怕是想趁着公司易主浑水摸鱼吧。"

"没关系，咱们还有时间。"殷雪已经猜到了七八分实情，她并不多问，起身道："穆总，投标书我先拿回去了。"

"去吧。辛苦了。"穆倾尘将殷雪送走，坐回到办公椅上，他微微眯起双眼，唇边勾起一丝冷笑。

他下定决心要做的事，就一定要做到！有些不识抬举的人，不自量力地想给他这个初来乍到的新人使绊子，那他就陪他们好好玩玩！

为了做好投标估价，鼎盛建筑公司的员工们周末两天集体加班，殷雪也不例外。

这期间，穆倾尘和大家一起上下班，偶尔会把殷雪叫到办公室，讨论的内容也仅限工作。这样的相处方式，让殷雪心安了不少。

"穆总，你要注意休息。"看到穆倾尘眼底两团乌青，殷雪眼神关切，"我听张秘书说，你两天两夜未合眼了。"

"不碍事，我熬得住。"穆倾尘眸光晶亮，露出极为自信的笑容，"这个项目，我势在必得！雪儿，忙完这阵子，你继续跟进我别墅的装潢如何？"

殷雪脸上闪过一丝尴尬，为了避免和穆倾尘过多接触，她已经将他的别墅装潢丢给江暖去做了。

"我的别墅建得差不多了，你的装潢设计我一直很满意，我相信你一定能做好。你把我的别墅当成你自己的家来设计就好了。至于我的喜好，过几天我们再一起沟通，如何？"穆倾尘笑眯眯地说道。

穆倾尘的眼神充满了信任，殷雪心里不由得一热，点头应道："既然穆总信得过我，我一定竭尽全力。"

转眼到了周二，是公司投标的日子。

一整天，殷雪坐在办公室里，面对桌上图纸，心不在焉地转动手中的铅笔。

"穆总亲自出马,投标应该没问题的吧!"江暖双手杵着下巴,看着似乎有心事的殷雪,低声道。

"快了。"殷雪放下铅笔,拿起杯子喝了口水。

按照惯例,投标结果当天下午就会发布公告,是否中标,消息传来也就这一两个小时了。

"什么快了?"江暖皱眉,一脸疑惑。

这时,殷雪办公室的门突然被轻轻敲了一下,江暖蹦蹦跳跳地跑过去开了门。

殷雪下意识地抬头,看到穆倾尘意气风发地大步向她走来。逆着光,他的五官模糊而朦胧,唯有那一双漆黑眸子散发出的喜悦直抵她的心底。

转眼间,他立于她的桌前,清俊的面孔在她眼前放大。他双手撑住桌面,俯下身子与她直视,唇畔噙笑,目光灼灼。

殷雪身子微僵,手中的铅笔掉落在桌面,发出一声轻响。与他对视几秒,她飞快地垂下眼帘,咬唇,面上开始发热。

"成功了!"穆倾尘抓住殷雪微凉的手,语气中充满了欣喜。

"真的?"殷雪高悬的心终于落地,唇角抑制不住地向上扬,她反手紧紧握住穆倾尘的手,开心道:"太好了!"

四目相对,殷雪眼眸雪亮,一张俏脸洋溢着藏不住的喜悦,穆倾尘看她兴奋的模样,眸光软了下来,唇角的笑容愈发柔和。

不知从何时起,他的成功和快乐再无人分享。无论喜悦也好,痛苦也罢,这世上只剩下他孤零零的一个人,生活中的酸甜苦辣只能独自体会。

可现在不同了!奇迹般的,她再次出现在他的世界里,生活里原本灰暗的基调变得五彩斑斓。所以,当毫无意外地拿下这个工程项目后,他就迫不及待地赶了回来,想要第一时间告诉她，让她与他一起分享胜利的果实。

对视良久，殷雪手心传来那人微烫的体温，她脸上的红晕浓丽了几分，洁白的牙齿轻轻咬在嫣红的唇上，垂下眼，长长的睫毛如蝶翼般微颤。

目不转睛地看着殷雪娇羞的模样，穆倾尘心中说不出来的怜惜喜爱，心湖中仿佛被投下一颗小石子，泛起层层涟漪……

此刻，他的世界里，只有她殷雪一人尔。

一时间，小小的办公室里，暧昧气息骤涨。

江暖看在眼里，捂嘴偷笑，刚想要偷偷离开，就听穆倾尘朗声道："这几天大家加班辛苦了。投标成功了，我打算举办一个小型的庆祝晚会。"

穆倾尘唇角弯起，这时他的手机响起，他深深地看了殷雪一眼，一边向外走一边朗声道："雪儿，晚会一定要来，我们晚上见！"

目送穆倾尘离开，江暖将办公室的门一关，顿时高兴得蹦起来，"天啊，今晚有晚会耶！殷总监，我想回家化妆、换礼服，可不可以提前下班啊？"

殷雪看着活泼可爱的江暖，故意装出一副无奈的样子，却应声道："好了，再闹下去我的耳朵都被你吵聋了，今天放你的假，提前下班好了。"

"谢谢雪儿姐！"

语落，江暖简单地收拾了一番，半分钟后拎着包包跑了出去。

办公室里只剩下殷雪一人，她静静地坐在办公椅上，摊开右手的手心，忍不住轻轻覆在了自己的脸上。

她的手心里，似乎还有他的体温，残留了他的味道。

蓦地，殷雪的脸颊仿佛火烧云般烧了起来，忐忑羞赧，心跳慌乱。

这时，殷雪的手机铃声响起，她慌乱地从脸上挪开右手，手忙脚乱地从抽屉里翻出手机，接通。

"喂！雪儿，你在吗！"话筒那端，戚兮"喂"了半天也没听到殷雪的声音，不禁大喊了一声。

"哦哦！我在，我在的！"殷雪回过神来，从位置上站起来，走到落地窗前，看向远处天空的那片红霞。

"今天晚上要不要过来一起吃饭？我家老李又出差了，我一个人在家很没意思的！"

"抱歉，公司今晚有个聚会，我可能过不去了。"

"今晚有聚会，那你现在在哪儿？"

"上班时间，我当然在办公室了。"

"殷雪，现在都快五点了，你还真坐得住！好了，不说了，你马上下楼，我这就开车去找你！"

说完，戚兮便挂断了电话。

莫名其妙。殷雪对着手机发了会呆，琢磨了半天也搞不清楚戚兮为什么会突然来找她。不过，孕妇可是不好惹的，再加上也快到下班的时间了，殷雪简单地把办公桌收拾了一下就出了门。

第五章　惊艳亮相

殷雪刚刚走出一楼的转门，迎面遇上了戚兮。

"殷雪，你是不是想要气死我啊！"一看到殷雪，戚兮大吼了一声。此时正是下班小高峰，一楼门口的人很多，顿时引来无数侧目。

"亲爱的，你就不能小点声！"殷雪被吼得耳朵疼，忙上前一步挽起戚兮的手，脸上堆满了笑容，"太后大人，您就别生气了。有事咱慢慢说，好不好？"

说着，殷雪搀扶着戚兮下了台阶。心里琢磨着，还是先送这姑奶奶回家，服侍她用膳，把她服侍妥帖了再去豪门酒店参加晚会。

不过，这么一折腾，她剩下的时间不多了。殷雪低头看了眼身上的这套衣服，白色衬衫和深蓝色的牛仔裤，脚上还踩了一双灰色球鞋。穿着这身装扮去参加晚会，显然不合时宜。

哎！算了，不纠结了！大不了今晚陪着戚兮不去参加晚会好了。公司里有那么多年轻漂亮的女职员，多她一个不多，少她一个也不少嘛！

两个人朝着戚兮停靠在马路边的甲壳虫轿车走去，殷雪拉开驾驶座的车门，戚兮护着肚子小心翼翼地坐了进去。

帮戚兮关上车门，从车头绕了半圈，殷雪拉开车门坐到了副驾驶的位置,看到戚兮吃力地系着安全带,殷雪脸上涌现出几分愧疚,"戚兮,抱歉了。我没有驾照,只能你来开车了。"

"没事。"戚兮动作熟练地发动车子,"不过,殷雪,你怎么不去考驾照呢?以你现在的经济条件,贷款买辆车完全没有问题的啊。咱们小区离鼎盛公司不近的,每天上下班要倒两班公交车,多麻烦啊!"

殷雪的眼眸黯淡了一下,心里泛起苦涩的味道,硬生生地扯动唇角,笑道:"现在驾照越来越难考了,我笨得很,肯定考不下来的。况且,我是个懒人,不喜欢开车,只喜欢坐车。"

其实,殷雪并不是不喜欢车,更加不讨厌开车。只因为她的父母和初恋男友沐晨皆死于车祸,潜意识里开车于她而言是一件非常危险的事。当然,这是殷雪深藏在心底的小秘密,即便和戚兮亲如姐妹也从来没有对她说过。

车子缓缓开启,车窗外突然闪过两个熟悉的背影,殷雪张了张嘴,下意识地喊了句——"停车!"

戚兮立刻踩了刹车,好在车速不快,车子很快平稳地停了下来。

殷雪扭过头,看向车身后不远处的两个人——男的高大英俊,女的妩媚娇艳,两个人站在一起画面十分亲密和谐,俨然一对璧人。

"穆倾尘?"戚兮顺着殷雪的目光看去,不由得低呼了一声。

殷雪只觉大脑有一瞬间的空白,全身的血液陡然凝固。她默默地看着穆倾尘一只手揽着胡莉的纤腰,另一只手轻轻搭在她肩膀上,低下头不知和她说了些什么。胡莉仰起头来,妆容精致的脸庞上掠过一抹娇羞。

目送穆倾尘和胡莉一起上了他的车,殷雪这才收回目光,她低低地叹息了一声,眉宇间涌起淡淡的忧伤。

戚兮看到殷雪伤心的模样，心中暗道不好，疑惑地问道："雪儿，穆倾尘身边的那个女人是胡莉吧？"

"嗯。"

"哦……"戚兮再三斟酌考虑，最终还是选择相信穆倾尘，暗暗为他开脱，"胡莉勾搭男人很有一套的，穆倾尘刚刚收购你们公司对她不是很了解。想必，是误会一场吧。"

"其实，他和谁在一起和我本来就没什么关系的。"殷雪语气平静，却不由自主地带了一丝醋意。她想起前几日胡莉的挑衅，想到交际手腕高明的她即将被任命为总监而居她之上，又亲眼看见她和穆倾尘亲昵地在一起，顿时心情大为不好。

"雪儿，你可千万别气馁！不然，我就白折腾这一趟了！"戚兮拉起殷雪的手，打气道："穆倾尘可是一个千载难逢的好男人，之前他对你有意你却对他无情。现在，眼看着他就要被别的女人抢走了。雪儿，这个时候，咱可不能打退堂鼓！走！咱们这就去逛商场，买件像样的礼服，打扮得漂漂亮亮地去参加今晚的晚会，把穆倾尘夺回来！"

闻言，原本十分不开心的殷雪一愣，随即"扑哧"一声笑了起来。

这个戚兮，挺着大肚子跑来找她，竟然只是想要帮她打扮得花枝招展地去参加晚会，成为今晚的女王？！

"喂喂喂！殷雪，你能不能严肃点！"戚兮满脸的不高兴，继续道："就算不为吸引穆倾尘这样的好男人，难道就不可以把自己打扮得漂漂亮亮的吗？雪儿，你本是个美人胚子，可你看看你穿的这套'工作服'，哪有一点儿女人味。"

"工作服"？殷雪低头打量了下自己，心中不禁赞叹戚兮形容得十分贴切。她的工作性质注定时不时地要往工地跑，所以她平时上班的穿着都以运动风为主。

"好了,不和你磨蹭了!时间不多了。"恨铁不成钢地瞪了殷雪两眼,戚兮再次启动车子,心里暗暗想着,等晚会结束一定要给穆倾尘打个电话,搞清楚他和那个胡莉到底是怎么回事。若是误会一场也就算了,若他抱了左拥右抱的念头,她可不会轻饶他!

"好吧,只要你高兴,随便怎么折腾我都行。"殷雪挠了挠头发,听天由命地把身子往后一靠,开始闭目养神。

听戚兮的话,买几件漂亮衣服,画个淡妆,再做个头发,焕然一新地出现在晚会上。这么一想,似乎也蛮不错的。算了,就当换身打扮,换个心情,顺便遂了戚兮的心愿吧!

晚八点,一辆出租车缓缓停靠在豪门酒店的门口。

洁白的小手推开车门,一双黑色漆亮的高跟鞋率先落地,小脚的肌肤洁白如雪,紧接着是纤细修长的小腿,那羊脂玉般的润泽引人遐想。转眼间,一个一身红如火的娇媚女子走下车来,她仿若夕阳时分天际弥漫的一朵红霞,踩着高跟鞋,迈着优雅的步子走进酒店。

殷雪进入电梯,映着电梯内光滑如镜的墙面,看到了一个陌生的自己。她一头波浪长发在脑后松松地挽起,知性中透着慵懒,精致的五官经过细细地修饰更显玲珑妩媚,修长的脖颈间戴着一条蓝宝石项链,那炫目的蓝色映在胸前雪白的肌肤上,多了几分贵气与性感。身上这套戚兮挑选的"V"领红色短裙,更是将她美好的身材展露无遗,纤腰不盈一握,美腿纤细修长。

殷雪低头看了眼手上戴的翡翠戒指和玛瑙手链,又摸了摸项链上的蓝宝石吊坠,这些首饰都是戚兮打算在婚礼上佩戴的。她的这个好姐妹为了帮她撑场面,可是把压箱底的好东西都搬出来了。

电梯抵达顶层，殷雪调整了下表情，面带清浅笑容地走出了电梯。

豪门酒店顶层有一个占地五百平方米的豪华餐厅，鼎盛建筑公司的庆祝晚会会在那里举行。

"胡小姐，你的脚伤得不严重吧。"背对着殷雪，穆倾尘一手拿着香槟酒杯，轻轻摇晃了几下，柔声问道。

"还是有点疼的。"胡莉靠着墙壁站着，左脚微微抬起，柔柔弱弱道："穆总，今天下午真是多谢你了。"

低垂下眼眸，胡莉眼底闪过一丝狡黠。

她今天下班时间一直躲在公司的门口，在穆倾尘出现的时候，当着他的面扭伤了脚踝。其实，这是一个十分烂俗的勾引男人的手段，自负美貌的胡莉却屡试不爽。

"我看你的脚应该没什么问题，不然也不会穿这么高的高跟鞋了。"穆倾尘薄唇轻启，语调中带着讽刺。

胡莉显然没听出来穆倾尘的言外之意，娇笑道："人家还不是爱臭美，不想在晚会上丢脸嘛！"说着，她软软的身子向穆倾尘缓缓靠了去，这个姿势这个角度，恰好可以将她胸前的"沟壑"展露无遗。

与此同时，胡莉偏头看向殷雪，眼底的神色暧昧十足，又带了毫不掩饰的挑衅。

其实，胡莉早就看到殷雪了，她是故意当着殷雪的面和穆倾尘亲近的。胡莉自负妩媚风情，以往的男人面对她的示好都会毫不犹豫地更加青睐于她。只要勾搭上穆倾尘这棵大树，即便是做他的情人也不吃亏。

"胡小姐，请自重！"穆倾尘眉头皱起，向后退了两步，冷冷道。

下午的事，一开始穆倾尘确实是让胡莉蒙混了去，不过在察看过她脚腕的伤势,搀扶着她走了几步后,他就立即明白过来了。他原本想要让胡莉立刻离开的,无意间却看到了不远处咸兮车内的殷雪。那一刻,他从她向来平静如水的脸上看到了难得的惊讶、气恼和悲伤,不禁喜上心头。于是,他配合胡莉演了一场戏,目的就是让殷雪吃醋,进而早日认清她对他的感情。

胡莉一直看向殷雪这边,没想到穆倾尘会拒绝她的"投怀送抱",身子继续前倾,重心不稳,整个人向前跌了过去。

"嘭"的一声,胡莉重重摔倒在地,膝盖脚腕传来一阵剧痛,眼泪一下子飚了出来,十分狼狈。

"咳咳……"见状,殷雪不好再置身事外,她走过去假装关心地伸出手,"胡莉,你没事吧?"

"不用你管!"胡莉气呼呼道,泪水将脸上厚厚的彩妆冲刷开,一张脸顿时变成了调色板。

听到殷雪的声音,穆倾尘转身,不由得微微蹙眉,淡淡吩咐了一句,"保安会送她回去的。"便拉着殷雪快步走入了餐厅。

"你不要送胡莉去医院吗?"踩着一双十厘米的高跟鞋,殷雪跟在穆倾尘身后,稍稍有些吃力,"今天下午她脚崴了,现在又摔了一跤,心疼了吧!"

闻言,穆倾尘猛地停住脚步,蓦地转身。

殷雪一直低头看着脚下的路,来不及刹住脚步,整个人撞进了穆倾尘的胸膛。

"哎哟!"殷雪后退了一步,摸着被撞红的鼻子,低呼了一声。

"你吃醋了?"穆倾尘靠近殷雪,低下头笑着看她,漆黑的眸子满布狡黠,"是不是以为她和我关系暧昧?"

眼睁睁看着穆倾尘那张俊脸在眼前放大,殷雪面上一红。

"其实,我和她不熟的!"穆倾尘笑得眉眼弯弯,双手自然地搭在殷雪的双肩上,"你下午看到我们在一起,误会我们在一起了,是不是?心里不舒服了,是不是?现在,你发现你很在乎我,是不是?"

一连三个"是不是",问得殷雪呆愣当场,一时间大脑死机,耳边回响着穆倾尘柔和磁性的声音,却不知该如何作答。

是的,她下午目睹穆倾尘和胡莉亲昵互动的样子,心里确实泛起了酸。只是,这就能说明她潜意识里很在乎他,甚至在乎到了在他苦追自己不成的情况下和其他女人在一起也难以接受的地步了吗?

可是,明明是她不要他,冷冷将他推开的啊!现在却横生醋意,甚至莫名失落,这又是何必呢!

理清思绪,殷雪恢复了平静,退后两步,不着痕迹地甩开穆倾尘的手,挺直脊背仰起头,淡淡道:"穆总,你好像有点喝多了。"

"……"对着殷雪冰冷的面容,穆倾尘脸上笑意渐渐退去,他盯着她平静如水的眸子,心里不由得再次叹息。

他,终究还是心急了。却也没有料到,十年前那个纯真可爱的女孩儿会在他面前变成一只"刺猬",禁锢自己的情感,只要他有一点靠近她的企图,她就会对他亮出"尖刺"。

"下午的时候,胡莉的脚扭了,我才会让她上我的车。"

听了穆倾尘的解释,殷雪的眼神软了几分。

"还有,我知道她和刘董事关系匪浅。不过,你放心,你们部门提拔总监一职,我会秉承公平、公开、公正的原则。不过胡莉还有用处,我暂时不会辞退她,这一点希望你能理解。"

闻言,殷雪眉心舒展,默默点了点头。不由自主地,她的神态缓和了不少,不冷不热道:"你是公司老板,你的决定我无权干涉。"

"哇！雪儿姐，你这身打扮，我差点认不出来了呢！"江暖在殷雪和穆倾尘走入会场时就注意到了她的存在，却迟迟不敢上前打招呼，生怕认错了人。一再确认后，这才跑了过来。

"有那么夸张吗？"殷雪笑了笑，长长的睫毛下，一双明媚的眸子里闪过一丝羞赧。

"是啊！雪儿姐姐，真的很好看！"江暖连连点头。平日里，她看惯了殷雪"男人婆"的休闲打扮，再看到她这样一身妩媚红裙，江暖心里的惊讶不只一星半点。

"你今晚，真的很好看！"穆倾尘突然靠过来，在她耳边很郑重地说道，随即直起身子，看向她的目光多了几分倾慕。

殷雪今晚的打扮娇媚中透着慵懒和知性，很符合她的气质。其实，从礼服到首饰，都是他精挑细选再借由戚兮之手送到她面前的。礼服是按照她的尺寸量身打造，而那些首饰每一件都十分昂贵，要价不菲。为了让她成为今晚的女王，他确实下了血本，却也"收获"颇多。

殷雪抬起眼眸，飞快地看了穆倾尘一眼，随即挽着江暖的手臂，丢下一句"先失陪了！"拉着她向自助餐区走去。

两个人随便挑选了些点心，每人拿了一杯橙汁，寻了个安静的角落，坐了下来。

"雪儿姐姐，我刚刚一直不敢上前叫你的。直到我看到穆总看你的眼神，这才确认'红裙美人'就是你！"江暖叉了一块黑森林蛋糕，嘴巴里塞得满满地说道。

"你什么眼神啊？跟了我这么长时间，竟然认不出我！"殷雪嗔笑道。她端起杯子喝了口橙汁，目光却一直看向不远处的那抹挺拔的身影。

今晚的晚会，穆倾尘特地邀请了业内几家大公司的老总，此刻的他被一群西装革履的人围着，手里拿着一杯香槟酒，不时地用杯子和其他人的轻碰,薄薄的唇抿一口香槟,脸上挂着应酬中特有的礼貌而温雅的笑容。

这样的穆倾尘,是她从未见过的,俨然一位头顶光环的成功商业人士。

她就这么遥遥地望着他,目光从理智平静变得温柔含情。

蓦地,穆倾尘突然抬头向她的方向看了一眼,四目相对,他眸子里溢满了笑意和柔情,薄唇抿起,唇角上扬勾出一朵笑靥。片刻后,他率先移开视线,冲殷雪俏皮地眨眨眼,刚毅的脸上多了几分柔和的神色。

殷雪的脸,一下子就火烧火燎地红了起来,她忙低下头,双手握紧了面前的杯子,一颗心"扑通扑通"剧烈地跳动着,仿若下一秒钟就要从胸腔中一跃而出!

"就是这种眼神啊!"江暖不知何时从对面的位置挪到了殷雪的身边,她低低一笑,用手肘碰了碰殷雪,"雪儿姐,你还说自己对穆总没感觉!"

"……"殷雪沉默不语,默默地吸着杯子里的橙汁。她额前的一缕长发垂下,掠过滚烫的脸颊,带来阵阵酥麻的感觉,亦令她的一颗心仿佛被一只纤细柔软的手儿抚摸过,引发出些许异样的情愫。

这时,餐厅的灯光突然暗了下来。舞池处灯光交错,五彩斑斓,一道强而亮的光束打在舞池中央的一对男女身上。

"下面,有请刘广先生和胡莉小姐跳开场舞!"主持人的声音适时地响起。

紧接着,在舞曲和四周人们的欢呼声中,刘广和胡莉跳起了开场舞。

江暖看了眼一脸平静的殷雪,气呼呼道:"真是不要脸!"胡莉若是和刘广没一腿,她江暖的名字就倒过来写好了!

相对于江暖的气愤，殷雪漫不经心地收回目光，唇角勾起，叉了一块蛋糕放到口中，细细品尝。

"你慢慢吃，我出去透透气。"吃完一块蛋糕，殷雪冲江暖笑了笑，放下手中的叉子，起身离开。

舞池旁的穆倾尘遥遥地看向坐在角落里的红裙女子，刚想向她走去，却再次被众人包围。待他应付几句再次看向殷雪离开的方向时，佳人早已无处寻觅。

舞池中嘈杂万分，殷雪从服务生的托盘上取下一杯红酒，独自去了天台。

顶楼的天台很是宽敞，殷雪远远地看到东北角有一个戴着鸭舌帽的男子背对着她静静地站在那里，单看背影便有种说不出的寂寥味道。

殷雪犹豫了一秒钟，走到了西北角落，静静地看着远方的夜景。

夜凉如水，清风拂过，她身上的红裙随风摇曳，长发微微散开，垂落在肩头，那白皙的肌肤在月光下呈现出珍珠般的光泽。

"夜深了，小心着凉。"温暖的西服外套罩在殷雪光裸的肩头，犹自带着他的体温。

"谢谢。"殷雪淡淡道，扭头看向身后，当发现来人正是她许久不见的研究生导师闵浩哲，不由得微微吃了一惊。

"你忘了，我也有自己的建筑公司。这次穆倾尘在投标中拔得头筹，今晚的庆祝晚会我也在他的邀请之列。"闵浩哲淡淡地解释了一句，随即指向远处那个颇为神秘的男子，笑道："雪儿，和我来，我给你介绍一位有趣的朋友。"

说话间，闵浩哲带着她走向那名男子，和那男子打了声招呼。

男子闻言缓缓转身，摘下了鸭舌帽，露出一张俊美妖娆的脸，他看向殷雪，淡淡道："浩哲，这就是你的那位得意门生？"

殷雪看清男子的面容不由得再次吃了一惊,她虽不做追星族很多年,但纪冉熙这张随处可见的脸她还是认得出来的。

今天的纪冉熙穿了一条明黄色铅笔长裤,上衣搭配了大胆的浅灰色休闲西装,明艳张扬中又透着几分低调华贵。近距离接触之下,殷雪发现他比照片海报上看起来还要俊朗明媚。抬头,殷雪迎上纪冉熙的目光,瞬间被电了一下,面上不禁微微发烫。

"冉熙,向你介绍一下,这位是我的学生殷雪,鼎盛建筑公司装潢部副总监。"

闵浩哲的话令殷雪清明了几分,她尴尬地扯动唇角,伸出手和纪冉熙握了一下,"你好。"

"殷小姐,你好。"纪冉熙眯着眼看向眼前的小女人,笑得妖娆绝代。面前的小女人长得很精致,脸颊绯红,清澈的眸子仿佛浸了水的黑玉,乌黑明亮。

原来闵浩哲这个家伙,就喜欢这样的女孩子啊!

想到这里,纪冉熙不由得上上下下打量了殷雪一番,饶有兴致地挑眉,扫了闵浩哲一眼后,道:"殷小姐,不知道你是否认识胡莉胡小姐,她也是你们公司的员工,好像和你是一个部门的。"

殷雪点了点头,听纪冉熙提及胡莉,便知道她为了总监的位置一定已经通过人脉联系上纪冉熙了。

"她可真是个难缠的人。"想起这些天胡莉对他的围追堵截外加投怀送抱,纪冉熙不由得蹙起眉头,他从兜里掏出一个挂牌递给殷雪,道:"我等下有事要提前离开,代言的事明天你来影视城找我,咱们再详谈。这个是进入影视城的工作证,快到的时候提前给我打个电话。"

语落,纪冉熙颇有深意地看了闵浩哲一眼,丢下一句"浩哲那里有我的手机号。"就转身离去。

闵浩哲冲殷雪笑了笑,"雪儿,我找冉熙还有其他事,等下我再把他的手机号发给你。"语落,闵浩哲追着纪冉熙离开的方向跑了过去。

见状,殷雪不由得莞尔一笑。不知道闵老师是如何得知她的窘境的,想必是戚兮那个鬼灵精背着她告诉他的吧。不过,闵老师竟然和大明星纪冉熙相熟,这倒是挺出乎她意料的。

沉思过后,殷雪一抬头就远远地看到一抹熟悉的身影,她下意识地裹了裹身上的西服,转身走到刚刚站定的位置。

穆倾尘倒也不气恼,快走几步在殷雪身旁站定,目光落在她肩上的西服上,眉心几不可察地蹙起,随即脱下身上的西服换下殷雪肩上的那一件,见她的目光一直看向东边,问道:"在看什么?"

"从这里可以看到滨城大学。"殷雪惊讶于穆倾尘的举动却也没有多问,纤手一指,"你看,那里是教学楼,那里是实验楼,东边一点的是宿舍,再往东就是体育场了。"

"你本科和研究生都是在滨城大学念的,在那儿待了七年,很有感情吧!"

"嗯!研究生毕业后,好久没回去了呢。"

"那,要不要回去转转?"

"现在?"

"嗯!现在!"

听到穆倾尘斩钉截铁的回答,殷雪侧过脸飞快地看了他一眼,心头仿佛被婴孩柔软的手指挠了一下,随即扬手将高脚杯中的红酒一饮而尽,精致的面孔仿若沾染了胭脂般,一片绯红。

"好啊,现在!"殷雪踩着高跟鞋欢快地走了几步,脚上一个不稳,身子陡然一歪。

穆倾尘忙快步过去,扶了殷雪一把,"没事吧?"

殷雪转了转脚踝，扭头看他，粲然一笑，露出两颗可爱的小虎牙，"不疼，应该没扭到。"

微醺的双眸不经意间流露出来的妩媚和妖娆令穆倾尘心头荡漾，几乎把持不住，殷雪却仍是无邪地对着他璨然而笑："都怪戚兮，选了这么高跟的鞋子。还是穿平底鞋舒服些。"

随即，她动作麻利地将脚上的鞋子脱下拿在手上。

目光落在殷雪踩在冰冷地面的小脚上，穆倾尘扶她去了不远的藤椅上坐下。蹲下来，他捧起她白皙如玉的小脚，再三检查确实没有扭伤脚踝后，抬起脸柔声道："你先在这里坐一会儿，我很快就回来。"

说完，穆倾尘起身，将殷雪披在肩头的西服裹了裹，飞快地跑了出去。

不到两分钟穆倾尘就回到了天台，他的手上多了一双红色的棉拖鞋。

"穿上这个，我们立刻去逛滨大。"说着，他蹲下来，动作麻利地将拖鞋套在殷雪脚上。

皎洁的月光下，殷雪看着面前这个体贴的男人，心头涌起丝丝甜蜜，淡淡地"嗯"了一声，任由他拉起了她的手……

两个人出了酒店，一路步行到滨城大学。看着那一个个熟悉热闹的小吃摊位，殷雪忍不住拉着穆倾尘的胳膊，一个个地逛了个遍。

"晚上没怎么吃东西，要不要去吃个夜宵补充能量？"穆倾尘在一家四川面馆站定。这家店不大，里面却坐满了人，显然很受滨大学生的欢迎，他拉着殷雪走了进去。

"你真会挑地方。这家可是我们滨大这边最有名气的面馆，没有之一。"

殷雪和穆倾尘走进面馆。小小的店铺里，挤满了用餐的学生，连下脚的地方都没有。狭小的空间里，香味四溢，人声鼎沸，好不热闹！

"人真不少！"殷雪拉着穆倾尘在一张桌子旁站定，正坐在位置上的一对大学生情侣马上就要吃完碗中的面了，他们只好耐心等待。

两个人一进来便迎来无数注目礼，殷雪打扮隆重却穿了一双拖鞋，而穆倾尘因着参加今晚的宴会穿了一身正装西服，还打了镶钻的领带，他们二人的贸然闯入显然十分格格不入。

对视一眼，穆倾尘和殷雪皆莞尔一笑，从对方眼中看出几分狡黠。等待的空隙，穆倾尘开始环顾四周，这是他创办"穆氏面馆"后养成的职业习惯，每到一家生意火爆的面馆他都会仔细考察一番，从中学习优点和经验。

这家面馆占地面积很小，进门右侧是一整面的照片墙，上面贴满了很多情侣的合影，左侧则是一个小小的收银台兼水吧。座位之间的空隙不大，仅容一人通过。来往用餐的人很多，桌面却收拾得十分及时，地面也打扫得干净整洁。

"你在这边等着，我先去买两瓶矿泉水。"穆倾尘交代了一句，沿着狭小的过道，侧着身子朝收银台走去。很快，他买了两瓶水又原路折了回来。

这时，那对小情侣用餐完毕，两个人忙不顾形象地一屁股坐了下来。

"你对这儿比较熟悉，你来点餐。"穆倾尘将菜单递给殷雪。

殷雪简单地点了两碗招牌面和小菜拼盘。不到两分钟，面就被服务员端了上来。

"一分三十七秒。"穆倾尘抬腕看了眼手表，"上菜的速度够快的。"

"不仅如此，味道也不错哦！值得品尝！"闻到熟悉的面香，殷雪迫不及待地拿起筷子，大快朵颐了起来。

见殷雪吃得一脸满足，穆倾尘也觉得有些饿了，他先挑了一筷子小菜，入口清爽，顿时令他胃口大开。

两个人不再言语，一口气吃完了一碗面。席卷残云后，一边摸着肚子，一边对视而笑。

"比起我的'穆氏面馆'，毫不逊色。"穆倾尘给出了比较中肯的评价。

"哦，难怪你会留意上菜的时间。"殷雪这才反应过来，穆倾尘原本就是"穆氏面馆"的创始人，所以才会一进来就对店铺装潢、服务态度多加关注。

"创办'穆氏面馆'原本是想纪念我的一位故人，如今看来，却是多此一举了。"穆倾尘笑了笑，想起上次殷雪的落荒而逃，忙换了个话题："时间尚早，要不要再带我去滨大转转？"上一次和殷雪逛滨大的时候偶遇纪温言和穆婉容，着实破坏气氛，这次应该没这么倒霉了。

"愿意效劳！"

殷雪带着穆倾尘从滨城大学的正门走了进去，眼前一条笔直的宽阔马路，路旁栽种着柳树、杨树及各种花草。向远处望去，隐约可见一座挺拔气派的高楼。马路两侧有两排明亮的路灯，晕黄的灯光下，隐约可见横向纵深着各式建筑。

殷雪指着远处的建筑，介绍道："滨城大学校园占地面积很大，分为南北两区，以主楼为界限。从正门一直往北走，大概十五分钟能抵达主楼。这条道路的两侧，左侧主要是食堂、超市和洗浴中心，右侧则是学生、教师宿舍，教学楼则主要分布在北校区。"

一边走，殷雪一边介绍道路两旁的建筑。一路行来，绿意盎然，芳草萋萋，花香扑鼻，十分宜人。

很快,两个人绕过主楼来到了北区。殷雪指着东南方灯火通明的地方,笑道:"那儿是滨大的体育场。每年这个时候学校都会举办篮球比赛,各个院系的篮球队都会参加。"

"这么晚了,篮球队还在练习?"穆倾尘看了眼腕上的手表,率先向体育场走了去。

"学校的宿舍十点半熄灯,现在刚刚九点。想必是快要决赛的缘故,他们才会加班加点地练习吧。"殷雪跟在穆倾尘身后,一起进了体育场。

两个人寻了个僻静的地方,坐在高高的观众席上,远远地看着篮球场上那几个挥汗如雨的大男孩。

夜风拂过,送来些许清凉,月色朦胧,似真似幻。殷雪双手托腮,眸光闪烁,这熟悉的场景令她的一颗心飞回了十年的那个下午……

那时候,她父母在车祸中双双罹难,她刚刚被舅舅收养,来到了丽城第一高级中学。那天下午,她一个人从学校的篮球场穿行而过,却被一个飞来的篮球狠狠地砸中头部,跌倒在地,摔破了膝盖。

"同学,你没事吧!"

她吃力地睁开眼,黑影重重中,一个穿着白色篮球服的高个儿男生朝她跑了过来。

"你的膝盖流血了,我送你去医务室!"

紧接着,那个戴着厚厚黑框眼镜的男生将她打横抱起,一路狂奔去了医务室。

她和沐晨的第一次相遇,就是这么的狗血外加充满了小言情调。很快,他对她展开了追求,而她也深深地陷入这场恋情,难以自拔!

她还记得,校园里沐晨骑着单车,她坐在他身后,双手环着他腰身时甜蜜的感觉。风儿吹起她的长发，抚过她的裙角，她咯咯的笑声，洒满了林间的那条羊肠小路。

她还记得，他和她第一次去看电影的情形。光线暗下来的那一瞬间，他第一次小心翼翼地握住了她的手，那手心的温度和悸动的心情，即便隔了十年，依旧令她怀念。

"我回来了！"一个温柔的男声在远处响起。

殷雪茫然，脸上犹自挂着甜美的笑容，见穆倾尘气喘吁吁地从远处跑来，手里不知何时多了一瓶花露水。

"你去哪儿了？"殷雪接过花露水，倒了些涂抹在胳膊和腿上。

"在你发呆的时候，去找那些男生借了这个。"穆倾尘笑了笑，眉目间有着浓浓的柔情流转。他随即摘下腕上的手表，丢给殷雪，"这个你帮我拿着。我去还花露水，顺便和他们打一会儿篮球。"

殷雪接住穆倾尘那块昂贵的手表，将花露水递了过去，笑道："你穿的是皮鞋，小心点。"

"知道了！"穆倾尘解开袖口的纽扣，挽起袖子，冲殷雪挥了挥手便快步跑开。

明亮的灯光下，穆倾尘光裸的小臂在殷雪眼前一晃而过，他右手臂上的一处伤疤毫无预兆地映入眼帘。虽然只有短短数秒，殷雪却看得十分清楚，那是一道十字形的伤疤。

脑子中飞快地闪过凌乱的讯息。

那个伤疤……靠近右手臂的手肘处，那位置，那形状……沐晨！她记起来了，沐晨也有同样的伤疤！

瞬间，殷雪只觉浑身的血液都凝固了，心跳停止，呼吸停滞，她仿佛雕塑般静坐在原地。良久，大脑一片空白后，又渐渐变得清明……

"'穆氏面馆'原本是想纪念我的一位故人,如今看来,却是多此一举了。"

倏忽间,殷雪耳边回响起穆倾尘今晚说过的一句话。之前本就有蛛丝马迹可循,现在一一串联起来,殷雪何其聪明,很快便想明白其中的奥妙。

长长地呼出一口气,殷雪感觉血液一点点回流,她冰冷的身体渐渐有了一丝暖气。起身,她的双腿仿佛不受控制般,朝篮球架快步走去。双手暗暗握拳,她平静幽深的眸子深处似有一簇极明亮的火光盈彻,面上虽依旧平静,但微微颤抖的身子却出卖了她此刻内心翻滚的惊涛骇浪。

"雪儿!"穆倾尘一眼便看到站在篮球架下的殷雪,几个行云流水般的假动作后,他摆脱防守球员,高高跃起,来了个漂亮的三分球投篮。

篮球在球筐上滴溜溜转动,最终进入、坠落,掉在地上发出"嘭"的一声巨响。篮球滚到殷雪脚边,她弯腰捡起,一步步向穆倾尘走去。

仿佛只有短短数秒,又仿佛一个世纪那般漫长,殷雪走到穆倾尘的面前,双手捧着篮球,脸上的笑容甜美迷人,声音带着颤抖,"同学,你的球!"

"雪儿……"穆倾尘笑着接过篮球,他明亮的眸子里,殷雪甚至看到了自己纤瘦的身影。

四目相对,殷雪张了张嘴,百转千回间,心腹中的千言万语最终化为粲然一笑。那娇美的容颜仿佛明媚阳光下盛开的玫瑰花,更似黑寂夜空中稍纵即逝的烟花,绚丽夺目却也短暂至极。

"你们也在滨大念过书吧!"一个男生丢给穆倾尘一块湿毛巾,朗声问道。

"她原来是滨大的学生。"穆倾尘接过毛巾,擦了擦脸上的汗水,目光却一直落在殷雪的脸上,眼底满是笑意。

"今晚有球赛。食堂通宵对外开放,有酒有肉,要不要一起来热闹热闹?"另一个男生提议道。

"要不要去看球赛?"穆倾尘看向殷雪。

"你想看?我陪你!"殷雪点了点头,脸上温婉的笑容令他沉醉。

一行人来到滨大最大的第一食堂,一楼大厅里已经坐了不少的学生。众人选了个距离液晶电视较近的位置,将几张桌子并在一起,便坐了下来。

和两个人一起过来的有七个男生,殷雪跑去点了食堂自酿的扎啤和肉串,大家一边撸串喝酒一边看球赛,十分惬意。

坐在穆倾尘的左侧,殷雪不时地拿着眼角看向身旁的男人。食堂的灯光比体育场的更加明亮,当再次确认那道记忆中的伤疤时,殷雪满心欢喜的同时,却不由得在心底暗暗叹息了一声。

酸涩的情绪涌上心头,殷雪拿起扎啤灌了几口。冰凉的啤酒从口腔涌入,渐渐的,她昏热的头脑恢复了理智。

就算他就是当年的沐晨,又如何……

鼻尖泛起酸涩,殷雪眼眶开始发热。

察觉到殷雪的落寞,穆倾尘轻轻拉了她的手一下,发现她的指尖甚是冰冷,不禁微微蹙起眉,"雪儿,是不是很冷?"

"我没事!"殷雪强挤出一丝笑容,抬手,仰脖,将杯中剩余的啤酒一口气喝了下去。

"慢点喝。"递给殷雪几串肉串,穆倾尘向她靠了靠,手在她光裸的小腿上飞快地摸了一下,却不显得轻浮,"你穿得太少了,这么下去会感冒的。"

看着殷雪吃了肉串，穆倾尘继续道："折腾一晚上，累了吧。我送你回家？"

"嗯……"殷雪点点头。

穆倾尘和那几个学生打了招呼，便和殷雪一起离开。走出食堂，他给自己的司机打了电话，和殷雪站在路边的柳树下等人来接。

"你很喜欢打篮球吗？"殷雪仰起头，淡淡问道，黝黑的眼眸中闪过一丝复杂的情愫。

"一般吧。"穆倾尘抬手，将殷雪耳边的碎发抚到耳后，对上她认真的眼眸，轻笑道："其实我不喜欢打篮球的。高中时，我发现我喜欢的那个女生特别喜欢绕着篮球场走，便跑去参加了学校的篮球队，只为引起她的注意。"

"哦？"殷雪眨了眨眼，咯咯笑起来，"没想到穆总一表人才，追起女生来更是'诡计多端'！"

"我只追过一个女生。她是我的初恋。"穆倾尘看着殷雪的眼睛，看似漫不经心道："十年前，我喜欢上了一个女生。她是我的同班同学，很漂亮，也很敏感。第一次看到她的时候，她眉眼间满布忧愁，就算面上在笑，那笑意却从未抵达眼底。再后来，我知道了她经历过的苦难，我在心里默默发誓，以后我要好好保护她，尽我所能不让她再受到任何伤害！"

"后来呢？你们在一起了？"

"嗯！我们在一起了！我和她在一起的时候，每一天都很快乐。可以说那是我人生中最美好的一段时光。"

"那你现在还爱她吗？"

"我们分开后，我会时常想起她。从那以后，我再也没有找过女朋友。所以，我想我是爱她的吧！"

雪儿，我对你的爱早已深入骨髓，不能自拔！现在我已经回来了，你还爱着我，是不是？我们还可以在一起的，是不是？

穆倾尘的嘴张了张，最终还是将即将脱口而出的话生生咽了回去，他幽幽地叹息一声，轻轻将殷雪揽入怀中，一双星眸纠结万分。

他想要让她知道真相，却又怕她回想起过去的不幸而伤心，所谓近乡情怯便是如此吧。

被穆倾尘拉入怀抱，他的胸膛很结实也很温暖。听着他稳健的心跳，殷雪心头一阵柔软，没由来地感到莫名的心安。定格在空中的手缓缓落在他的腰上，渐渐收紧。这一刻她放纵了自己的感情，沉浸在他的深情中。

虽然不知道穆倾尘为何一直不点破自己就是沐晨的事实，殷雪却清楚地明白一个道理——他们之间，门不当户不对。十年前他们就不匹配，十年后，他头顶光环是人中之龙，是呼风唤雨的总裁，而她却是再平凡不过的小女子，无十分的美貌，无过硬的背景。

其实，他和她的差距，一直都存在。伴随着岁月的流逝，这差距仿若不断扩裂的鸿沟，再也难以填平。灰姑娘和王子的故事，只在童话中才会成立。而她，不复当年的青涩单纯，更是早就没有了为爱不顾一切向前冲的勇气。

环住穆倾尘腰身的手臂再次紧了紧，眼泪几乎难以抑制地想要涌出眼眶。殷雪脑海中浮现出梁凤茹那张趾高气扬的脸，她终究咬着牙松了手，再次抬起脸庞的时，已然一脸的云淡风轻。

"雪儿？"看着殷雪微微泛白的脸，不知怎的，穆倾尘心头突然涌起不好的预感。

"没事，就是头有点痛。"殷雪不着痕迹地后退了两步，低垂下眼睫，伸手在太阳穴处揉了揉。

冷清月色下，那个刚刚还似乎十分依恋自己的女孩儿，此刻身上却散发着淡淡的冷漠疏离。一时间，穆倾尘仿佛一下子从天堂跌入地狱，慌了心神，甚至手足无措。

好在尴尬之际，司机开车寻来。穆倾尘和殷雪一起上了车。

"我送你回去。"看到殷雪坐得远远的，穆倾尘眼中透出几分无奈，扭头对司机报出了殷雪家的地址。

一路上，两个人默默无语。殷雪靠在车门处，合上双眼，却依旧能感觉到两道无奈的目光落在自己的身上……

眉心微微蹙起，殷雪心中千头万绪，纠结万分。好在她今晚喝了太多的酒，最终抗不过醉意，意识模糊，头脑也变得昏昏沉沉……

半个小时后，车子停靠在殷雪家楼下，穆倾尘轻轻碰了她一下，低声道："雪儿，我们到家了。"

"嗯？"殷雪睁开惺忪的眸子。

"到家了。"看着她无防可爱的模样，穆倾尘忍不住伸手在殷雪头顶摸了摸。

"嗯……"殷雪迷迷糊糊地下了车，在穆倾尘的搀扶下进了电梯，抵达十七楼。

穆倾尘从殷雪的手包里找到钥匙，开了门，将她送进卧室。

"好好睡上一觉，咱们明天见。"穆倾尘扶着殷雪上了床，顺手开了台灯，又为她盖上被子。

"嗯……"回到熟悉的大床上，殷雪的头隐隐作痛，她胡乱应了声，翻了个身，抱被子蜷缩成了一团。

看着殷雪的"虾米"样，穆倾尘忍俊不禁，他在床前站立了片刻，又将卧室敞开的窗子关上，这才默默地退出她的卧室。

来到客厅，穆倾尘看到刚刚放到茶几上的钥匙，想了想，最终拿起来放进裤兜里。

第六章　怦然心动

走出殷雪的家门，穆倾尘径直走到了对面，取出钥匙开了门。

走进新家的家门，穆倾尘将自己丢进柔软的沙发里，面露疲惫。

自从上次和继母撕破脸皮大吵了一架后，穆倾尘原本的住所暴露，他便花高于市场价格三倍的价钱，将殷雪对面的房子买了下来。

一只手杵着头，另一只手修长的手指在沙发扶手上轻点，这是穆倾尘思考时的习惯性动作。沉思片刻后，他打定了主意。

调好第二天早晨的闹钟，穆倾尘起身去了浴室，简单的洗漱后，他光裸着上身，腰间只围了一条浴巾走进卧室。

打开笔记本电脑，穆倾尘进入邮箱。不出所料，看到了几封未读邮件。

点开，将文档简单浏览了一下，穆倾尘眉心蹙起，原本略带慵懒神色的眸子刹那间闪过一道精光，俊颜满布杀气。

默默关掉电脑，穆倾尘点燃一根烟，吸了一口，缓缓吐出白色的烟雾。他俊朗的脸庞在灯光下变得模糊而朦胧，唯有那一双黑曜石般的眸子，仿若黑寂夜空中的点点星光，璀璨明亮，却又透着跃跃欲试，甚至带了份狠戾和野心。

吸完一根烟，穆倾尘将烟蒂碾灭在烟灰缸中，淡淡地却又十分坚定道:"看来,到了决战的时候了。"

第二天一早,殷雪被轻微的响动吵醒了。

多年的独居生活令殷雪养成了浅眠的习惯,每逢雷雨大风天气或者房间里稍微有些动静,她很快就会惊醒。

刚搬进这所房子不到一个月,殷雪家就被入室盗窃过。到派出所报案后,殷雪便换了安全系数更高的防盗门,就连窗户也加了防固。

胸口闷闷的,宿醉后的头痛令殷雪觉得十分难受,她强撑着从床上坐了起来,揉了揉胀痛的太阳穴,侧耳仔细听了一会儿,最终确定那声音是从厨房传来的,瞬间变得十分地紧张。

这时,脚步声在门外不远处响起,很快有人敲了卧室的门。殷雪吓了一跳,此刻的她多少有些杯弓蛇影,翻出手机正要拨打110报警的时候,门口处传来穆倾尘低沉的嗓音——"雪儿,你起来了没?"

穆倾尘曾经当过特种兵,听力比常人要灵敏许多。所以殷雪在卧室里一起身,他在厨房那边就听到了声响,便赶过来喊她一起吃早餐。

"我……我马上就好。"听到穆倾尘的声音,殷雪忙将手机放下,惊诧之余大脑开始迅速运转。

昨晚,她一直和穆倾尘在一起。后来她喝了很多酒,是他送她回的家。再后来,殷雪就断片儿了,什么都想不起来了。

只是,穆倾尘为什么会一早出现在她家呢?难道他昨晚一直留在这里,没有离开?

下意识地,殷雪掀开被子看了眼,见自己身上还穿着昨晚那条红色裙子,不禁松了口气。随即她忍不住笑了笑。无论是十年前的沐晨,还是她最近接触到的穆倾尘,都不是乘人之危的男人,她又何必以小人之心度君子之腹呢?

"不急,我再去煎个鸡蛋。"说完,门外的穆倾尘转身又去了厨房。

殷雪忙起了床,翻出来一套运动服套上,跑到卧室里的洗漱间里迅速地刷牙洗脸。

刚刚收拾妥当,戚兮便打来电话,殷雪一边接通一边打开卧室的门走了出去。

"雪儿,怎么样?"

"嗯?什么怎样啊?"走出卧室,殷雪一抬眼看到厨房里忙碌的顾长身影,心里不由得一暖。

"昨天晚上,我帮你选的'战袍'是不是效果惊人?还有,你和穆倾尘进展得怎么样啊?"

"听不懂你在说些什么。"殷雪走到厨房门口,看着穆倾尘站在梳理台前切香肠,语调中带了几分轻快,"戚兮,今天周末,等会儿要不要我陪你去逛商场?"

"别转移话题!"戚兮声调骤然拔高,殷雪皱眉,忙将手机拿离了耳朵。

"哦!我明白了!"戚兮的声音变得阴阳怪调起来,"你这么闪烁其词,该不会穆倾尘就在你身边吧!"

"戚兮,早上好!"穆倾尘突然放下手中的香肠,一把夺过殷雪的手机,一边摁下扬声器一边笑道:"戚兮,我和雪儿在吃早饭,你要不要过来一起吃点?"

"哇!你们真的在一起啊!吃早饭,那昨晚岂不是……嘿嘿!"戚兮夸张的声音在小小的厨房里扩散开来,殷雪红了脸,恨不得立刻找个地缝儿钻进去。

"好了好了,我不打扰你们'恩爱'了。你们继续,继续!"戚兮笑嘻嘻地挂了电话。

"好了,可以吃饭了。"

穆倾尘将手机放到一边,洗了手,将切好的香肠装盘。殷雪上前帮忙,两个人很快摆了一餐桌的美食。小笼包、豆浆、煎蛋、三明治、香肠、几碟子清爽小菜,甚至还有两碗海鲜粥。

"都是我爱吃的。"殷雪端坐于餐桌前,不禁食欲大增。

餐桌的另一边,穆倾尘缓缓落座,俊脸上挂着和煦的笑容,温暖如阳光。

喝了口海鲜粥,殷雪一抬眼,看到穆倾尘身上穿着蓝色商务衬衫,外面套着自己的那件粉红色的围裙,胸口还有一个Hello Kitty的可爱图案。这样的搭配略显滑稽,殷雪不禁放下勺子,轻笑出声。

"是不是觉得有点别扭?"穆倾尘耸了耸肩膀,将围裙脱下来,"今天一早赶过来,忘记带我的围裙了。"

"那一次,你也是这样。"殷雪双手托着下巴,歪着头看向穆倾尘,不禁想起十年前,沐晨亲自下厨给她做牛肉面的时候,也是套了她的围裙。俊朗的少年围了一条粉红色的围裙,那画面甚是可爱。

穆倾尘愣了愣。

"哦,没什么,先吃饭吧。"殷雪递给穆倾尘一双筷子,低头,仔细地喝着面前的海鲜粥。

说实话,她还没有想好以后和穆倾尘以什么样的身份继续相处。她看得出来,他找到她并不是一个意外,他也有和自己再续前缘的念头。可是,她和他在一起,真的只是两个人相爱就可以了吗?就算他们之间的鸿沟可以忽略,他那位趾高气扬的母亲呢,会接受她吗?她又该如何面对这位刁蛮的婆婆呢?

不知道殷雪为何突然变得沉默,甚至抑郁寡欢,穆倾尘只好也陪着她不再说话,只是不时地为她夹菜添粥,温柔体贴得很。

吃完饭，殷雪默默洗了碗。两个人坐到沙发上，穆倾尘从口袋里摸出钥匙放到茶几上，"今天想给你做顿早餐，所以昨天走的时候就把你的钥匙顺走了。现在，物归原主。"

"嗯。"殷雪抿了抿唇，用遥控打开电视，起身道："你先坐一会儿，我去洗点水果。"

"刚吃完饭我不饿。"穆倾尘拉了拉她的手，柔声道："你先坐下，我有话和你说。"

闻言，殷雪的心猛地一跳，脸上闪过一丝慌乱，忙道："我很快就洗好，等我下！"

说着，殷雪挣脱了穆倾尘的手，径直溜进了厨房。

看着殷雪落荒而逃的背影，穆倾尘眉心微颤了一下，胸口闷闷的，泛着酸楚。

从冰箱里拿出苹果、香蕉和火龙果，殷雪心不在焉地在案子上切着水果，眼前不停地浮现刚刚穆倾尘欲言又止的表情，一颗心开始七上八下，忐忑不安。

他应该是要和她摊牌了吧，她原本应该很欢喜的，不是吗？相隔十年，她的初恋男友又回到她的身边，而她这十年从未曾将他忘记。这本应是一个有情人终成眷属、皆大欢喜的结局，不是吗？

可是，为什么，她欣喜若狂之后，却觉得纠结万分，甚至手足无措？或许，从父母离世之后，在潜意识里，她是极度缺乏安全感的，所以才会患得患失，不敢放手去爱的吧。

神游太空，殷雪的手突然一痛，她低呼一声，抬起手，嫣红的颜色从指尖蔓延开来。

"怎么了？"殷雪耳侧刮过一阵风，紧接着她的手腕被一只温暖的大手攥住。

"怎么这么不小心？"穆倾尘脸上满是疼惜，拉起她的手，一张口将那根受伤的手指含在了嘴里。

殷雪身子一僵，微痛的手指被他温热的口腔包裹着，一阵酥麻的电流从指尖传过，她的脸蓦地红了。

"好了，血止住了。"

不知道过了多久，穆倾尘的声音在耳边响起，殷雪眨了眨眼回过神来，忙抽回了自己的手。

这时，穆倾尘才注意到殷雪的脸红得几乎滴血，他唇角忍不住上扬，"创可贴在哪里？"

"医药箱里。"

"我帮你去取。"

"不用了，我自己来就好。"

看到殷雪逃也似的离开，穆倾尘无奈地摇了摇头。

将水果切好，放到果盘里，穆倾尘从冰箱里翻到一盒酸奶，全部淋了上去，简单地做了个水果沙拉，端着果盘走了出来。

"好在伤口不是很深，不用去医院打破伤风针。"接过果盘放到茶几上，穆倾尘从殷雪手中抢过创可贴，撕开，小心翼翼地贴在她的手指上。

"谢谢。"

"我们之间，不用言谢。"看着略显拘束的殷雪，穆倾尘笑了笑，伸出手轻轻将她低垂下来的长发掖在耳后，双目深情地望着她，"雪儿，有件事我一直想对你说。"

闻言，一直低垂着眉眼的殷雪身子微微颤抖了一下，缓缓抬起双眼，张了张嘴，却最终没有说出什么。

"其实，我就是……"

这时，一阵急促的手机铃声响起。

听到这个特设的铃声，穆倾尘面色微变，他忙掏出手机放到耳边，冲殷雪点了点头后，起身走到阳台上去接电话。

见状，殷雪轻轻松了口气，眼底却闪过一丝失望。或许，她内心深处还是希望他能主动向她说出真相的吧，即使她还没有做好接受他的准备。

大概过了五分钟，穆倾尘从阳台回来，拎起沙发上的外套，急匆匆向外走去，"雪儿，丽城那边有点事需要我去处理，我得离开滨城一段时间。"

"你要走？"殷雪看着弯腰穿鞋的穆倾尘，心中升起一丝不舍。

"很快我就会回来的。"穆倾尘穿好鞋子，直起身子，大步走到殷雪面前，伸手在她脸上轻轻摩挲，目光中满是疼惜和爱恋，"我不在的日子里，好好照顾自己。还有，尽量待在公司里，不要再去工地了。"

闻言，殷雪笑了笑，刚想说自己的工作就是如此，经常下工地，风吹日晒。可看到穆倾尘一脸的紧张，她面上的笑容褪去，默不作声地点了点头。

"乖，不要再去工地了，等我回来。"穆倾尘又强调了一遍，低头在殷雪光洁的额头上飞快地吻了一下，随即转身，拉开门走了出去。

那蜻蜓点水的一吻，仿佛一颗石子投入平静的湖面，在殷雪的心里荡起层层涟漪。她伸手轻轻摸着被他亲吻过的地方，定定地站在原地，看着那关合上的门，一颗心久久不能平静……

接下来的半个月，殷雪彻彻底底失去了穆倾尘的消息。

半个月后，鼎盛建筑公司的人事有了重大变动，原公司总经理兼执行董事刘广离开了公司，和他关系匪浅的胡莉也因泄露公司机密而被辞退。穆氏集团总部很快派来了新的总经理接管公司，公司正常运作。接下来，殷雪顺利地拿到纪冉熙的代言，名正言顺地升职加薪成为装潢部的总监，却也和往常一样，朝九晚五地过着普通上班族的平淡生活。

　　只有殷雪自己知道，她的世界看似风平浪静，却发生了细小而微妙的变化。自从穆倾尘离开滨城，她一改以往的习惯，手机保持二十四小时开机且从不设置静音。手机每响一次，她就会紧张不已，当看到手机屏幕上跳跃的名字并不是那三个字，她雪亮的眸子立刻黯然失色。每天早晨开门上班时，她的目光会在门外的空地上停留许久。抵达公司，忙碌一天后，她总会磨磨蹭蹭晚半小时下班。因为她观察过，穆倾尘一般也是这个时候下班。

　　每天满怀希望地上班，再暗暗失落地下班。回到自己空荡荡的小窝里，殷雪会把所有房间的灯都打开，而后独自坐在沙发上，捧着手机默默地发呆。

　　这样的滋味儿说不清道不明，却着实难熬，有时殷雪忍不住想要给穆倾尘打电话，却在拨出的瞬间立刻摁了挂断键。她总是在想，如果他很忙，她打电话过去会不会打扰到他？偶尔，她的思念还会带上几分怨怼。他这一走便杳无音讯、彻底失联，可无论如何忙碌，他心里若是有她又怎么会连一个电话、一条短信都吝啬给予呢？

　　日子浑浑噩噩地过着、熬着，期待中混杂着失落和怨愤，转眼又到了一个周末。

　　一大清早，殷雪就被门外的吵闹声搅和得难以入眠，索性早早地起了床。洗漱完毕，殷雪想起戚兮下周就要回老家补办婚礼，便打算去她家坐坐，看看有没有需要她帮忙的地方。

　　戚兮和她老公李达大学一毕业就结了婚，当时两个人商量好暂时不举办婚礼，只是领了结婚证、简单地请殷雪吃了顿饭便一起租了间房子，开始了婚后生活，将裸婚进行到底。现在戚兮怀了身孕，李家也拿到了拆迁补偿款，经济宽裕的情况下，李达和戚兮上周买下了小区里的一套房子，搬过去收拾妥当后又开始张罗回老家举办婚礼。

想到戚兮小两口日子越过越红火，殷雪的唇角不由得微微上扬，简单收拾了一番便出了门。

反锁了门，殷雪转身，看到对面门口站了一个物业保安和中年男子。一开始她对两个人没太在意，朝电梯快步走去，没走几步就被保安叫住，"殷小姐，请问您认识穆倾尘穆先生吗？"

"嗯？"从保安口中听到穆倾尘的名字，殷雪一脸诧异。

"是这样的，您对面的房子漏水，渗透到楼下的业主家里。穆先生搬过来不到一个月，我们还没来得及更新业主信息，联系不到他，请问您有他的联系方式吗？"

"穆倾尘我认识，可你们应该联系对面的业主才……"话说到一半，殷雪脑中闪过一道灵光，半信半疑道："你是说，对面的房子是穆倾尘的？"

"是的，穆先生上个月刚刚入住。"

"……"殷雪满脸惊讶。

"殷小姐，您方便把穆先生的手机号告诉我吗？"

"这个……"殷雪仔细打量了一下保安，他穿的是园区物业的工作服，而且看起来十分的面熟。想了想，殷雪记起来上个月她家里电路出了问题，就是这个保安陪同电工过来帮忙修理的。

"好吧。"殷雪点了点头，将那串烂熟于心的号码告诉给了保安。

"谢谢你，殷小姐。"保安得了手机号，忙拿起手机联系穆倾尘。

看到这个情形，殷雪不受控制地止住了离去的脚步，整个人仿佛被钉在了地上，目光落在了保安的手机上，一颗心蓦地提了起来。

电话很快就接通，却久久无人接听。保安一连打了三个电话，依旧如此。

"这可怎么办呢！"一直跟在保安身后的中年男子有些急了，"我们刚买的房子，装修好没几天就被淹了。楼上的邻居要是一直不回来，继续淹下去，这损失你们物业来承担吗？"

"先生，您先别急。"保安向殷雪投来求助的目光，"殷小姐，穆先生会不会把陌生来电屏蔽了。要不您帮忙打个电话？"

"是啊！这位姑娘，邻里邻居的，你帮帮忙吧！"中年男子双手合十作揖道。

"好吧，我试试。"殷雪点了点头，掏出手机的那一瞬间胸腔中翻涌着复杂莫名的情愫，手心竟然沁出些许汗水。她深吸了口气，拨出了那个熟悉的号码。

电话打通，从话筒里传来机械而绵长的"嘟嘟"声，响了半天丝毫没有接通的意思。殷雪一时间又是紧张又是担心，忙又拨打了一次，依旧无人接听。

"还是联系不上啊。"保安急得挠头，看了看楼下的业主，又看了眼殷雪，道："殷小姐，我去找开锁公司的人过来把锁撬开，您陪同我们一起进去查看哪里漏水了。您看这样行不行？"

"这个……"殷雪纠结了一会儿，本想拒绝，对上楼下邻居求助的目光，最终还是点了点头。

很快，开锁公司的人赶过来撬了锁。殷雪、保安和楼下的业主三人一起进了穆倾尘的房子，开始四处寻找出水点。

"应该是洗衣机的排水管忘记插进下水管道，再加上洗衣房的防水做得不是很好。"走到积水的洗衣房，保安给出了结论。

找到原因就很好解决了，保安和业主将洗衣房的积水清理掉，殷雪则把洗衣机里的衣物取了出来。

半干不湿的衣服散发出一股霉味儿，显然被遗弃在洗衣机里很久了。殷雪皱了皱眉，想起那天穆倾尘离开时眼神焦急、步履匆忙，再加上他这一阵子都没和她联系过，心中不禁有些不安。

处理完一切，三人一同离开。殷雪给穆倾尘发了条短信简单说了撬锁入室的情况，便忧心忡忡地去了戚兮家。

"我都和他说了无数遍了，不要再折腾了。我有房子有男人有娃就很知足了！可我家老李总和我说，当初嫁给他的时候让我受了委屈，等孩子生出来我们的精力都会放在孩子身上，更没有时间举办婚礼。所以不能再拖下去了，必须立刻把婚礼补办了！"戚兮歪在沙发上，一边啃着苹果，一边笑着说道。

李达坐在戚兮的身边，憨厚地笑了笑，低头用心地削着手中的苹果。

看着戚兮那张由内而外散发着喜悦的脸，殷雪不禁羡慕起她来。

其实李达长得并不帅，家里条件也很一般。但他对戚兮一直体贴温柔，再加上性格老实，正直善良，还特别有上进心。用戚兮的话来说，和李达在一起心里特别踏实。这，就是所谓的安全感吧。时间和实践证明戚兮的选择是正确的，这小两口结婚没几年，日子越过越红火，感情也越来越好，真是羡煞旁人！

相比之下，即便之前和纪温言有过一段感情，殷雪却一直能感觉到自己骨子里的形单影只，更是从来没有从纪温言的身上感受到安全感，之前的谈婚论嫁也不过是年纪大了不得不结婚的顺水推舟。如今看到戚兮婚礼在即，看到她和李达在一起时的幸福甜蜜，殷雪突然间有了想要结婚，和一个男人厮守终生的念头。几乎与此同时，她的脑海中浮现出穆倾尘温润含笑的模样。片刻错愕后，想起他最近如泥牛入海不知所踪，殷雪不由得蹙紧了眉头，幽幽地叹息了一声。

"想什么呢？"察觉到殷雪不在状态，戚兮轻轻拍了她一下。

"没什么。"回过神来，殷雪挤出一丝笑容，拿起茶几上的水杯喝了一口。

"是不是在想穆倾尘？"戚兮歪着头，冲殷雪挤了挤眼，"他这才离开半个月，就魂不守舍了？"

"我哪有？"嗔怪地瞪了戚兮一眼，殷雪又叹了口气，道："今天我给他打电话了，他没接，也不知道是不是出什么事了。"

"你别多想。穆倾尘肯定忙得很才没有和你联系，他离开滨城之前给我打过电话，说他不在的这段时间，让我好好照顾你。"

"我又不是三岁的小孩子，要你这个孕妇照顾？"殷雪耸了耸肩膀，随即脱口问道，"他离开滨城时给你打过电话？那最近这几天，他联系过你吗？"

"那倒没有。你想想，他连你都没联系，又怎么会给我打电话？"

"真是不省心。"殷雪掏出手机看了眼，穆倾尘一直没有回复她的短信，顿时有些生气。

"不过我看你最近事业蛮顺利的，胡莉被辞退，你又升了职，搞不好这都是穆倾尘的功劳。"

"我也不清楚。"戚兮的话令殷雪愣了一下，隐隐又觉得似乎有些道理。

"你别担心，他不会出什么事的。肯定是丽城那边有事耽搁了，等忙完这一阵，想到你还在滨城等他，他一定会很快赶回来的。"戚兮劝慰道。

"希望如此吧。"殷雪淡淡道，不禁想起穆婉容曾经说过的话。她说穆倾尘的生意主要在美国，不会在滨城停留太长时间。联想到公司调来的高管和新聘任的总经理，她不由得对穆婉容的话信了三分。

见殷雪闷闷不乐，戚兮拉起她的手，柔声道："我下周办婚礼，你公司最近若是不忙的话，就请年假陪我一起回老家参加婚礼吧。"殷雪向来心思重，能请年假出来散散心最好不过了。

李达在一旁帮腔道："我们打算周三提前回去布置婚礼，到时候肯定很忙。兮兮大着肚子需要陪伴照顾。你若是能来，那就太好了。"

"我这就打电话和经理请假，估计没问题。"

公司自从被穆倾尘收购后生意愈发红火，接连接了几个大单子。殷雪接手了一个单子，但新来的总经理似乎有所顾忌，说什么都不让她去工地现场。原本天天跑工地辛苦惯了，冷不丁地闲下来整天待在办公室里画图纸，殷雪确实有些不习惯。

不过，幸好她没有去工地。就在昨天，工地上出了事故。听说是棚顶突然坍塌，砸伤了两名工人。想到这里，再联想起穆倾尘离开时再三嘱咐让她不要去工地，殷雪总觉得哪里怪怪的，说不出的蹊跷。

戚兮看到殷雪捏着手机，并没有急着打电话而是一脸沉思，道："雪儿，如果不方便请假就算了。"

"方便的。"殷雪回过神来，调出总经理的手机号，立刻拨了过去。

殷雪打了一个简短的电话，总经理一口应允，她很轻松地就请下了年假。

接下来的几天，李达因公出差，殷雪便一直住在戚兮家，陪伴照顾她这个孕妇。转眼间到了周三，李达因为公事耽搁在了外地，殷雪只好和戚兮先回乡下。

周三下午，机场一楼大厅。

戚兮坐在椅子上，不禁埋怨道："这个老李，早不出差晚不出差，偏偏这个时候出差。现在倒好，让我一个人先回村里，难不成让我这大肚子的孕妇一个人举行婚礼！"

"李达心里有数，他一定会在婚礼前赶回来的。"殷雪看戚兮气得鼓起了腮帮子，不禁笑着劝道。

"哼！他要是敢把我一个人丢在婚礼上，我就不要他了。反正我有娃了，以后我和娃单过！"戚兮赌气道。

"不会的。李达那么在乎你，他不会把你一个人丢在乡下的。"

看着殷雪手里拎着大包小包，戚兮心疼道："雪儿，李达不在，这段时间辛苦你了。"

"我们之间，何须客气。"殷雪蹲下来，仔细检查了行李，因为要给李达的家人带滨城的海鲜特产，所以东西特别多。本来想要去办托运，又嫌麻烦，便都带在了身边。

"两位女士，需要帮忙吗？"一个熟悉的声音在头顶响起，紧接着一双锃亮的皮鞋出现在殷雪的视线中。

身子猛地颤抖了一下，殷雪缓缓抬起头，看到那张俊朗的面孔，眼眶一热险些落下泪来，唇角却抑制不住地上扬。

多日不见，他瘦了，黑了，也憔悴了。

"穆倾尘？"戚兮一脸惊讶。

"丽城的事处理完了，我回来了。"穆倾尘定定地看向殷雪，一双眸子深处情绪汹涌，激动之情喷薄而发。

"再不回来，房子都淹了。"殷雪深吸了口气，低垂下眼帘，语气极淡地说道。

"我知道。"即便殷雪隐藏得再好,穆倾尘仍敏锐地察觉到她声调中的颤抖,他抓住殷雪的胳膊往上一带,双手紧紧地将她抱在怀里。他的下巴在殷雪的脖颈间蹭了蹭,细细密密的吻落在她的脸颊上,哑着嗓子道:"对不起,让你替我担心了。"

眼前雾蒙蒙的一片,殷雪咬住嘴唇将泪水憋了回去,哽咽道:"谁担心你了?"

"雪儿,别生我的气。这一次,我们再也不分开了。"

"真的?"

"真的!"

"君子一言。"

"驷马难追!"

闻言,殷雪破涕而笑。

"对了,我还带了一个人过来。"松开殷雪,穆倾尘冲不远处努了努嘴。

殷雪扭头,看到戚兮和李达一起朝她摆手。想到自己和穆倾尘相拥的一幕被两个人看到,她脸上一红,惊讶道:"李达回来了?"

"嗯。之前他不敢保证能赶回来和戚兮一起回乡下,就没告诉你们。我进机场的时候正好看到他,便和他一起过来找你们了。"

穆倾尘拉着殷雪的手,一起走近两个人,"戚兮,李达及时赶来陪你了,所以我想把殷雪借走两天。"

"当然可以啊!"戚兮挽着李达的胳膊,笑眯眯道,"你不在的这几天,雪儿她日夜难安,食不知味。穆总,你可得好好补偿我们雪儿。"

"哪有?"殷雪脸皮薄,瞪了戚兮一眼。

穆倾尘挺起胸脯，朗声道："你和李达放心，我会对雪儿好的。还有，你的婚礼我们会按时参加的。"

"欢迎之至。我们在老家等你们过来。"李达揽过戚兮的肩膀，笑道。

"好了，时间不早了，你们还得安检呢，快进去吧。"

和戚兮夫妻告别，穆倾尘拉着殷雪的行李箱走出机场，一起上了他的车。

殷雪坐在副驾驶，穆倾尘弯下身子拉过安全带，体贴地为她系上。

明媚的阳光洒落在穆倾尘的脸上，令他原本刚毅的轮廓多了几分柔和。他直起身子的瞬间，鼻端隐隐萦绕着淡淡的洗发水的清香，殷雪身子一僵，下意识地向后靠去。

下一秒钟，穆倾尘深情的眸子定定地看向殷雪，四目相对，他突然伸出一只手揽过她的肩膀，低头，深深地吻上她嫣红的唇。

不似以往轻柔的吻，这一次穆倾尘吻得放肆而狂热。唇齿纠缠，殷雪蓦地闭上了双眼，长长的睫毛如同蝶翼般颤抖。多日来积聚在心底的彷徨和委屈化作满腔的热情，她双手缠绕住他的脖子，抛下所有的矜持和羞涩，扬起下巴热烈地回应着他的亲吻。

不知过了多久，就在殷雪双颊绯红，几乎窒息的时候，穆倾尘喘息着松开了她红肿的唇。

殷雪眼眸晶亮，唇角的笑意甜蜜而温柔，抵着他的额头，柔声道："接下来我们去哪儿？"

"去丽城，咱们的老家。"穆倾尘的声音略显嘶哑，低沉而性感。

"嗯。"

"不怕我把你卖了？"

"不怕。"殷雪摇摇头,抬眼望进他幽深的眸子,一颗慌乱彷徨、摇摆不定的心在这一瞬间突然变得笃定,她红唇轻启,缓慢而坚定道:"只要和你在一起,我什么都不怕。"

"嗯。"揉了揉殷雪的长发,穆倾尘满足地笑了,面上的疲惫亦一扫而空。

半个小时后,穆倾尘和殷雪买了去往丽城的动车票。登上高铁的那一时刻,殷雪意识到她的人生轨迹或许会因为这次丽城之行而改变。

过了差不多五个小时,傍晚时分,殷雪和穆倾尘一起走出火车站,上了一辆低调的保时捷。

"我家里现在只有爷爷在,他很随和。等会儿见面你不用多说什么,只要乖乖地站在我身旁就好。"

"嗯。"

高铁上,这样的话穆倾尘说了不下十遍。从他的口中,殷雪得知他的奶奶和父亲已经不在人世,母亲患病需要长期住院。穆倾尘提及梁凤茹时,面上的神色极为平静,甚至带了一丝疏离,殷雪心中不免觉得有些奇怪。不过想起当年梁凤茹对她颐指气使、贬低辱骂的模样,殷雪只觉头皮发麻,不由得暗自庆幸这次见家长时她恰好生病住院,两个人不用再相见。

"雪儿别怕,有我在。"半晌,穆倾尘再次打破沉默。

殷雪扭头看向坐在自己身边的男人,他坐得笔直,双手搭在身前,右手紧紧握住左手,似乎比她还要紧张。

自从确定了自己对他的心意后,殷雪反而轻松了不少。不论穆倾尘出身如何,不论他有多么优秀,只要他的心在她这里,只要她对他还有感情,不管以后会面对无礼刁难或遭受风言风语,她都会勇敢面对,不再退缩。

茫茫人海中，能遇到互相深爱的人，实属不易。他们已经错过了十年，而这一次，殷雪选择了坚定和坚强。

伸出手轻轻覆在穆倾尘的手背上，殷雪露出一个温婉的笑容，"你放心，我会努力让爷爷喜欢我的。"

"嗯。"穆倾尘反握住她的手，掌心厚实而温暖，"拦路石已被我解决。雪儿，从今天开始我不会让你再受任何委屈。"

拦路石？是梁凤茹吗？不知道穆倾尘为何会这么说，也不知道他话中所指究竟是谁，殷雪只是浅浅笑着，并没有多问。

车子缓缓行驶，殷雪透过车窗向外看去，不同于滨城的安静平和，这里一派繁华喧嚣、火树银花。想起幼时她和父母也曾在这所城市居住生活，殷雪不由得一声叹息，有种恍如隔世的感觉。

"快到了。"穆倾尘在耳边轻言提醒。

殷雪回过神来，眼眸愈发晶亮澄清，他掌心传递的温暖和力量仿若一剂强心剂，令她内心变得清明而强大。无论她曾经遭遇过多少磨难，老天爷终究待她不薄，时隔十年仍将他送到她的身边。不知道穆倾尘为何到现在也没向她表明身份，也不清楚他为何贸贸然带她去见他的亲人，殷雪只明白一点，再次相逢已属不易，无论最终的结果如何，她都想为了他尝试着和他的家人相处。因为，她只想和他在一起。

一轮弯月斜斜挂在树梢，车子在纵横交错的狭窄胡同里穿梭，最终停靠在一座三进院落的四合院的门前。

和穆倾尘一起下车，携手立于红漆广梁大门前，殷雪看到门枕石上镌刻了卧狮兽面的吉祥图案及门簪的头部迎面刻着的牡丹、荷花、菊花、梅花等花卉，古朴大方却又贵气逼人，顿时让她有种穿越时空、漫步宫廷的错觉。

"进去吧。"穆倾尘牵着殷雪的手，拾阶而上。

两个人穿过门房，方阔的庭院渐渐在殷雪面前舒展开来。围墙上爬满了翠绿的爬山虎，清风拂过沙沙作响。一条笔直的长廊直通厅堂，夜色中隐约可见远处飞阁奇檐建筑，古色古香。

朦胧月色下，庭院遍种各色花草，芳香四溢。东南角一片葱郁的竹林，翠竹片片，斑影婆娑。院内屈曲蜿蜒的小溪叮咚作响，夜色下，宛若一条玉带与周身花木融为一体，妙不可言。

殷雪生长于丽城，父母在世时也见过一些四合院，但她所见大都是民宅，如此精巧富丽的院落还是第一次见到，显然传于官宦之家。

想起梁凤茹刁难自己时曾经说过，她这个孤女配不上穆家的少爷，穆家是何等人家，岂是她这样的小门小户能高攀得起的！

行走于穆家别院，殷雪第一次对穆倾尘的身世背景有了探究的兴趣。侧过脸，她看向身边脚步稳健的男人。月色为他俊朗的面容蒙上了一层神秘的白纱，一路上他紧紧握住她的手，神色颇为凝重。

心中的疑惑因穆倾尘眼眸中的坚定而消散，此时的殷雪只觉有他相伴，心安无比。和穆倾尘继续前行，穿过垂花门却别有洞天，明亮的厅堂近在眼前。

院内花木扶疏，幽雅别致，西边一溜紫藤架子，东边是一个小型的荷花池。厅堂前种着两棵松树，苍虬挺拔，生机盎然。窗前挂着细竹吊铜钩的鸟笼子，一只不知名的鸟儿叽叽喳喳叫着，当真悦耳动听。

"到了。"穆倾尘停下脚步，眸光温柔地看向殷雪，"爷爷就在里面。"

"嗯。"殷雪面上一层淡淡的胭脂红渲染开来，她轻轻抓住穆倾尘的手，眼眸晶亮，"阿晨，我不会让你失望的。"

闻言，穆倾尘面露惊讶，随即满满的喜悦溢于面上，"雪儿，你都知道了？你不怪我没有一开始就向你坦白？"

"你我之间何须过多解释？"殷雪仰起脸，眉眼间的神色十分平和，"倾尘，选择和你在一起我不是没有顾忌的。可是为了你，我愿意去试一试。"

闻言，穆倾尘紧紧地抓住她的手，高兴得无以复加。

雪儿，我不会让你失望的，他心中默念，牵起她的手，他带着她一起缓缓步入大厅。

厅堂之中，地上的大理石砖光滑如镜，头顶上挂着精美绝伦的巨大吊灯。家具全都是黄花梨木所制，雕工富丽繁华，价值不菲。

绕过一个绣着牡丹花的巨大屏风，但见一个身穿红色唐装的老人端坐在正座上，他一头白发，面色红润，精神矍铄，慈眉善目地看向两个人。

穆倾尘忙偕同殷雪快走几步，道："爷爷，我们回来了。"

"路上辛苦了，这位就是雪儿吧。"

殷雪向前迈了一步，抬起头看向穆庆军，笑道："穆爷爷好。"

穆庆军抬眼上下打量了殷雪一番，见她面容姣好，气质温婉，衣着大方朴素，心中大为满意，面上浮现出满满的笑意，朗声道："雪儿，阿尘将你藏得好，我们都只闻其名不见其人。今日得见，想来这个臭小子是个有福气的。"

"是啊！雪儿，阿尘一直提起你，我们今天总算是见到真人了！"一个身穿暗红色旗袍的中年女子端着茶盘从牡丹屏风后走了进来，她将茶盘放到穆庆军身旁，拉起殷雪的手，一脸欢喜道："呀！这姑娘长得真水灵，难怪让阿尘牵肠挂肚这么多年。"

殷雪被夸得面上一红，她看得出面前的女子对她是发自肺腑的热情,却又不知该如何称呼,忙拿着求助的眼神看向穆倾尘。

"这位是我的姑母。"穆倾尘揽过殷雪的腰身,在她耳边亲昵道。

"姑姑好。"殷雪脸上的红晕更浓了几分,低头柔声道。

看到小两口腻腻歪歪的样子,穆君如捂嘴咯咯笑了几声,她走到穆庆军面前,亲自为他倒上一杯清茶,"爸,咱们家这下子可热闹了。"

碧绿色的茶叶在茶碗中沉沉浮浮,舒展开来,穆庆军抿了口茶,笑眯眯地看向两个人,"以后咱们就是一家人了。阿尘,别干站着,领雪儿四处转转。"

"爸,天都黑了,明天再让阿尘带着雪儿四处走走。坐了一下午的火车,两个孩子都该饿了。"

"也是,先去吃晚饭吧。雪儿肯定饿了。"

穆庆军发了话,四人一齐向厅堂后面的餐厅走去。落座后,很快便有佣人端了精美的菜肴上来,摆了满满一桌子。

晚饭显然是花了心思准备的,八荤八素八羹八冷拼,丽城的各色点心、小吃,应有尽有。更难能可贵的,这些几乎都是殷雪爱吃的。

"听阿尘说起,你是土生土长的丽城人。我便随便准备了一些丽城小吃,也不知道合不合你的胃口。"穆君如夹了一块核桃酥放到殷雪面前的小碟子里。

"我离开丽城好多年了,看到这些小吃就觉得贴心。姑姑您多费心了。"殷雪夹起核桃酥咬了一口,满口酥脆甜香,顿时觉得心里暖暖的。

如果说刚刚看到穆家的居所雅致奢华还令殷雪感到惶恐不安的话,现下这一桌充满了浓浓人情味儿的家乡饭已让殷雪完全融入这个大家庭中了。

一顿饭，大家一边吃一边闲聊，气氛十分融洽。基本上都是穆君如和殷雪在一问一答，说的也都是殷雪的基本情况。对此殷雪并无反感，只是面带笑容地和穆君如低声交谈。

"雪儿，你既然是丽城人，为何会跑到滨城读书、工作呢？"一直默默吃饭的穆庆军突然插了一句。

"高三那年，我的父母出了车祸意外离世。遇到阿尘后，有一次我们两个聊天，发现彼此都不太喜欢丽城的繁华喧嚣，很喜欢四季如春的海滨城市。所以报考大学时，我就选择了滨城大学。再后来，在滨城大学念了本科和研究生，丽城这边没了亲人也没了牵挂，就决定定居滨城，留在那里工作了。"

"原来是这样。"穆庆军端起水杯喝了口水，眼底飞快地涌起一抹复杂的神色。

"伯父伯母的那场车祸纯属意外，只是可怜了雪儿。这些年她一个人背井离乡，独自在外飘荡拼搏，一定吃了不少苦。"穆倾尘放下手中的筷子，为殷雪的杯子里添了些水，冷冷道。

"哪有你说的那么惨？"殷雪看向穆倾尘，见他薄唇紧抿，面色阴沉，不禁微微一愣。

穆庆军和穆君如齐齐捏紧筷子，两个人对视一眼，面上略显尴尬。殷雪见其他三人齐齐停了下来，原本轻松的气氛一下子变得紧张起来，不由得心生疑惑。

看到殷雪迷茫的眼神，穆君如忙挤出一丝笑容打破僵局，"原来你定居滨城是因为你们两个之前有过约定啊。"

"算是吧。"殷雪起身为穆庆军和穆君如各盛了一碗汤，笑道："穆爷爷，姑姑，你们都别听阿尘瞎说，我这些年一直都很好，学习和工作都顺利得很。"

接下来，四个人不再言语，默默地吃完了晚饭。而后，穆君如带殷雪去住宿的小院，穆倾尘则被穆庆军单独留了下来，说是有事要交代。

跟在穆君如身后,穿过一条长廊,来到一个清雅别致的小院。殷雪抬头,见横匾上写着"兰芝轩"三个大字,龙飞凤舞,显然出自男子之手。

看着那狂肆飘逸的字体,殷雪眉心微微一动,刚想细细品鉴,却被穆君如拉着她的手快步带进了院落。

这是一个不大的小院,四角处各挂了一盏改良过的八角宫灯。晕黄色的灯光下,院前一片绿草地,上面零星点缀着不知名的各色花朵,清风习习,芳香四溢。一条鹅卵石铺就的笔直的小路,直通一间白墙青瓦的正房。

"这几天先委屈你住在这儿,有什么不习惯的地方一定要告诉我。"穆君如和殷雪踏上小路走进正房,向右一拐进了卧室。

殷雪站在门口处,只见整个卧室被一道山水屏风分为两半,左手侧是内室,右手侧则是一个宽敞的书房。一眼看去,但见书房里所有家具皆为红木所制,富丽奢华却不低俗,透出高雅脱俗的气息。室内摆件精致,看不见一样多余的摆设,一幅画或一盆盆栽都摆放在最恰当的位置。木窗下摆放的小巧的书架和一张贵妃榻,殷雪尤为喜欢,但见书架上的书籍皆为建筑方面的,榻上的锦被上绣着点点或白色或浅紫色的小花,仔细看去竟是她最喜欢的满天星。

"这里都是阿尘亲自布置的,看看喜不喜欢?"

"喜欢,当然喜欢。"殷雪走到榻前伸出手细细抚摸过上面的刺绣,只觉满心的欢喜。

穆君如走到桌前坐下,她自顾自地倒了一杯茶水,看似不经意道:"搬进这座四合院时我刚满十八岁,出嫁前便住在'兰芝轩'。这座四合院是由当年丽城最有名气的建筑大师殷盛亲自设计的,听闻殷大师不仅在建筑设计方面造诣非凡,书法上也自成一派,这院子的名字便是由他命名书写的。"

"殷盛?"猛然听到父亲的名字,殷雪愣了愣,脱口道:"这个四合院是我父亲设计的?"

"是啊。"穆君如点点头,随即故意露出惊讶的表情,"殷大师是你父亲?"

"是的。"殷雪放下锦被,走到桌边挨着穆君如坐了下来。

穆君如忙为她倒了一杯茶水,眼神中带着试探,"真是巧了,我们居住的四合院竟然是你父亲设计的。没想到你和我们穆家还有这层渊源。"

殷雪接过茶杯轻抿了一口,抬眼看向对面气质若兰的女子。通过刚刚的交谈,殷雪得知穆君如已年近五十,但她保养得当,面上几乎看不到皱纹,看起来顶多三十出头。再加上身上这套绣着大朵大朵牡丹花的红底旗袍,极衬她的身材,整个人如同浸在瑰丽的云霞中,富丽雍容。

可不知怎的,殷雪敏感地察觉到穆君如与刚才交谈时的温柔大方不同,言语闪烁,神色隐隐慌乱,似乎急于证明或掩饰什么……

再次向穆君如看去,这样的女子,年轻时定是个眉目如画的美人儿,见过一面当终生难忘。殷雪的目光钉在面前这张明艳的脸上,突然间有了一种莫名的熟悉感。

垂下眼睫遮挡住眸子深处的不安,再次抬眼时,殷雪已换上一副笑颜,"父亲年轻时的建筑设计作品偏欧式风格,这一点对我父亲稍加了解的人都知晓。我的母亲出身江南,或许受到她的影响,父亲不惑之年后开始喜欢偏中国风的设计。想来,这座四合院便是他的顶峰之作了。"

"殷大师的才华令人钦佩,只可惜英年早逝。可惜,太可惜了。"穆君如面露遗憾之色,随即轻轻握住殷雪置于桌上的手,道:"雪儿,很抱歉,让你想起伤心事了。"

"没关系的。其实……"

"雪儿,你看我带了什么过来?"

殷雪刚要出言试探,不料被穆倾尘打断了谈话。只见他怀中抱了一个毛茸茸的东西,大步走了进来。

"哇!好可爱啊!"穆倾尘走近,殷雪一眼便认出来窝在他怀里的是一只白色的狗儿。

"这个可是爷爷的宝贝,叫棉花糖。爷爷担心你无聊,说借你玩一会儿,再让我抱回去。"说着,穆倾尘将棉花糖小心翼翼地放到了桌上。

见状,殷雪笑弯了眉眼。一旁的穆君如却面色大变,她捂住口鼻慌忙站了起来,连连退后了几步。

殷雪奇怪地看向穆君如,却听穆倾尘笑道:"姑姑,抱歉。只顾着逗雪儿开心,我忘了你对狗毛过敏了。"

"呵呵……"穆君如干笑了几声,立刻打了几个喷嚏,一边向外走去一边道:"不早了,我回去休息,就不打扰你们小两口了。"

看到穆君如的背影很快消失在门外,殷雪抱起棉花糖,忍俊不禁道:"阿晨,你该不会是故意的吧?"

"我是真的忘了姑姑对狗毛过敏。"穆倾尘耸了耸肩膀,伸出手在棉花糖的小脑袋上戳了戳,道:"雪儿,你以后还是叫我倾尘吧。"

"嗯?"穆倾尘的话题太过跳跃,殷雪挑了挑眉。

"阿晨已经是过去式了。现在的穆倾尘才是你爱的人,不是吗?"穆倾尘一脸认真道。

阿晨是过去式,而穆倾尘是现在进行时,可两个人实为一个人啊,真是搞不清楚穆倾尘为何在称呼上如此较真。

"好吧，倾尘。"殷雪顺从道，视线落在趴在桌子上呼呼大睡的棉花糖，纠结道："它睡得好沉，怎么戳都不醒。你确定你真的不是故意把它抱来将姑姑赶走吗？"

"哪有？哦，刚刚爷爷找我。他让我把这个交给你。"穆倾尘转移话题，从兜里掏出一个红色的首饰盒放于桌上。

穆倾尘脸上一闪而过的慌乱尽数落在殷雪眼底，她心里深感迷惑的同时，却下意识地不想去深究。因为她的直觉告诉她，再追究下去或许真的会有不好的事情发生。

殷雪将注意力集中到那个用檀香木制成的首饰盒上，它不过巴掌大小，上面的花纹十分精美，不禁问道："是什么？"

"打开看看不就知道了。"说着，穆倾尘伸手打开了首饰盒。

绿莹莹的光芒伴随着盒盖的开启溢了出来，盒中装了一对碧绿色的翡翠镯子，晶莹透亮，显然并非凡品。

"这礼物太贵重了！"殷雪忙将首饰盒盖上，推到穆倾尘面前，"这么贵重的礼物，我怎么能收。"

"就知道你会这么说。"穆倾尘一副了然的样子，他将首饰盒重新放回到裤兜里，笑道："这可是我们穆家历来传给媳妇儿的镇宅之宝，你不好意思要，那我先帮你保管好了。"

听说是穆家传给媳妇的首饰，殷雪面上浮现出一抹红晕，羞赧道："谁稀罕。"

"好了，不逗你了。"穆倾尘抱起呼呼大睡的棉花糖，起身道："忙了一天你也累了。早点休息，我明天一早就过来找你。"

抽出一只手捏了捏殷雪的脸，穆倾尘依依不舍、一步三回头地离开了。

第七章　求婚成功

　　简单地洗漱了一番，殷雪躺在雕花大床上。月光透过窗棂倾洒了一地白霜，她撑起半个身子掀开层层床帷，看着颇有古代小姐闺房味道的房间，想到这座四合院的一草一木，甚至一桌一椅都可能是父亲的手笔，她又因为与穆倾尘相遇相爱得以入住，这一切还真是冥冥之中自有安排呢。

　　这时，殷雪的手机震动了一下，她拿起来见是戚兮发来的微信图片。点开，画面中戚兮和李达并肩站在一座青瓦房前，两个人身前坐了四位老人，一大家子六口人都笑得合不拢嘴。

　　"安全到家了？"殷雪发了条微信。

　　"嗯！下飞机后坐了客车，又折腾了三个小时才到家。累死我了！"戚兮发了个大哭的表情。

　　"我现在在丽城，穆家。"

　　"哇！这是见家长闪婚的节奏啊！"

　　殷雪发了个捂嘴笑的表情。

　　"傻样儿！快说说，穆家人对你好不好？还有他们家是做什么的？"

　　"他们对我很客气，倾尘的爷爷和姑姑都很好相处。具体做什么的，我还真不太清楚。"

　　"傻丫头，嫁给一个男人之前必须要了解他的家庭背景。

你和穆倾尘毕竟分开了整整十年，就算彼此再喜欢也要多了解一番再谈婚论嫁。我不否认穆倾尘是一个好男人，但结婚是一辈子的大事，一定要慎重！"

"嗯。知道了。"

"雪儿，穆倾尘曾经和我说过，若是你没有发现纪温言出轨进而和他分手，他很有可能默默地看着你结婚，祝你幸福，然后再默默地离开。雪儿，我看得出来穆倾尘他是真的很爱你。人生在世，遇到彼此相爱的人真的是太难太难了，所以你一定要好好珍惜这段感情。"

看到这一段话，殷雪的眼眶胀胀的，半响才打出了简短的三个字——"知道了"。

"我先休息了，你那边忙完赶紧过来。我们这里风景美，空气也好，你一定会喜欢的。"

"嗯。我会尽快过去，你早点休息吧。"

将手机放到一边，殷雪仰面躺着，将穆倾尘和她再次相遇后相处的点点滴滴回忆了一遍。她记起他送她去见纪温言时痛苦纠结的眼神，记起他被她拒绝后强颜欢笑的脸庞，还有在面馆时欲言又止的神色。蛛丝马迹串联起来，殷雪便知道戚兮说的都是真的。

翻了个身，殷雪抱着被子蜷缩着，整个人整颗心都是暖暖的。

这时她的手机又震动了一下，又是戚兮发来的微信——"穆倾尘是一个难得的好男人，不过十年时间生个孩子都能打酱油了，还是得好好调查调查。傻丫头，祝你幸福。这一次，我是真的睡了"。

"晚安！"殷雪发出最后两个字，将手机关掉，不久之后也陷入了沉沉的梦乡。

或许，就连戚兮都不知道，她们小姐妹之间的一句玩笑在不久的将来竟一语成真。不过，那都是后话了。

第二天清晨，殷雪是在一阵阵清脆的鸟叫声中醒来。简单地梳洗了一下，殷雪将长发披散下来，穿上一套白色的连衣裙。这套裙子昨天就放在她的床前，正好是她喜欢的款式，穿在身上十分熨帖，仿佛为她量身打造一般。

一出闺房，殷雪便看到不远处穆倾尘推着单车等候，他一身运动装扮，浅灰色的运动服，白色的运动鞋，脸上的笑容明媚而干净。

"丁零！"单车发出一声清脆的声响，穆倾尘拍了拍后座，仰起脸笑道："上来，我带你去吃早餐。"

殷雪欢快地走下台阶，稳稳地坐在单车的后面，双手轻轻环住穆倾尘的腰身。

"坐稳了。"穆倾尘跨上单车，在清脆的铃声中驶了出去。

单车在四合院中转了一圈后，从后门悄悄溜了出去，沿着一条林间小道缓缓前行。这是一片葱郁的杨树林，阳光透过枝叶的缝隙洒落下来，照在身上暖暖的。一阵清凉的风拂过，白色裙角飞扬，亦吹乱了殷雪的黑发。

这情形，让两个人不由得想起当年在校园里骑单车的情形——那时他是沉默的少年，她还是一名忧郁的少女。转眼间，十年已过，再次相遇，当年的青葱岁月如流水般逝去，唯一不变的彼此不离不弃、相爱相怜的初心。

穿过这处树林，绕过一片花海，周围不似刚刚的孤寂，渐渐有了过往的行人。穆倾尘又骑了大概一个小时，在殷雪饥肠辘辘的时候，两个人来到一处山脚下。

已是盛夏，山林之中郁郁葱葱，隐隐有悦耳的鸟鸣传来。远远看去，峰峦起伏，烟雾缭绕，一道瀑布从半山腰倾泻而下，宛若银白色的丝带，令人只觉身处仙境。

山脚下，两个人面前不远处的台阶上有一个二层的小木屋，门前栽了两棵粗大的槐树，屋顶炊烟袅袅，空气中浮动着阵阵诱人的香气。

"这里的景色好美！"殷雪从后车座跳下来，一脸雀跃。

"这里是蟠龙山，你应该没来过。"穆倾尘将单车停靠在路边锁好，指着木屋道："饿了吧？这里的豆花特别好吃，我带你尝尝。"

"嗯嗯！"身为丽城人，殷雪当然知晓蟠龙山，只是此山处于军事禁区，一般不对外开放。穆倾尘能带她来这里，她心中对穆家的背景有了几分猜测。和穆倾尘手拉手拾阶而上，须臾间他带着她绕到了木屋的后面。

屋后栽种着时令蔬菜，黄瓜、西红柿，甚至还有几个大大的冬瓜。店主不知从何处引来一池碧水，朵朵粉色荷花遍布其上，田田的叶子下，池水清澈见底，不时可见几条颜色鲜艳的锦鲤穿梭其间。后院的西北角有一个不大不小的葡萄架子，爬满了翠绿的叶子，几串青绿的小葡萄挂在上面，煞是可爱。

葡萄架下，摆放了一张木制的桌子，周围放了四个石凳供人休憩。

"在这里等我，早餐很快就来。"穆倾尘拉着殷雪走到葡萄架下，将她摁坐在石凳上，转身便不见了踪影。

肚子不争气地"咕咕"叫了几声，此刻的殷雪已经饿得前胸贴后背，两只眼睛直直地看向穆倾尘离去的方向，大有望眼欲穿之感。

不到五分钟，穆倾尘亲自端了一个托盘回来。他快步朝殷雪走来，阳光下眸中点点璀璨，道："可以开饭了，雪儿。"

把托盘放在木桌上，穆倾尘将上面的豆花、油条和几碟子碧翠的小菜一一摆在殷雪面前，"尝尝，保管你喜欢。"

那豆花白嫩嫩的，上面撒了虾米和香菜，殷雪舀了一勺特制的调料泼洒在上面，又舀了一勺热气腾腾的豆花送入口中。

"嗯！真的很好吃耶！"豆花入口细腻滑顺，还隐隐带了一丝奶香气，回味无穷。

吃了碗豆花，殷雪胃中暖暖的，她夹起一块切好的油条咬了一口，酥脆又不油腻，再配上爽口开胃的秘制小菜，真的令人食指大动。

骑了一个多小时的单车，穆倾尘也有些饿了。一时间两个人沉默了下来，细细体会着美味的早餐。殷雪只顾狼吞虎咽，吃相不雅却率真可爱。穆倾尘则细嚼慢咽，动作优雅得如同古代的贵公子。

又喝完了一碗豆花，殷雪摸了摸鼓鼓的小肚子，打了个饱嗝儿。这才注意到穆倾尘一碗豆花还没见底，面前碟子里的油条也只吃了半根。不知为何，殷雪的脸红了。

"吃饱了？"穆倾尘唇角含笑，抬手，动作自然地抹去了殷雪嘴角的食物残渣。

"嗯。"殷雪忙从桌上的纸抽里抽了一张面纸，擦了擦嘴巴。

"先休息一会儿，等下我们去爬山。"

"嗯！"

对面的男子容貌俊朗，气质优雅，眉目间有着一抹醉人的温柔。他静静地坐在那里用餐，仿若这里的主人，已然融入进这诗情画意的小院里。

目不转睛地盯了穆倾尘半天，殷雪的目光渐渐变得痴迷，最终她强迫自己将视线从他身上移开，起身道："你慢慢吃，我四处转转。"

"我也吃好了。"穆倾尘放下筷子，"这里我比较熟悉，跟我来。"

半个小时后,殷雪跟在穆倾尘身后,手上拎着一个沉甸甸的塑料袋,开始向山上走去。

"倾尘,咱们这样真的没问题吗?"殷雪停下脚步,将塑料袋放到地上,眼中有着几分忐忑。

"没事的。"穆倾尘转身,走到殷雪面前,将塑料袋提在手上,"我们不过是白吃了顿早餐,顺带从菜地里拿了些吃的。"

"这样不太好吧。"殷雪扭头看了眼远处的小木屋,有些急了。她今天一大早就跟穆倾尘出了门,又穿了新裙子,所以身上一分钱都没有。

"哈哈!傻丫头!"穆倾尘原本还想逗弄殷雪一会儿,见她一副紧张的样子,不禁笑弯了眉眼。

"你该不会认识那家饭店的老板吧?"殷雪眼珠转了转,看到穆倾尘一脸的坏笑,顿时明白过来。

"那家可不是饭店,是谭叔叔的家。"穆倾尘一只手拎着塑料袋,另一只手拉着殷雪向前走去,"谭叔叔是我爷爷的部下。"

"我说嘛!哪有地点这么幽僻的饭店。不过你应该早点告诉我那里不是饭店,免费吃了谭叔叔的爱心早餐,我应该当面对他说声谢谢才是。"

"谭叔叔做的豆花就连我爷爷都说好吃,只可惜七年前的军事演习,他的腿受伤了,这辈子都站不起来了。五年前谭婶去世,谭叔叔一个人幽居在这里,性情也变得十分古怪。他不愿意见陌生人,所以我就没带你见他。"

"哦,原来是这样。"谭叔叔是参加军事演习时受的伤,这么说他应该是一名军人喽。他又是穆爷爷的部下,所以……

"是的,我爷爷退休前也是一名军人。"仿佛通晓读心术,穆倾尘一下子就猜到了殷雪的心思，"我的两个伯父还有我父亲，都是军人。"

这么说，穆家是军事世家，他就是红果果的红三代喽！

穆倾尘放缓了脚步，柔声道："我母亲叫梁凤芝，和你母亲一样，她也是江南女子，祖上是钟鸣鼎食之家。梁家和我们穆家是世交，我的父亲和母亲更是青梅竹马，早早就订下了婚约。两个人成年后顺理成章地举办了婚礼，婚后更是举案齐眉，十分恩爱。"

穆倾尘的声音略微低沉，殷雪跟在他身边竖起耳朵默默地倾听。正听得入神，等了半响不见穆倾尘继续下去，她奇怪地看了他一眼，却发现他薄薄的唇抿得极紧，面上的表情竟十分痛苦。

想起咄咄逼人的梁凤茹，而刚刚穆倾尘说他的母亲叫梁凤芝，殷雪脑中灵光一现，隐隐明白了什么，"倾尘，从这里爬到山顶，大概要多长时间？"

"一个小时左右。"殷雪体贴地转移了话题，穆倾尘暗暗地吐出了口长气。

说实话，他对殷雪并非有意隐瞒什么，也一定会将穆家秘事告诉给她，毕竟她终将会成为他的妻子。当年那场害得他们分离了十年的车祸，她也是受害者之一，更是有权知晓事实的真相。可有些事一旦提及就会令他想起很多不开心的回忆，更何况有些丑闻就连他也难以启齿，又怎能奢望殷雪接受……

两个人默默地走了一会儿，进了一处林子，殷雪舔了舔干涸的嘴唇，指着不远处的小溪，道："倾尘，要不要休息一下？"

听说山上的水有保健的作用，泡脚很舒服的。走了这么长时间，殷雪不禁气喘吁吁，汗水从脸颊流下来，脸上黏黏的，好不难受。

"这么快就累了？"扫过殷雪红扑扑的脸庞，对上她那双渴求的大眼睛，穆倾尘点点头，"好吧，那就休息一会儿，正好给你洗几个西红柿解解渴。"

殷雪高兴得弯起唇角，小跑到溪水旁她刚刚相中的大青石上，动作利落地脱下鞋袜，将一双白嫩嫩的小脚放到了溪水中。

清凉的溪水洗刷过她的仿佛白玉雕琢的小脚，带来了一股透心的凉，殷雪眉心舒展，舒服得仿佛一只眯起了眼的猫儿，嫣红的唇弯起，自顾自地勾起一抹诱人的弧度。

穆倾尘蹲在殷雪身旁，洗了几个红红的西红柿，他一扭头，一截白生生的小腿映入眼帘。再往下看去，清澈的溪水中，那一双白嫩嫩的小脚可爱地蜷缩着，指甲上涂着魅惑的浅紫色。

不知怎的，清爽的溪畔，穆倾尘的身子却莫名燥热了几分，他忙移开视线，递给殷雪一个西红柿，声音带了几分沙哑，"给你。"

殷雪接过咬了一口，甜甜的，凉凉的，她歪头看向穆倾尘，脆生生地笑起来，"要不要试试？很舒服的。"

那一刹那，她的笑容比路旁的花儿还要灿烂夺目，神情天真可爱，仿佛毫不设防的邻家女孩儿。这幅娇滴滴的模样落在穆倾尘眼中，他身体深处的火焰一下子被点燃，目光变得炽烈。

迅速拖下鞋袜，他和殷雪一样泡起脚来。穆倾尘吃了一个西红柿后，揽过殷雪的腰肢，扭头在她白皙的脸颊上轻轻吻了一下。

殷雪身子下意识地一缩，一层淡淡的红晕浮上面孔，她低下头，身子压得极低仿佛一只小小虾米，羞赧得一双小耳朵都变得粉红。

穆倾尘不敢再做亲热的举动，只是轻轻将身边的小人儿抱在怀里，一只大手在她滑顺的长发上轻轻抚摸，良久才将心底那股邪火压制了下去。

　　殷雪乖乖地靠着穆倾尘，即便隔着衣物她也能感觉到身边男人滚烫的体温，她虽未经人事却也不是什么都不懂的小女孩儿，知道这个时候最好什么都不要做。羞涩地将头脸埋在他的胸膛前，听着他稳健的心跳，殷雪只觉心底的某一处变得分外柔软。

　　这时，只听穆倾尘淡淡道："还记得那年在校园里遇到你，你也穿了这样一条白裙。你站在讲台前介绍自己是转校生，声音小小的、弱弱的，神色也十分忐忑不安。后来，我发现你在学校里从不和任何人说话。课间也只是待在篮球场里，一个人默默地望着天空。我以为你喜欢打篮球的男生，就跑去参加学校的篮球队。再后来，篮球场上，我的球砸伤了你，看到你摔倒在地上，那一刻我的心仿佛被针扎了一下。就是那时候，我知道，我不仅仅是喜欢你，而是爱上你了。"

　　殷雪缓缓睁开眼，长长的睫毛下那双眸子含了一丝笑意，"这么说来，那个篮球是你故意丢过来的喽？"

　　穆倾尘伸了个懒腰，伸出手点了点殷雪的鼻尖，"我哪舍得。"

　　"我记得我的膝盖流血了，你抱着我去了医务室。"想起往事，殷雪面上的笑容柔和甜蜜，"我们就是从那个时候认识的。再后来，我去篮球场望天空的时候，你就默默地陪在我身边。有一天，你拉起我的手，问我——'雪儿，你为什么不开心？为什么这么喜欢看天空？'"

　　"你是这么回答的：'我爸爸、妈妈都不在了，我再也看不到他们了。可舅舅说，人死后会变成天上的星星，所以无论白天黑夜，我都想在天上看到他们。'"穆倾尘疼惜地抱紧了殷雪，想起那场害死殷雪父母的车祸，还有那车祸背后的隐情，不由得眉心紧蹙。

"难得你记得那么清楚。"殷雪苦笑，叹息道："后来你和我说，你的妈妈也离开了你，新来的妈妈你不喜欢。"

闻言，穆倾尘不语，眉心蹙得更紧。

当年，他的父母很恩爱。只可惜，梁凤芝婚后被查出很难怀上身孕，便从外面抱养了一个婴儿。那个婴儿，就是他。梁凤芝是个温婉善良的女人，对他视如己出，关怀备至。而被隐瞒身世的他也一直把她当成亲生母亲，依赖孝顺，敬重有加。所有美好的一切，在梁凤茹到来后完全被打破。他还记得，她跪倒在母亲面前，泪流满面地抱着她的腿苦苦哀求，求她将儿子还给她……

没错，他是梁凤茹的儿子，亦是父亲酒后出轨的铁证。梁凤芝没想到向来恩爱的丈夫会背叛他们的感情，而他出轨的对象竟是她的亲妹妹。更难以接受的是，她一手养大的养子竟然是他们的亲生骨肉，这让她情何以堪！

后来，这件事闹大了，被穆庆军知道了。在爷爷的强压之下，梁凤茹愤愤离开，此事貌似画上了一个圆满的句号。可从那以后，梁凤芝对他极为冷淡，终日将自己关在屋子里，无论他如何讨好哀求都不肯出来。半个月后，他在浴室里发现了养母的尸体。她倒在血泊里，穿着出嫁时的红色嫁衣，神情格外安详……

梁凤芝自杀身亡，彻底得到了解脱。第二年，梁凤茹风风光光地嫁入穆家，成了他的继母。从父亲续弦的那一天起，他就再也没回过这个家。在伯父的帮助下，穆倾尘秘密入伍，成为少年飞鹰队的一员。原以为他会成为一名优秀的特种兵，却不料，他的命运在接受了一个秘密任务后，发生了天翻地覆的变化。

"在想什么？"看到穆倾尘面色阴晴不定，殷雪忍不住开口问道。

"其实，我们在一起的时候，我并不是一个普通的高中生。"穆倾尘思虑再三，终究没有向殷雪讲述穆家的这段丑闻，"那时候我是特种部队少年飞鹰队的一员。我的上级收到举报说有恐怖分子将要在丽城一高中制造恐怖事件，我秘密接受任务假扮成高中生在一高中潜伏了下来。"

"飞鹰队？"殷雪睁大了眼睛，十分诧异，看向穆倾尘的眼神透着陌生，仿佛第一次认识他一般。

"飞鹰队是一个少年特种兵组织的代称。"在不泄露机密的前提下，穆倾尘尽可能简单地解释道。

"这么说，你是一个特种兵？"殷雪眸光雪亮，好奇宝宝似的看着穆倾尘，伸出手在他胸膛上戳了戳，那样子十分可爱。

"曾经是。"握住殷雪不安分的小手，穆倾尘低头，在她白嫩的手背上亲了一下，"那场车祸后我受了重伤，被送到美国医治，不能再接受训练，便离开了飞鹰队。在美国的医院里，我一个月后才清醒过来。那时，他们告诉我你死于那场车祸。后来，我不想回到国内，决定留在美国念书创业。再后来，我无意间得知你还在人世，便跑到滨城来找你了。"

这件事，他还真得感谢梁凤茹这个恶毒的妇人。若不是她和他争吵时说漏了嘴，穆倾尘恐怕会被蒙骗一辈子。

"我只是受了轻伤，第二天醒来时，舅舅告诉我你已经死了，被家人带走了。"想到当时的情景，殷雪红了眼圈，定是梁凤茹为了让他们分手故意传递了错误的消息。没想到这么一来他们竟分离了整整十年。

眼泪几乎要脱眶而出，殷雪忙吸了吸鼻子，挤出一丝笑容，转移话题道："这么说，咱们两个遭遇的那场车祸是恐怖分子所为？他们还真是可恶！"

闻言，穆倾尘脸色一下子黯淡下来，眸光深处似有锋利的刀刃般透出几分杀气。殷雪看着他这样可怕的眼神，笑容顿时僵在脸上。

"雪儿真聪明，你猜对了。"看到殷雪眼中的疑惑，穆倾尘忙收敛了心神，愧疚道："对不起，害得你受连累了。"

说着，他张开双臂将殷雪环住，搂入怀中。这个姿势，殷雪看不到他脸上的愤恨。

其实，当年那场车祸出自梁凤茹的手笔。梁家家产丰厚，梁凤芝自杀前曾留下遗书将她所有的财产都留给了他，而梁凤茹因为觊觎这笔遗产，便狠心地对他下了杀手。这个真相，他也是三年前才调查出来的，也是从那一天起，他对梁凤茹起了疑心。毕竟虎毒不食子，即便他因为梁凤芝的死对她恨之入骨，梁凤茹也不会丧心病狂到对自己的亲儿子下死手。于是，他派人搜集了梁凤茹的头发，秘密进行了DNA比对。果然，如他所料，他并非梁凤茹的亲生儿子。如此一来，穆倾尘猜测到梁凤茹是为了破坏亲姐姐的婚姻，才灌醉了父亲害他出轨，更不惜假装怀孕生子以增加嫁入穆家的砝码。

一想到梁凤茹的自私霸道，一想到是这个坏女人害得他家破人亡，穆倾尘就恨不得一刀杀了她！只是，若他说出真相，他的身世就会大白天下。他这样一个来历不明的弃婴，失去了穆家和梁家少爷的身份，又谈何报仇雪恨呢！于是，穆倾尘选择了隐忍。

直到半个月前，他派去监视梁凤茹的人告诉他，她竟然雇了杀手想要故伎重演杀了殷雪。一想到她的存在会对殷雪的生命有威胁，穆倾尘再也按捺不住，于是他突然回到丽城，杀了个措手不及……

"我们之间不用说对不起。况且，兜兜转转了十年，我们最终还是在一起了，不是吗？"殷雪双手紧紧抱住穆倾尘，脸上的神色安详而满足。

"嗯！雪儿，以后我再也不会让你受伤害了。"穆倾尘信誓旦旦道。

创业成功后，他一手建立起穆氏集团。贪财的梁凤茹将她所有的资产都投资入股，成为大股东，更是担任了公司副总裁一职。这几年，他设计让梁凤茹染上赌瘾，欠下大笔赌债，将她的那部分股权秘密从赌场那里收购了回来。半个月前，他突然回到公司，把梁凤茹做的假账翻了出来，将她巧立名目贪污公司三千万的证据摆在了她面前，逼她不敢对殷雪动手，更是一鼓作气地将她赶出了公司。梁凤茹一气之下，心脏病发进了医院，东山再起已无可能。想来下半辈子她只能仰他鼻息，不敢再动歪心思了。

两个人相拥了许久，最后一起简单地收拾了一番，继续向山顶爬去。一路上，美景如画，鸟鸣不绝于耳。两个人手拉着手，身影交缠在一起，两颗心亦渐渐靠拢……

傍晚时分，两个人游玩尽兴地回到了穆宅。和穆庆军、穆君如一起用过晚膳，穆倾尘便带着殷雪去了厅堂后面的小花园。

对穆家人殷雪的态度一直是恭敬而疏离，虽然穆爷爷和姑姑对她一直很热情，但不知怎的，殷雪心中总带着抵触，面上虽带着笑容，但那笑意却一直为抵达眼底深处。

小花园里种满了薰衣草，只在东北角的秋千附近栽了几株百合。那白色的秋千由木藤编织而成，绳子上缠绕着绿藤，间或插了几朵洁白的百合花，殷雪甚是喜欢。

"来，坐上去，我在后面保护你。"穆倾尘让殷雪坐在秋千上，绕到她身后轻轻推了一把。

身子仿佛一片云，飘荡起来，殷雪咯咯笑着，天真烂漫得仿佛涉世未深的小女孩儿。

推了几下，穆倾尘走到殷雪面前，看着她眉眼含笑的开心模样，一张俊脸上浮现出浅浅的笑意，眼底是化不开的浓情蜜意。

穆庆军和穆君如远远望着亲密互动的两个人，对视一眼，面上的神色十分复杂。

"爸，你答应让阿尘迎娶殷雪了？"穆君如面上的神色十分平静，眉心微微蹙起，略显不悦。

"阿尘这孩子是什么脾气，你我再清楚不过了。"穆庆军看了一眼远处的两个人，转身，背着手道："若不是凤茹想要对殷雪动手，阿尘也不会这么快就采取行动将她连根拔起。君如，娶妻的事就由着他的性子吧。"

想到梁凤茹的凄惨结局，穆君如眼中流露出一丝惊恐，不无担心道："可是，当年那场车祸害得殷雪家破人亡，一旦她知道了真相，我怕她会对穆家心生怨怼，这样对我们很不利。况且，怎么就那么巧，阿尘看上的女人是殷盛的女儿。万一，殷雪原本就知道真相而故意接近阿尘，那可就不妙了！"

当年修葺这座四合院时，殷雪的父亲殷盛和穆家打过交道，算是相识。而十年前的那场车祸，穆家确实脱不了干系。当时，穆庆军在军区担任要职，穆君如的丈夫郭振在他的庇佑下秘密倒卖军用物资。撞向殷家轿车的那辆超载的大货车，便写在郭振的名下。出了车祸后，郭振直接找到穆庆军将这件事压了下去，伪造成普通的交通事故，逃脱了法律的责罚，却也害得殷家家破人亡，令殷雪成了无依无靠的孤女。正是因为这个缘故，穆君如一直不同意穆倾尘迎娶殷雪。

穆家势力庞大，这些年在丽城也算得上呼风唤雨。但两年前穆老爷子退休，她的两位哥哥虽在军中，权势却早已大不如前。她担心纸包不住火，殷雪若是知道了真相，一旦东窗事发，她的丈夫要去坐牢，就连穆老爷子也得落个包庇嫌犯的罪名。

想到这里，穆君如眸光转冷，眼底闪过一丝杀气。

"不用杞人忧天。雪儿丫头是个简单的人，我相信她和阿尘是真心相爱的。"穆庆军深深地看了穆君如一眼，淡淡道："殷家的事我们穆家本就对不起殷雪，你不要轻举妄动。"

"可我们也赔了殷家两百万，两条人命两百万，他们不亏！"穆君如挑眉，面露轻蔑道。

"呵呵！殷大师当年家中收藏了很多古董，单单你去年拍卖的唐三彩便有两千万的价格。世上没有不透风的墙，我猜测阿尘现在已经掌握了你和殷雪舅舅勾结，骗取殷家财产和古董的证据。还有一个消息我没告诉你，阿尘已经将她名下所有的房产和股份都改成了殷雪的名字。现在，殷雪才是穆氏集团最大的股东，就连你我的股份加起来也比不上她的。阿尘这是铁了心要和她在一起了！君如，我劝你有些事有些话最好藏在心里。若是被阿尘知道你对殷雪心怀芥蒂，他是不会轻易放过你的。我已经答应阿尘了。他和雪儿的婚事已成定局，无法改变。阿尘答应我，他们婚后不会回到丽城，雪儿也不会知道什么。这件事，就这么办吧。你下去吧，我累了。"穆庆军长长地叹了口气，挥挥手示意穆君如退下。

穆君如张了张口，想要说些什么，看到穆庆军面露疲惫之色，最终闭了嘴默默地离开。

看着女儿不甘心地离去，穆庆军坐在太师椅上，伸手在胀痛的太阳穴上揉了揉。当初郭振瞒着他倒卖军用物资，出了事，穆君如哭哭啼啼地跪着求他庇佑。身为穆家的当家人，他只能昧着良心为女婿摆平了这件事。

当得知殷雪就是殷盛的女儿，而穆倾尘一心要迎娶她，甚至不惜和梁凤茹撕破脸，穆庆军一开始也和穆君如是一样的心思。但他所有的想法在见到殷雪本人后,已然发生了转变。殷雪并非阴险狡诈之辈,她是一个善良温柔的孩子,对穆倾尘一片真心,并非为了报仇才接近穆倾尘,进而嫁入穆家伺机报复。

如此,他决定成全两个人的婚事。到时候他会给殷雪一笔丰厚的礼金,权作为当年的错事赎罪吧。

花园里,殷雪从秋千上跳下来。穆倾尘张开双臂,轻轻抱住她,含笑道:"你这么喜欢秋千,将来我们的别墅里也给你搭一个。"

"好啊!"殷雪面色红润,一双眼睛晶亮亮的。

"雪儿,爷爷很喜欢你,非要留我们多住几天。戚兮的婚礼,我们怕是不能赶过去了,你要不要和她提前打个招呼?"

"啊?!"殷雪闻言不禁有些为难。说实话,穆家很大很豪华,穆家人对她也很热情,她却总觉得不是很自在。毕竟她和穆倾尘还只是男女朋友的关系,若长时间住在男方家里,她总觉得别扭得很。再者,戚兮是她最要好的小姐妹,她的婚礼她又怎能缺席呢?

"如果你担心戚兮生气,那我来给她打这个电话好了。"说着,穆倾尘拿起手机。

"不用了,还是我亲自和兮兮说吧。若是兮兮坚持让我参加婚礼,我还是要过去的。"

"嗯。"穆庆军主动提出让殷雪多住几天,她能得到爷爷的认可,他再高兴不过了,毕竟他是想要迎娶殷雪进门的。

穆倾尘拉着殷雪的手走出花园,此时夜幕降临,沿路的路灯一一点亮,他和她沿着一条青石板铺就的小路,慢慢地走着。

"这次回来,爷爷和姑姑你都见到了,我的两位伯父都有公务在身,这次没赶回来。等咱们举办婚礼的时候,就可以见到了。"穆倾尘打破沉默，低沉的嗓音在这夜色中格外迷人。

听他提及婚礼，殷雪脸上一红，低下头去，声音几不可闻，"一切都听你的安排。"

穆倾尘握住殷雪的手紧了紧，滚烫的体温从他的掌心直抵她的心底，"雪儿，我们会永远在一起，再也不分开。"

闻言，殷雪停下脚步，仰起脸看着穆倾尘，他一脸的肃穆、郑重，眸中的坚定令她心中一暖。双臂环上他的脖子，踮起脚，她的唇印上了他的脸颊。

这突如其来的一吻让穆倾尘呆愣当场，随即丝丝缕缕的喜悦涌上心头。他弯起唇，双手抱住殷雪，深深地吻上了她的红唇。两个人缓缓闭上眼，加深了这个吻，唇齿纠缠，细细体味这难得的甜蜜和温馨……

和戚兮打过招呼后，殷雪和穆倾尘又在穆宅住了一个星期。这一天，吃过早餐，两个人与穆庆军、穆君如告别后，赶往了丽城机场。

穆倾尘早早地就买好了飞机票，两个人候机的时候，他见殷雪和戚兮在微信上聊得热火朝天，不禁凑过来，问道："这个是什么？"

"这个是微信啊，有点像QQ，聊天什么的很方便。我记得你的手机有这个软件的，你没注册？"登机时间很充裕，殷雪靠着穆倾尘，将微信的功能和使用方式一一耐心地讲解给他听。

穆倾尘来了兴趣，最主要的是他见识到朋友圈功能后，不想错过关于殷雪的任何消息。他立刻申请了账号，和她互加了好友。

看到穆倾尘微信好友列表里只有自己的头像，这种感觉非常好，殷雪心满意足地笑了。

知道殷雪喜欢阿狸，穆倾尘下载了阿狸的表情包，发了个"么么哒"的阿狸表情给殷雪，顿时惹得她笑个不停。

登机后，穆倾尘才不舍地关了手机，他买了头等舱的机票，和殷雪窝在一起看了电影《澳门风云》，轻快的剧情中时间很容易就被打发了。

傍晚时分，两个人下了飞机，穆倾尘的司机来接机，两个人直接一起回家。

站在走廊里，殷雪率先开了自己的家门，将行李箱放了进去。一转身，她看到穆倾尘怎么都打不开对面的房门，这才一拍脑袋，从包包里拿出了一把新钥匙。

"上次发短信和你说过的，你家的锁被撬了，为你换了一把新锁。"

"谢谢中国好邻居！"穆倾尘笑着接过钥匙，对殷雪做了个请的手势，"要不要进来坐坐？"

"好啊。"殷雪反手将自己家的门关上，和穆倾尘一起走进了他的房子。

上一次殷雪和保安他们一起进来的时候，急匆匆地只顾着寻找漏水的地方。这一回受到穆倾尘的邀请，殷雪大大方方地应下，顺便参观他的小窝。

穆倾尘家里的格局和殷雪家的一模一样，都是两室一厅，一厨一卫。装潢很简单，家具显然是旧的，宽敞的客厅只有一张布艺沙发和普通的茶几，就连电视都没有。

"我上个月刚买的这套房子，就是想离你近一点儿。买的是二手房，想着不会在这里住太久，我就没再装修，直接搬进来住了。"穆倾尘从厨房里端来两杯水，递给殷雪一杯，两个人一起坐在了沙发上。

"咦，这是什么？"茶几上摆了一个破旧的图画本，看起来有些眼熟，殷雪将手中水杯放下，捡起来画本翻看了几页，讶然道："这个好像是我的。"

这个图画本是殷雪高中时父亲买给她的，她从小受到父亲的熏陶，对建筑设计很有天赋。父亲发现了这一点，便买来了这个图画本，让殷雪一旦有灵感，便随意在上面涂鸦。

"这本子我有印象。上次晚会结束送你回家，在你客厅的书架上发现的。"这个图画本穆倾尘早在十年前就见过，上次被他看到顺手牵羊拿了回来。

"难为你还记得。"殷雪窝在沙发上，一页页翻看了去。这些都是她高中时期的随笔，构图简单，就连线条也透着稚气。不过因为她画的大都是室内设计和家庭院落的规划，虽不成熟却透着少女对家庭的热爱与向往。

揽过殷雪的肩膀，穆倾尘凑过来，指着图画中的一架秋千道："我知道这些都是你对我们未来小家的规划，所以我在咱们别墅的院子里也为你搭建了一架。"

"你是指我为你设计的那栋海边别墅？"殷雪心中泛起甜蜜。

"那栋别墅不是我的，是你的。"看到殷雪一脸迷茫，穆倾尘在她鼻尖轻轻点了一下，从抽屉里拿出一个文件夹递给她。

不知道穆倾尘为何说出这样的话，殷雪看着他一脸的神秘，迟疑着接过文件夹打开，将里面的文件和各种房产证、契证拿了出来。

"这是你的全部家当？"殷雪淡淡地看了穆倾尘一眼，随便捡起一个房产证翻开。

扫了一眼，当看到上面赫然写着"殷雪"两个字时，她吃了一惊。

"这些曾经都是我的,现在,将来,它们都是你的。"喜欢看到殷雪呆萌的模样,穆倾尘揽过她的腰肢,轻柔的吻印上她的唇角。

"雪儿,一个月前,我刚刚得知你还活着,赶到滨城找到你的时候,得知你和纪温言即将结婚,我仿佛被兜头泼了一桶凉水,整个人都傻掉了。后来,我默默地买下了那栋海边的别墅,想着,毕竟我们分离了整整十年,你以为我死了,爱上别人,我怎能责怪与你?况且,这些年都是纪温言在照顾你,如果你们彼此相爱,顺利结婚的话,我就把那栋别墅当作新婚礼物送给你们。所以,这栋别墅我一开始便写了你的名字。"

听到穆倾尘如是说,殷雪心中一阵感动。其实从戚兮那里,殷雪早就知道穆倾尘接近自己的目的,也知晓他一开始是报了成全她和纪温言的心思。只是,她没想到他能为她做到如此地步,竟会给她买上这么一栋价值三千多万的别墅作为新婚礼物。

"后来,你和纪温言分手了。看到你伤心难过,我心里虽然心疼,却也十分高兴。因为,我有机会再次追求你了。雪儿,我知道你心里一直有我,我也有了追求你迎娶你的念头。雪儿,我明白你想要的是什么,也一直想要给你你最需要的安全感。所以,我将我所有的不动产和股份都改成了你的名字。现在,你才是穆氏集团的掌门人,我们之间不再有所谓的鸿沟。这样,你是不是感觉轻松了很多?"

听了穆倾尘的话,殷雪眼眶一红,眼泪毫无预兆地簌簌而下。

是的,父母突然离世,舅舅移民国外,初恋横遭车祸,一连串的打击下,她离开伤心地一个人来到滨城求学。这么多年,她一直是孤零零的一个人，即便后来有了纪温言，他虽对她嘘寒问暖、掏心掏肺，却一直没能给她她想要的安全感。

什么才是安全感？殷雪不明白，也说不清楚。她只知道，在答应纪温言求婚后，她内心充满了惶恐和忐忑。而和穆倾尘在一起的每一分每一秒，即便她曾经彷徨无措，却无时无刻不是满心满肺的温暖。她知道他心里有她，他爱她。但她没想到的是——他竟然将他所有的财产双手奉上，只为让她心安，让她在穆家人面前能抬得起头来，让她在这段感情中再无顾忌。他这么做，她又怎能不感动呢？

"傻丫头，哭什么？"穆倾尘从纸抽里抽出纸巾，轻轻擦去她脸上的泪水。

"倾尘，我想没有这个必要的。"殷雪任由穆倾尘为她抹去脸上的泪水，身子靠着他的肩膀，柔声道："你的心意我领了。可这些财产都是你辛辛苦苦打拼来的，我什么都没有做，没有资格接受这些。"

"你马上就会是我的妻子，是陪我共度余生的最重要的人，将来你要做的有很多。为我生孩子，照顾我们一家人。嫁汉嫁汉，穿衣吃饭。我赚钱交给老婆是天经地义的。所以，这些都是你该得的。"

"倾尘，你的好意我心领了。只是……只是我有工作，我可以养活我自己的。"

"反正都更成你的名字了，你若是不想要就先放在我这边好了。"深知殷雪表面温柔，骨子里却十分倔强，穆倾尘也不勉强，笑嘻嘻地将文件夹收好。

见状，殷雪松了口气。这时，门铃声响起，穆倾尘眼底掠过一丝狡黠，笑了笑，道："我要去趟卫生间。我订了湘岳楼的外卖，你去开门帮我签收吧。"

殷雪闻言起身，径直去开了门。她把门打开，顿时满眼娇艳的红色。

"请问，是殷小姐吗？"一捧巨大的玫瑰花束后，一个长相甜美的女孩儿探出头来，她吃力地递出一张签收单，"麻烦您帮我签个字。"

见状，殷雪迟疑地看了女孩儿一眼，向她身后张望，那送花女孩儿忙道："您爱人点的外卖就在楼下，马上就到。"

爱人？听到小姑娘如此说，殷雪面上羞涩，心里却甜蜜得很。穆倾尘听到两个人的对话，从洗手间里闪了出来，接过那一大捧玫瑰花，"雪儿，你签字，我把这个先拿进去。"

殷雪刚刚签收送走女孩儿，紧跟着湘岳楼的外卖也送了过来。她签收后拎着外卖走进厨房，将食盒一一摆在餐桌上，又准备好了碗筷，坐在桌前等了一会儿不见穆倾尘的身影，起身走到客厅，朗声道："倾尘，可以开饭了。"

"好的，稍等我一下！"穆倾尘的声音从卧室里传来，殷雪忍不住好奇地走过去推开门，只见穆倾尘站在床前，将那硕大的玫瑰花束放到床上，鬼鬼祟祟地往玫瑰花里塞了个红色的小盒子。

"好了好了，可以吃饭了。"没想到殷雪会突然杀进来，穆倾尘忙站起来，脸上的神色颇为慌乱。

殷雪装作什么都没看到，转身率先向厨房走了去，"我饿了，再不吃饭菜就凉了。"

穆倾尘紧跟着殷雪身后走出卧室，两个人在餐桌旁落座，拿起筷子默默地吃起了晚餐。

吃完饭后，殷雪主动去洗碗，穆倾尘又折回到自己的卧室里，不知道在捣鼓什么。

殷雪心不在焉地洗着碗，隐隐意识到穆倾尘想要做什么。

将洗好的碗筷摆在架子上,她一转身,便撞进了一双漆黑如墨的眼睛里,他的眼神火热真挚,晶亮得可以看到她纤瘦的影子。

不知何时,穆倾尘静静地站在了她的身后。殷雪讶然的同时,看到他一脸的郑重肃穆,一颗心提了起来,不由得暗暗攥紧了手心。

"雪儿。"穆倾尘突然单膝下跪,他仰起头,拉着殷雪的一只手,平淡的面色下难掩激动,声音带着一丝颤抖,"雪儿,嫁给我,好不好?"

穆倾尘几乎是一个字一个字极其努力而认真地吐出了这句话,他的掌心多了一枚璀璨夺目的钻石,刺得殷雪的眼睛微微酸胀了起来。

"雪儿,分离了这么多年,我的心中仍旧只有你一个。我知道,这些年你吃了很多苦。以后的日子里,无论贫穷还是富贵,请允许我陪在你的身边,让我成为你生命中最重要的那个人。我们彼此信任,相互扶持,互相取暖,一起经历风雨,共享雨后彩虹。"

一席话下来,殷雪早已泪流满面,哽咽得说不出话来。她捂着嘴,只是一个劲儿地点头。

穆倾尘眼中也含着泪花,他将那枚为殷雪量身打造的钻戒轻轻套在了她左手的无名指上,缓缓起身,将她紧紧地拥在怀里。

"雪儿,明天我们就去领证,好不好?"

"嗯!"

"那栋别墅我想按照你的喜好来装修,大概一个月之后可以完工,到时候我们的婚礼就在那儿举办,好不好?"

"嗯!都听你的!"

夕阳西下,漫天红霞。殷雪靠着穆倾尘坐在落地窗前,眉梢眼角皆是笑意。她侧过头,看着身旁俊朗的男人,眼底有着化不开的浓情蜜意。

或许,有的时候,幸福就是这么触手可及。

与子携手,时光静好,大抵就是这个样子吧。

第八章　信任危机

时间过得飞快，转眼间一年过去了。

滨城的市中心，一栋二十九层的大厦刚刚剪彩正式投入使用，顶部"穆氏集团"四个红色的大字在明媚的阳光下十分醒目。

如今，在滨城提及穆氏集团，上至八旬老人下至三岁孩童没有不知道的。当然，更为人津津乐道的是穆氏集团总裁穆倾尘的情感秘闻。听闻穆氏集团的总部之所以会从美国洛杉矶迁至滨城这个二线城市，只因他的妻子在滨城工作。这位穆夫人并无深厚的背景，据说只是一个普通的上班族，因为穆老板的维护，关于她的信息少之又少，显得颇为神秘。

穆氏集团总部大厦的顶层，会议室的门一打开，一个英俊的男人率先走了出来。他一身剪裁得体的西装，漆黑的皮鞋锃亮如镜，身上隐隐散发的凛冽气势令他身后的众人不由得低头屏气，面露紧张。

穆氏集团最近涉足医药行业，打算和美国一家大型医药公司合作。一个星期内，单单高层的会议就开了三次，拟定的合作草案却迟迟不能入他们的大老板——穆氏集团当家人穆倾尘的眼。他们的这位总裁大人平日里和气近人，一旦涉及工作却十分的苛刻严厉。所以这半个月来，各部门的负责人因为这单生意战战兢兢，寝食难安，生怕大老板一怒之下将他们"革职查办"!

突然,一直快步向前走的穆倾尘在他的办公室门口处停下了脚步。转身,他淡然的目光在噤若寒蝉的众人面上一一扫过。当看到几位公司的老人儿额角满是冷汗,一副大气不敢出的模样,他面色微缓,淡淡开口道:"最近为了这单生意大家都辛苦了,今天提前一个小时下班,大家早点回家,好好休息。"

语落,穆倾尘双手滑进裤兜,身边的助理推开他办公室的门,他快步走了进去。

办公室外的众人如释重负,在穆倾尘的身影消失在视线中的那一瞬间,皆低低地欢呼了一声,随即作鸟兽散,纷纷离开。

很快,嘈杂的走廊里恢复了平静。

偌大的办公室内,穆倾尘坐在办公桌前。他生了一张比女人还要俊俏的脸,五官如刀刻般深邃,长眉入鬓,鼻梁挺直,薄薄的唇总是习惯性地紧抿,尤其那一双眸子明亮而幽深,无形中散发出强势霸道的信号。

拿出手机,穆倾尘手指迅速地在屏幕上打出了那一串熟悉的号码,拨了出去。

"喂。"电话接通的瞬间传来女子温柔恬静的声音。

穆倾尘面上的肃穆之色淡去,眉眼间流露出一抹难得的温柔,声音中带了一丝慵懒,道:"老婆,我今天提前下班。"

"好啊!我下午请假了,现在就在家里,已经做好了满满一桌子你喜欢的饭菜。"

"嗯。真乖!等我。"挂断手机,穆倾尘从椅背上捞起西服外套挂在手臂上,从桌上拿起车钥匙,迫不及待地向外走去。

今天是他和妻子殷雪新婚一周年纪念日,最近他忙于公司的业务,已经好久没陪她过二人世界了。脑海中浮现出殷雪那张含笑温婉的脸,此时的穆倾尘竟恨不得插上一对翅膀立刻飞回到她的身边!

这时,寂静的走廊里传来一阵阵女子高跟鞋踩踏地面的清脆声响,由远及近。

走到办公室门口处的穆倾尘,脚步不由得顿了顿,眉心几不可见地皱了一下。他向来不喜欢听这种声音,所以公司里的女员工上班都会换上平底鞋。他刚刚吩咐大家提前下班,这个时候又有谁会在走廊里呢?

"嗒嗒"声最终停在了穆倾尘办公室的门外,隔着一道门,穆倾尘不禁挑眉,依稀嗅到一丝异常的气息……

突然间,门被人从外面拉开,一个身穿淡蓝色及膝吊带连衣裙的年轻女子映入了穆倾尘的眼帘。

"倾尘,好久不见!"女子长发披肩,脸上画着精致的妆容,完美的五官无可挑剔,她唇角弯起,笑起来眼睛弯弯的,好似天边的月牙。

听到那熟悉的声音,穆倾尘先是一愣,当看清来人的面容时,不由得脱口道:"佳妮?"

"倾尘,好久不见。"女子脸上甜美的笑容渐渐褪去,她黑白分明的大眼睛定定地看向穆倾尘,眼底渐渐浮现出一层雾色。

眼前的女子叫沈佳妮,是他在美国念书时的同学。毕业后,穆倾尘选择了自主创业,一个人在美国打拼,而沈佳妮作为独女回到了沈氏集团的公司担任总经理,并多次向他施以援助。五年前的一个雨夜,他被人暗算打伤,是沈佳妮及时赶到并打了报警电话。为了保护他,她甚至挡在他面前,用血肉之躯硬生生替他挨了一刀。

其实,穆倾尘早就明白沈佳妮对他的心意,却因为他心有所属而一再拒绝她的靠近。当她浑身鲜血地躺在他怀里时,那一瞬间穆倾尘不是不感动震惊的，若是没有以后发生的那些不愉快的事情，他可能会答应沈佳妮的求爱，甚至很有可能与她在美国结婚。只可惜，沈家事后得知沈佳妮是为了他而受伤，嫌弃当时的穆倾尘只是一个穷小子，很快便宣布商业联姻，将她嫁给了叶氏集团的少公子叶奉天。

往事如烟，如今的穆倾尘事业有成，娇妻在侧，当年的那点怨愤早就消失无踪，他下意识地摸了摸左手食指的婚戒，抬头，目光坦荡地对上沈佳妮含泪的眸子，淡淡笑道："沈小姐，好久不见。"

听到穆倾尘对她称呼的改变，沈佳妮如遭雷击，她抿紧了嫣红的唇，目光钉在那刺眼的婚戒上，眼中飞快地闪过一丝嫉妒。

"倾尘，许久不见，我们找个地方叙叙旧吧！"抬起手腕，沈佳妮动作优雅地拭去了眼角的泪水，故意将她指上的婚戒展现在他眼前。

穆倾尘闻言眉心蹙起，目光落在沈佳妮手上的钻戒，最终还是默默地点了头。

五分钟后，"穆氏集团"附近的一家高档西餐厅的雅间内，穆倾尘和沈佳妮面对面地坐着。四目相对，一时间两个人皆默默无语……

这时，服务生将点好的西餐端送了上来，穆倾尘想起殷雪正在家中饿着肚子等着他共进晚餐，下意识地抬起手腕看了眼表，打算尽快结束这顿晚宴，尽早赶回家中。

"倾尘，算起来，咱们也有五年不见了吧！"沈佳妮见穆倾尘看表的动作，忙开启了红酒，为他和自己各自倒了一杯。

"是啊，时间过得真快。"

举起高脚杯，轻轻晃动手腕，沈佳妮看着杯中妖冶的红酒，唇角的笑容有些苦涩，"倾尘，你可知道那次受伤后我失血过多整整昏迷了三天三夜。等我醒来时，只能每天躺在医院病床上等你来找我。后来，我爸说你怕担责任回国了。我不信。我给你打电话、发邮件、写信，却始终没有得到你的回复。最后，我死心了。因为我知道你心底深处最隐蔽的地方一直住着一个人，那是我无论如何都无法抵达的地方。我也明白了，无论我付出多少都不会得到你的心。"

说到后来，沈佳妮的声音渐渐弱下去，愈发哽咽。往事如细密的网将穆倾尘兜头笼罩得密密实实，他定定看向对面默默流泪的女人，握住高脚杯的手指根根收紧。

"算了，说这些做什么呢！你现在已经娶了心爱的女人为妻，而我也早就结婚生子。"说到这里，沈佳妮蓦地红了眼眶，她端起酒杯，仰脖将里面满满的红酒一饮而尽，随即将高脚杯重重放下，眉眼微醺道："倾尘，你看，我们都找到彼此的幸福了。所以，做不成夫妻我们也还是好朋友，是不是？"

闻言，穆倾尘点点头，扬手将那杯红酒灌进了嘴里。过去的事情再多的解释都是多余的，他和沈佳妮即便没有被家族阻挠也不一定会走在一起，所以面对沈佳妮的怨怼他选择了沉默。

喝完了酒，穆倾尘低头看着桌子上的菜肴，脑海中却浮现出殷雪身穿围裙在厨房忙碌的情形，忍不住淡淡道："沈小姐，没想到能在中国再见到你。我们一直都是很好的朋友，若是你在这边遇到麻烦，记得第一时间联系我。"

说完，穆倾尘从西服口袋里掏出一张烫金名片放到桌上，变相地下了逐客令。

"倾尘，如果当年我没有被迫结婚，你会接受我吗？"

看到穆倾尘起身欲离去，沈佳妮突然柔声问道。

"抱歉，这个问题我拒绝回答。"穆倾尘面上闪过一丝不悦。

沈佳妮毕竟救过他一命，他是个懂得感恩的人，若是换了别的女人他肯定当场翻脸。

"抱歉，我的妻子还在家等我，我先走一步了。"

说话间，穆倾尘放在桌子上的手机响起，他看了眼屏幕，见是殷雪打来的电话，忙接起向雅间外走去。

穆倾尘刚刚走出雅间，沈佳妮忙从手包里拿出一个东西攥在手心，她快步走到衣架前，将东西放进了穆倾尘西服外套的口袋里。

刚刚做完这一切，穆倾尘折回到雅间，沈佳妮顺势将外套取下来递给他。此刻的她脸色绯红，染上一抹醉意，眼神愈发妩媚动人，她扯动唇角想要笑，却露出了一个比哭还难看的表情，"是你妻子打来的吧？看来是我不识趣，打扰你们的二人世界了。"

说着，沈佳妮开门，摇摇晃晃地向外走去、

穆倾尘动作利落地套上西服向外走去，见沈佳妮脚下一个不稳，他忙扶住她的胳膊，"你醉了？我送你回去。沈小姐，你现在住哪里？"

"不急着回家陪老婆了？"沈佳妮停下脚步，软软地靠在穆倾尘的身上，醉意朦胧的眼神看向他。

良久，见穆倾尘紧抿着薄唇不语，她的眼底有着一丝隐藏不住的落寞，低声道："我住滨海酒店。"

穆倾尘稳稳地扶着沈佳妮走出了西餐厅。上了车，他淡淡地看了她一眼，这时他才意识到沈佳妮现在坐的副驾驶的位置，是殷雪的专属座位。

揉了揉胀痛的额角，穆倾尘一边发动引擎，一边掏出手机打算给殷雪打个电话，这才想起他刚刚接完殷雪的电话手机没电自动关机了。

这样也好。若是真的把电话打过去，也不知道怎么和殷雪解释。启动车子，穆倾尘提高车速，不到十分钟，他便将车子开到了滨海酒店的门口。

穆倾尘下车，叫来酒店的服务生将沈佳妮搀扶上楼。他重新上了车，调转车头，转眼间那辆黑色的车子便消失在街道的转角。

滨海酒店的一楼大厅，隔着一道玻璃门，沈佳妮目送穆倾尘离去，原本醉醺醺的眼眸一片清明。

"沈小姐？"五分钟后，原本搀扶她的服务生见她站在原地一动不动，出口唤道。

"没你的事了，谢谢。"沈佳妮淡淡道，目光依旧望向穆倾尘离去的方向。

这时，一个娇小的身影从酒店的电梯里跑了出来。那是一个四五岁大小的男孩儿，白嫩嫩的小脸蛋，大大的眼睛，十分讨人喜欢。

"妈妈！"小天飞奔到沈佳妮的身边，一把抱住她的大腿，仰起脸脆生生地喊道。

"小天，你怎么下来了？"沈佳妮蹲下身子，一颗心几乎提到了嗓子眼儿，眼中流露出紧张的神色，她将小天上上下下打量了一番，见他毫发无损这才稍稍放下心来。

"妈妈，小天一个人在房间里好无聊啊！"小天嘟起嘴，将头脸埋在沈佳妮的胸前。

"妈妈这不是回来了嘛。"沈佳妮慈爱地抚摸着小天柔软的发顶，知道此地不宜久留，忙抱起他软软的身子，径直向电梯走去。

这一次，她瞒着叶奉天偷偷带着小天回到中国来找穆倾尘，为的就是彻底摆脱这段令人窒息的婚姻。所以在叶奉天意识到她的真实目的之前,她不能让他知道小天的下落。她就只有这么一个儿子,他是她的命根子,千万不能有任何闪失。

沈佳妮和小天下了电梯,用门卡开门时她眼角瞥到走廊深处闪过一道黑影,顿时一颗心提了起来。

拉开门,抱着孩子冲了进去,沈佳妮反手将门重重关阖。脸上沁出冷汗,沈佳妮刚刚松了口气,一阵急促的敲门声响了起来。

"妈妈……"小天脸色一白,死死抱住沈佳妮的脖子,"会不会是爸爸来找我们了?妈妈,小天好怕!"

"不会的,爸爸不会这么快就找来的。"沈佳妮口中劝慰,身子却剧烈地颤抖起来,她一只手紧紧地抱着小天,另一只手从手包里摸出手机,想要拨打报警电话。

谁料,一声巨响后,房门竟被人硬生生地踹开。紧接着两个戴着墨镜的男人冲了进来。沈佳妮还未来得及尖叫就被其中一人用木棒狠狠地打在头上,她眼前一黑,身子软软地跌落在地上……

另一边,穆家别墅。

殷雪解下身上的围裙,将砂锅内的菌汤倒在瓷碗中,又用毛巾垫着将瓷碗放在餐桌上。擦了擦额头上的汗水,她脸上露出甜美的笑容。忙了一下午,最后一道汤也搞定了。看着满桌子的美味佳肴,殷雪伸了个懒腰,心情大好。

拿出手机给穆倾尘打电话,对方却处于关机状态。想起刚刚通话时,穆倾尘说手机快没电了,他很快就会回来,殷雪走到客厅,便将手机随意地丢在茶几上。

忙了一下午,有些累,殷雪心里却甜滋滋的,将身子丢进柔软的沙发里，稍作休息。

仰面躺在沙发上，看着棚顶那盏硕大华美的水晶吊灯，殷雪不由得想起这栋别墅从建筑设计到装修都是她和穆倾尘共同商议的，就连这盏水晶灯也是他们跑遍了滨城，精挑细选买来的。可以说，他们爱巢中的一草一木，一花一景都凝聚了他们的心血。再加上一年前他们在这里举办了婚礼，这栋别墅于他们而言更加意义非凡了。

伸出左手，白皙修长的无名指上，那枚璀璨的钻戒散发出柔和的光芒。殷雪轻轻抚摸过那枚钻戒，不由得感叹时光飞逝，转眼间她和穆倾尘结婚已经整整一年了。

窗外风起，殷雪扯过一旁的薄毯盖在身上，眼角扫到茶几上的一个信封，她眸光闪烁了一下，最终还是伸手将那信封拿起，放在了心口的位置。

几个月前，在导师闵浩哲的鼓励和推荐下，殷雪申请了美国哥伦比亚大学建筑系博士学位。原本只是抱着试试看的心态，她将自己的资料和设计图纸以邮件的方式发给了中意的导师，国际建筑大师梅杰斯。没想到，昨天她竟然收到了梅杰斯回复。这位建筑大师对她的"中国风"建筑十分感兴趣，热情地邀请她前往美国继续深造。

这个消息若是早一个月出现，殷雪定会欣喜若狂。她相信穆倾尘一定也会支持她，甚至有可能陪她一同前往美国，毕竟穆氏集团是一个跨国公司，在美国也设有分部。

可是，现在……

殷雪的手轻轻覆在自己的小腹上，那里平坦如初，却已经悄无声息地孕育了一个小生命。她的血型很特殊，RH 阴性 B 型血，因为二胎时及容易发生母体和胎儿溶血现象，这一辈子很有可能只能有一个孩子。这是她的第一胎，是她和穆倾尘的第一个孩子,必须多加小心。

想到这里,殷雪有喜有忧,她思虑再三,最终还是将那个信封从心口移开,拉开茶几下面的抽屉丢了进去。

纠结之后,殷雪心中默念——深造的事只能暂时搁浅,明天再写一封邮件向梅杰斯道歉吧。做出这个决定虽有些遗憾,但她一定不会后悔的。这个孩子来得意外,也很突然,却是她和穆倾尘爱的结晶,无论如何,她一定要将孩子平平安安地生下来。

这时,门口有了轻微的声响,穆倾尘换了拖鞋,捧着一束火红的玫瑰大步走了进来。

"雪儿,我回来了。"穆倾尘一眼看到在沙发上蜷缩成一团的小人儿,他将玫瑰花束放到茶几上,眉眼含笑地挨着她的腿边坐下。

"倾尘,我等了你好久。"嘟起嘴,殷雪任由穆倾尘拉她坐起,她双手环住他的腰身,撒娇道:"人家请了半天假,做了一桌子的饭菜,你怎么这么晚才回来。"

"宝贝,抱歉。路上堵车,我回来晚了。"穆倾尘低头在殷雪的额头上轻轻吻了一下,他不打算将今天和沈佳妮见面的事情告诉给殷雪,并不是他有意隐瞒,而是他觉得根本就没有必要。

殷雪面上一红,将头脸埋在他的肩头,刚刚要告诉他自己怀孕的好消息,鼻端蓦地萦绕着一股陌生的香水味。

这个味道……

殷雪眉头拧起,她记得穆倾尘向来不喜欢香水,所以他身边的女秘书和公司的女员工几乎没有人使用香水。

"我先去洗个澡,马上下来陪你一起吃饭。"穆倾尘并没有注意到殷雪异样的神情,在她脸上轻吻了一下,起身径直去了二楼。

　　下班后回到家里先洗澡，再用餐，这是穆倾尘向来的习惯。可是，今天他这番举动看在殷雪眼里，却显然有了另一番意味。

　　穆倾尘挺拔的身影消失在楼梯的转弯处，殷雪收回疑惑的目光。跑到厨房，她将桌上的饭菜热了一遍，一个人坐在餐桌前，愣愣地发呆。

　　穆倾尘沐浴后换了一套清爽的长袍睡衣，一下楼就看到殷雪一副魂不守舍的样子。这个小女人向来心思重，现在如此的忧心忡忡，也不知道心里藏了什么秘密。

　　穆倾尘快步走到餐桌旁，拉开椅子在她身边坐下，揽过她的肩膀柔声道："雪儿？"

　　"哦……"殷雪回过神来，扭头对上穆倾尘温柔的笑脸和探究的眸子，心中不禁一阵慌乱。

　　她这是怎么了，怎么会莫名其妙地怀疑自己的丈夫呢？难道怀孕的女人都这般多疑？

　　殷雪自嘲地笑笑，亲自为穆倾尘舀了一碗汤，"尝尝这道菌汤，看我的厨艺进步了没。"

　　见殷雪不愿坦白，穆倾尘也不勉强，他端起碗一口气将那碗汤灌进了肚子里，冲殷雪扮了个鬼脸，又立刻摆出一副义正词严的模样，郑重地赞美道："不错，很好喝。"

　　"哪有你这么喝汤的！"微妙的气氛因穆倾尘的搞怪得以缓和，殷雪忍俊不禁地轻笑出声。

　　"雪儿，你等我一下。"穆倾尘在她脸颊上飞快地吻了一下，起身将一楼所有的窗帘都放了下来。顿时，餐厅的光线暗了下来。

　　穆倾尘又找来事先准备好的心形蜡烛摆在餐桌上，一一点燃。柔和昏黄的烛光将殷雪精致的五官映衬得干净而美好，穆倾尘在她对面的位置坐下，启开了一瓶拉菲。

"雪儿,今天是我们结婚一周年的纪念日。"穆倾尘一边向高脚杯中倾倒红酒,一边柔声道:"谢谢你在一年前委身嫁给了我,成为我的妻子。这一年来,你对我嘘寒问暖,照顾有加。能娶到你这样善解人意的妻子,是我这辈子最大的福气。"

婚后的穆倾尘甚少有这般甜言蜜语的时候,殷雪心中比蜜还要甜。她抬眼对上穆倾尘深邃迷人的眸子,烛光下,他黑曜石般的眼眸深处似有一簇火焰在跳跃,她只觉一颗心变得分外柔软,尚未饮酒面颊已是一片绯红。

接过穆倾尘的递来的高脚杯,殷雪面上羞赧,唇角勾出一抹温婉的笑靥,"倾尘,其实我现在的身体不宜饮酒的。"

"怎么了?"

"我今天上午去了趟医院,医生说我……"

"丁零零!"

一阵急促的手机铃声打断了殷雪的话。

"等我一下。"穆倾尘回家后便将手机开机后放到客厅里充电,他快步走到电视旁,拿起手机见是一个陌生的手机号码打来的,想了想还是接通了电话。

电话接通的瞬间,一个女人微弱的声音传了过来,"倾尘……救命……倾尘……"

"佳妮?"穆倾尘心中一紧,脱口问道:"你在哪里?发生了什么?"

"滨海……我在……"沈佳妮断断续续地说着,突然挂断了电话再无声息。

"该死!"话筒传来急促的"嘟嘟"声,穆倾尘捏紧了手机,面上的神色阴晴不定。

刚刚沈佳妮打来的那通电话,让他想起五年前的那个雨夜。那时他是刚刚创业的毛头小子,得罪了黑帮势力犹不自知。那天夜里,他加班回来,和沈佳妮通话时被一群打手围堵在了家门口。那一次,若不是沈佳妮及时帮他报警并替他挡了一刀,恐怕他没那么容易脱身。

殷雪走到昏暗的客厅,窗外突然一道闪电刺破夜空,借由那道光亮,她看到穆倾尘幽深的眸子满溢着愤恨,忙伸手点亮了客厅的灯,柔声问道:"倾尘,怎么了?"

"雪儿,抱歉……"穆倾尘沉默了几秒钟,抬起头对上殷雪担忧的眸子。

"是公司那边有急事了吧。"殷雪找出一把雨伞递到穆倾尘手上,"快去吧,我等你回来吃饭。"

"别等我了,你先吃,改天我给你补过一个结婚纪念日。"轻轻拥抱了殷雪一下,穆倾尘语气中有着愧疚。

"咱们来日方长,快去吧,别误了正事。"殷雪将穆倾尘送到门口,一再嘱咐他路上开车小心些。

"……"殷雪如此善解人意,穆倾尘张了张嘴,最终还是将到了嘴边的话咽了回去。

他会和殷雪解释清楚他和沈佳妮的关系,但不是现在。事出突然,他不知道沈佳妮究竟遭遇了什么,如果她真的有危险,他必须立刻赶到滨海酒店。

上了车,穆倾尘一边打了120急救电话,一边飞快地向酒店驶去。

一路狂飙,穆倾尘抵达滨海酒店的时候,只见一辆120救护车停在门口,两个穿着白大褂的医生抬了一个担架从大门走了出来。

那担架上的女子正是沈佳妮。此刻的她面色苍白如纸,额角受伤不停地涌出鲜血,染红了她半边洁白的面孔。

见状,穆倾尘立即下了车,一个箭步奔到担架旁,"佳妮!"

听到这一声呼唤，沈佳妮缓缓睁开紧紧闭合的眼睛，她不知哪来的力气撑起半个身子，一把死死抓住穆倾尘的手不放，大滴大滴的泪水从惊恐的眸子里涌出。

"别怕，我来了。"任由沈佳妮抓着他的手，穆倾尘跟随医生一起上了救护车。

救护车内，医生简单地为沈佳妮处理了额头上的伤口。看清她额头上的那道狰狞的伤疤，穆倾尘脸色不由得一沉。一路上，沈佳妮依旧用力地抓住他的手，陷入了深度昏迷……

将沈佳妮送往最近的中心医院，安顿好一切后，穆倾尘报了警。自始至终，即便后来处于昏迷的状态，沈佳妮都没有松开他的手。外面下起了瓢泼大雨，穆倾尘静静地坐在病床前，看着沈佳妮惨白的脸，眼底浮现出一抹疼惜，看似平静的面孔下压抑着熊熊怒火。同时，他又不得不心生疑惑——沈佳妮得罪了什么人？他又为何如此大胆，光天化日之下竟敢在酒店里明目张胆地对一个弱女子动手？

夜色深沉，直到晚上十点沈佳妮才幽幽转醒。穆倾尘关切的面孔在她眼前渐渐变得清晰，沈佳妮先是讶然，随即强撑起身子扑进他的怀里，放声大哭了起来。

听到哭声，一直守候在门外的两个警察推门而入，快步走到病床前。

"穆先生，沈小姐醒了，我们是不是可以问她一些问题？"一个年长的警员小心翼翼地问道。

在滨城，穆倾尘是呼风唤雨的大人物，他直接给公安局的局长打电话报警，他们这些底下办事的小人物自然不敢怠慢。

沈佳妮看到身穿制服的警察，稍稍稳定了下情绪，她四下张望了一圈，突然从床上一跃而起，激动地大喊道："小天，小天人呢！我的小天在哪？"

"小天是谁?"穆倾尘的双手搭在沈佳妮瘦弱的肩膀上,将她摁坐在病床上,认真地看向她的眼睛,柔声道:"佳妮,别慌。我在这里,你不要害怕。"

穆倾尘的声音轻柔而沉稳,仿佛一剂良药让沈佳妮紧绷的神经渐渐舒缓,她身子一软几乎昏厥过去,却强撑着抓住穆倾尘的衣领,泪珠簌簌落下,"倾尘,我们的孩子不见了。小天是我们的孩子,他若是有个三长两短我也不想活了!"

闻言,穆倾尘如遭雷击。一时间,他浑身的血液瞬间凝固,大脑一片空白,只是愣愣地看向已经哭成了泪人的沈佳妮,耳边不停地回响着沈佳妮的那句——他是我们的孩子!

我们的……孩子……

我们的孩子?!

良久,穆倾尘终于找回自己的心跳,他张了张嘴,声音嘶哑,艰难地说道:"佳妮,你知不知道你在说些什么?"

沈佳妮看了眼那两个杵在原地目瞪口呆的警察,他们心中一惊,忙快步走了出去。

见房中只有她和穆倾尘两个人,沈佳妮低垂下眼睑,一边流泪一边低声道:"倾尘,你还记得你曾经留宿在我家吗?"

穆倾尘面部十分僵硬,嘴唇颤抖了一下,最终轻轻地点了点头。

他记得在美国刚刚毕业时,有一天和同学们一起去沈佳妮家聚会。那时他一个人身处异国,再加上那天是殷雪的生日,心情尤为不好,喝了很多酒,醉倒在沈家的客房里。接下来发生了什么,穆倾尘完全没有印象。现在回想起来,他依稀记得他是在客厅喝多了酒,后来好像是沈佳妮将他送到了客房休息……

难道……难道他酒后失态,和沈佳妮发生了关系,还有了一个孩子？

"倾尘，这件事我原本不想让你知道的。毕竟那天我们都有点喝多了……"沈佳妮苍白的脸浮现出一抹红晕，她幽幽地叹息了一声，苦笑道："当初我的父母极力阻拦我们在一起，后来他们为了商业联姻逼我嫁给了叶奉天。结婚后一个月，我发现自己已经怀了三个月的身孕。"

听了沈佳妮的话，穆倾尘一时间难以接受。虽说他曾经对沈佳妮产生过一点好感，可他现在已经结婚了，而且他很爱自己的妻子。这件事如果是真的，若是被殷雪知道他在外还有一个私生子，她一定会很难过的。

沉默良久，穆倾尘天头痛欲裂，一张俊脸渐渐失去了血色。

沈佳妮双手环住膝盖，将身子缩成了一团，抬起一双泪眼看向穆倾尘，小心翼翼道："倾尘，小天只是一个意外。我知道你心里早就有了心爱的人，我是不会拿小天要挟你离婚的。"

闻言，穆倾尘竟暗暗松了口气，看到沈佳妮一脸的坦荡，他不禁面露愧疚之色。

"倾尘，我希望你能替我保守这个秘密。我早就买通了医生，叶奉天一直以为小天是早产儿，以为是他的儿子。"

"对不起。"穆倾尘低下头不敢看沈佳妮的眼睛，一个字一个字认真道："佳妮，时隔多年，我欠你一句对不起。而以后，我可能仍旧会对不起你。"

沈佳妮咬紧下唇，眼底闪过一丝嫉妒和愤恨，却装出一副宽容温柔的样子，"倾尘,我说过了，小天他只是一个美丽的意外。他是我的孩子，我一个人的孩子……"

说到这里，在穆倾尘诧异的目光中，沈佳妮再次泪流满面，"倾尘，嫁给叶奉天后我过得非常不好。其实我应该谢谢你，谢谢你将小天带到这个世上。这些年，若是没有小天陪在我身边，我恐怕……"

说着，沈佳妮双手捂住脸，压抑着低声啜泣。

这时，她放在枕边的手机响了起来，沈佳妮抹了把泪水拿起手机，当看到屏幕上跳跃着"叶少"这两个字时，她的身子如同风中萧瑟的枯叶，剧烈地颤抖起来。

"佳妮？"扫了一眼手机，穆倾尘看到沈佳妮如此反应不禁微微吃惊。

沈佳妮虽然惧怕到了极点，但一想到小天很有可能就在这个恶魔的手上，她还是伸出冰冷的手指，接通了电话。

"贱人，和老情人在一起是不是很开心啊？"男人恶魔般的声音传递过来，夹杂着孩子稚嫩的哭喊声，"你马上离开医院回到酒店，不然我可不敢保证会不会杀了这个贱种！"

说完，男人挂断了电话。

沈佳妮的脸色比刚才还要惨白，她将手机从耳边缓缓移开，眼眸变得空洞无神。

"佳妮？"穆倾尘刚刚隐隐听到孩子的哭声，看她现在这个样子，以为小天被人绑架，忙起身向外走去，"你放心，就算把滨城翻过来，我也会帮你把孩子找到。"

"不用麻烦了。"沈佳妮抹去脸上的泪水，她下床光着脚就向外走去，"我知道怎么做小天才会回到我身边，倾尘，算我求求你了，不要再插手这件事了。"

"到底是怎么回事！"见沈佳妮一副视死如归的样子，穆倾尘又气又恼，"你知道是谁抓走了小天，是不是？你告诉我，我去报警将他抓起来！"

"叶奉天。"沈佳妮挺直了脊梁吐出了这三个字，身子左右摇晃，勉强站稳，"倾尘，让我回酒店吧。"

"叶奉天？"沈佳妮的丈夫？穆倾尘愕然。

"是的，就是他！我想他知道我下午去找你的事了。他只是吃醋了，应该不会伤害小天的。"说着，沈佳妮推开房门向外走去。

外面的两个警察看到沈佳妮出来忙上前几步，却看到穆倾尘对他们摆了摆手，"两位先回去吧，这件事我们自己会处理好的。"

"谢谢你们，我没什么事，只是受了点轻伤，孩子也找到了。"沈佳妮低垂着眼睛，淡淡道。

两个人见当事人执意如此，便点点头快速离开了。

"佳妮，我送你回去。"穆倾尘折回到病房，拎起她的高跟鞋放到她的脚边，蹲下去亲自为她穿上鞋子。

沈佳妮低下头，看着他温柔的举动，心里涌起一阵暖流，最终却摇了摇头，"谢谢你倾尘，我还是自己打车回去比较好。这件事就到此为止，我们以后都不要再见面了。"

穆倾尘手上的动作一僵，他默默地直起身子，对上沈佳妮坚毅的眼眸，最终还是轻轻地点了点头。

第九章　冰释前嫌

将沈佳妮送上出租车,穆倾尘一个人静静地站在医院的门口。清凉的风拂在面上,吹乱了他平静的心湖。

静默良久,穆倾尘打了一辆出租车,回到了他和殷雪的家。

用钥匙开了门,穆倾尘蹑手蹑脚地进了客厅。看了眼墙上的摆钟,已是午夜十二点。

"倾尘?"睡在沙发上的殷雪听到声响裹着毛毯坐起来,她揉了揉眼睛,声音中带着慵懒,"现在几点了?"

黑暗中,穆倾尘看着那抹娇小的身影,他快步走到沙发旁坐在殷雪的身边,突然一把紧紧地将她抱在怀中。

他的力气如此之大,殷雪的鼻子撞在他坚硬的胸膛上,腰间的那双大手收紧,带来些许疼痛。耳边是他粗喘的气息和剧烈的心跳,她隐约察觉到他有些不对劲,柔软的手抚摸上他冰冷的脸,仰起头柔声道:"倾尘,你怎么了?"

对上殷雪那双明亮温柔的眼眸,穆倾尘心头一跳,一种无助和慌乱的情愫在他胸腔内翻腾冲撞。他不敢想象殷雪一旦知晓他和沈佳妮有一个私生子会有怎样的反应,他只知道这件事是他的错,是他对不起她,也对不起他们十几年的感情。

"倾尘,别担心,一切都会好起来的。"殷雪靠在他的肩头上,以为公司那边出了麻烦,柔声劝慰道。

"雪儿，我……"

"倾尘，有件事我想告诉你……"殷雪脸上浮现出一抹柔柔的笑容，她今天晚餐就想告诉穆倾尘她已经怀孕的事了，现在他听了这个消息，心情会不会好一点呢？

"雪儿，我也有件事想要和你说。"

"那你先说。"殷雪轻轻地笑起来，寻了个舒服的姿势，窝在了穆倾尘的怀里。

穆倾尘张了张嘴，想要对殷雪坦白一切，但对上她那双含笑的眸子，心中又是一阵忐忑。

"怎么不说话了？"殷雪在他胸前蹭了蹭，打了个哈欠。

"哦，那个……我买了礼物给你。"穆倾尘推开殷雪，起身点亮客厅的灯。

刚刚他走得匆忙，外套没来得及穿，一直挂在衣架上。走到衣架前，穆倾尘将手伸进上衣兜里拿出一个小小的红色首饰盒子。取出盒子后，穆倾尘眉心蹙起，再次将手伸了进去，脸上闪过一丝疑惑。

穆倾尘下意识地挪动脚步，背对着殷雪。他将手从兜里拿出来，摊开的掌心里，赫然多了一个撕开了的空的避孕套包装袋。

唇角沁了一丝冷笑，想到下午他折回包厢沈佳妮递给他外套时眼中的慌乱，再联想今天下午和晚上发生的事，穆倾尘面色阴沉，眉眼间笼罩上一层怒气。

"倾尘，你买了什么礼物？"殷雪窝在沙发上，一脸甜甜的笑容。

听到娇妻甜腻的声音，穆倾尘将那个小小的塑料袋揣进裤兜里，转身的瞬间脸上满溢着温柔的笑意。

大步走到沙发前，穆倾尘蹲下来，打开小巧的首饰盒。一道璀璨的光芒闪过，那是一条镶满了钻石的白金手链，做工十分精巧，一看就是价值不菲的奢侈品。

穆倾尘将手链拿出来，亲自为殷雪戴上，抬眼笑道："喜欢吗？"

殷雪满心欢喜。她的手腕很白皙，微微转动下，璀璨的钻石发出夺目的光彩，"喜欢。可是这礼物是不是太贵重了。"

"你喜欢就好。"穆倾尘拉过殷雪的手，在她手背上轻轻吻了一下，随即双臂一伸，将她打横抱了起来，"时间不早了，你该休息了，明天还要上班呢。"

"嗯……"殷雪再次打了个哈欠，环住穆倾尘的脖子，任由他将她抱到了二楼的卧室。

穆倾尘将殷雪放到柔软的大床上，他的额头抵在她的额头上，眸中充满了宠溺，"乖，我洗个澡很快就回来。"

"嗯……"殷雪有些困了，胡乱应了一声，翻了个身抱着被子闭上了双眼。

穆倾尘快步走到和卧室紧邻的浴室，他将门反锁，从裤兜里掏出那个塑料袋，用打火机点燃，烧毁。

做完这一切，他匆匆地冲了个澡，披了浴巾直接光脚走了出来。

殷雪听到熟悉的脚步声，紧接着身边的床猛地一沉，一个火热的身躯贴了过来。

犯困到了极点，殷雪摁住穆倾尘不老实的大手，翻身将头脸埋在他的胸膛，嘟囔了句，"别乱动，我真的好困。"

"老婆，你不是有很重要的事要和我说吗？"穆倾尘不依不饶，一口咬住她的耳朵，低喃道。

"明天再说，先睡了。你的事，也明天再说。"

闻言，穆倾尘仿佛被兜头浇了一盆凉水，一腔热情顿时化作乌有。一想到那个空的避孕套袋子，想到沈佳妮对他要的那些把戏,他就说不出来的气愤。可是,当年沈佳妮对他确实有救命之恩,而当时他因为被穆家人看不起,再加上他们一再阻拦,他甚至事后都没有去医院看望她,亲口对她说上一句谢谢。和以往那些居心叵测靠近他的女人不同,他对沈佳妮一直都是心怀愧疚的。所以,即便他被她算计,他却不能和她撕破脸。如此一来,他甚是憋屈外加窝火。

本来想将事情经过全部告诉给殷雪的,可现在他还不能确定那个叫小天的孩子是不是他的孩子。这么一来,穆倾尘心里另有了打算。看来,这件事还是要好好调查一番。毕竟他不希望心爱的妻子受到任何伤害。

这么一想,穆倾尘打算将这件事暂时放到一边。如此一来,他竟暗暗松了口气,翻了个身,很快就沉沉地睡了去。

良久,殷雪缓缓睁开双眼,她翻身背对着穆倾尘,再无睡意。其实刚刚穆倾尘一回来,她就再次闻到了那股熟悉的香水味儿。

穆倾尘晚上一回家就立刻洗了澡,出门又换了一套新的衣服,可他再次回家身上还会沾染到原来的香水气息,这说明他今晚应该和一个女人见过面,而这个女人今天下午他们也见过。

穆倾尘和殷雪结婚后,即便他成了已婚人士却依旧不乏年轻美貌的女人用尽心机地对他投怀送抱。几次三番下来,殷雪还没生气,穆倾尘倒先恼了。于是,他主动向她做了保证——晚上加班或应酬绝对不见女士。

殷雪不是小肚鸡肠的女人,若是公司有突发事件需要女员工加夜班,进而和穆倾尘有了接触,她不会无缘无故地吃干醋。而今晚,他显然违背了约定,再加上他几次三番的欲言又止,殷雪几乎可以判定他今晚和女人见面不是为了公事。

这是结婚一年来,穆倾尘第一次对她有所隐瞒,殷雪心里说不出的难过,却一再地告慰自己不要胡乱吃醋,要信任自己的丈夫。

可是，她心里依旧有一个声音在叫嚣——穆倾尘见那个女人，如果不是为了公事，那又会是为了什么私事呢？到底是什么重要的事会让他在结婚一周年纪念日的特殊时刻抛下她，雨夜出门，深夜才归，又对她刻意隐瞒呢？

心底的那个问号越来越大，殷雪辗转反侧，难以成眠。她甚至几次想要将枕边人摇醒，直截了当地问个清楚。可是，伸出的手最终定格在空中，又怯怯地缩了回来。

不会的，他那么懂她，那么爱她，他是不会背叛她，背叛他们多年的感情的。

咬唇，殷雪深吸了一口气，强迫自己不要再去想什么香水气味。也不知道在心里数了多少只绵羊，在天边泛起鱼肚白的时候，她才迷迷糊糊地睡了去。

第二天，闹钟响起，殷雪昏昏沉沉，将身子往被子里缩了缩继续沉睡。

穆倾尘醒来时发现殷雪没有睡在他的怀里，长臂一伸将缩在床边的她揽到怀中。怀中的小人儿身体微微发烫，穆倾尘皱着眉，用嘴唇轻轻碰了下她的额头。

"雪儿，是不是身体不舒服？"穆倾尘将殷雪的身子扳过来，柔声问道。

"好困，让我再睡五分钟。"殷雪的脸在他胸膛蹭了蹭，嘟囔了一句，白皙的脸颊愈发滚烫。

"雪儿，是不是感冒了？"想起她昨晚窝在沙发上等他到深夜，穆倾尘心底涌起浓浓的疼惜，他见殷雪眼下有着淡淡的青色，显然昨晚并未睡好，柔声道："身体不舒服就别起来了，我帮你打电话请假。"

听了穆倾尘的话，殷雪神志清醒了几分，她强撑着睁开双眼，低声道:"不行,我今天还得开会呢。"

说着,殷雪裹着被子坐了起来,她打了个哈欠,揉了揉眼睛,挣扎着起床开始洗漱。

见殷雪坚持要上班,穆倾尘拗不过她,只好去楼下做了简单的早餐。两个人匆匆吃了几口,一起出了家门。

坐到穆倾尘的车里,殷雪再次闻到那股熟悉的香水味,她顿时觉得胸口闷闷的,皱眉将车窗降了下来。

"你还在发烧,不能吹风。"穆倾尘将车窗升起,他侧身为殷雪系上安全带,又将准备好的一包感冒药放到她手上,"等下到单位先吃药,觉得不舒服就请假回家休息。如果吃了药还难受,立刻给我打电话,我送你去医院。"

"哪有那么娇贵。"面对穆倾尘的关心和细心嘱咐,殷雪心里的那点不舒服稍稍缓解,她别过头去,脸上的表情多少有些别扭。

一路上,殷雪靠在车门上,闭上双眼假寐。只是,那股若有若无的香水味一直往她鼻子里钻,心里仿佛生了一把荒草,越长越高,愈发慌乱烦躁。

不知过了多久,车子停了下来。穆倾尘轻轻推了殷雪一下,她顺势睁开眼,冲他勉强挤出一丝笑容后匆匆地下了车。

看着殷雪纤细的背影,穆倾尘总觉得她今天有些萎靡不振,说不出来哪里怪怪的。抬腕看了眼时间,今天上午他约了美国药厂的负责人商谈合约。只有十分钟了,来不及多想,穆倾尘调转车头,飞快地向穆氏集团的大厦驶去。

路上堵车,穆倾尘紧赶慢赶还是迟到了三分钟。

电梯抵达顶层,他一走出电梯,他的秘书就迎了上来。

"穆总,对方提前十分钟就到了。"刘秘书手里捧着洽谈用的资料,紧跟在穆倾尘身边,压低了声音,"这一次药厂方面临时换了负责人,姓沈,是一位女士。"

闻言,穆倾尘的脚步略略放缓,剑眉轻轻挑了一下。

谈话间,两个人走到了会议室门口。刘秘书快走几步,上前拧动把手拉开了门。

穆倾尘气定神闲地走进会议室,看向左侧首位。果不其然,他见到了一张熟悉的面孔。

"穆总好。"沈佳妮站起来,伸出手和穆倾尘轻轻握了一下,笑道:"沈氏集团三天前收购了这家药厂,集团很重视这次与穆总的合作,所以特地派我前来洽谈。"

"欢迎之至。沈小姐,没想到你就是美方的代表。"伸手和沈佳妮的手握了握,又迅速地松开,穆倾尘面上似笑非笑,"据我所知,沈氏集团这几年好像从未涉足药厂生意吧。"

"美国的这家药厂是三年前我娘家和夫家共同创办的。为了药厂更好地发展,我们沈家将之收购。现在,这家药厂彻底属于我们沈家。"沈佳妮莞尔一笑,看向穆倾尘,眼神坚毅,"穆总放心,生意场上,我绝对不会念旧情的!"

"如此甚好。"穆倾尘坐下,从文件夹里拿出与美国药厂联合办厂的企划案,脸上紧绷的神情稍稍舒缓。

沈佳妮突然回国,昨天发生的一切,还有那个放在他口袋里的避孕套的空塑料袋,这一切的一切,都显得十分的不同寻常。

虽然潜意识里,穆倾尘希望沈佳妮依旧是五年前的那个善良单纯的小女生,可昨晚明明就是她搞的鬼,是她在蓄意破坏他和殷雪的感情。今天她又突然化身美方药厂的谈判代表,穆倾尘不得不起了警惕之心。如果她仅仅是想要在商业合作上取得最大利益而算计他的话,看在她曾经救他一命的份上,他做出最大的让步就是了。

可事实上,沈佳妮比穆倾尘想象中还要利落果敢。没想到五年不见，当年的那个说话都要脸红的怯生生的女孩儿，虽然外表依然柔弱，骨子里却已经变成了一个不折不扣的女强人……

相比之下，穆倾尘因为心绪不宁而屡屡失态，最终这场持久的谈判，在四个小时后暂时告一段落。

将沈佳妮送走后，穆倾尘看到几位助手用疑惑的眼神看向自己，不好意思地笑了笑，"抱歉，今天我有点不在状态！"

"最近您太累了，还是早些回家休息吧！"

"是啊！让您太太给您煲些补汤，再好好睡上一觉！"

几个助手七嘴八舌的安慰了他一番，穆倾尘报以一笑，想起今早殷雪就觉得不太舒服，便打算提前下班去接她回家早点休息。

简单交代了一下后续合作谈判的注意事项，穆倾尘提前离开了公司。

上了车，开出停车场没多远，穆倾尘在街角看到了一抹熟悉的身影。

穆倾尘看到沈佳妮和她的女助理一起下了车，似乎正在和一名交警在交涉什么，忙将车子倒了回去。停稳车子，穆倾尘下车向她大步走去，"沈小姐，需要我帮忙吗？"

"车子出了点问题，我在向这位交警求助！"看到穆倾尘，沈佳妮扬了扬手中的手机，"滨城果然是一个高效率的城市，我的助理刚刚打了求助电话，这位交警先生不到两分钟就赶过来了！"

"多谢夸奖！"那位交警不好意思地笑了笑，穆倾尘和他一起帮助检查了一番后，发现是车子的发动机出了点问题。

"那就只好先把车子拖走修理了！"沈佳妮将车钥匙拔下来丢给助理，"这里交给你了，我还有点事先走一步了。"

"好的！"女助理接过钥匙，"穆姐，小天那边还需要你，你快去吧。"

沈佳妮看向穆倾尘,面露焦急,"倾尘,我急着赶去幼儿园接小天,这边出租车不太好打,你方便送我一程吗?"

果然,在这里等着呢!穆倾尘心中不悦,面上却维持着温和的笑容,他抬腕看了眼表,"时间还早,我先送你去幼儿园。"

"谢谢!很近的,不会耽误你太长时间。"

两个人上了车,沈佳妮报出滨城城西的一个幼儿园的地址,而后她靠在车门上,闭上了双眼。

眼角瞥到沈佳妮熟睡的模样,她今天穿了一件蓝色吊带长裙,脸上的妆容十分精致,嘴角挂着一丝甜甜的笑容,十分妩媚而无害。穆倾尘收回目光,心里对她的防备却丝毫没有减少。

十分钟后,车子停靠在幼儿园的门口。

将车子停稳,穆倾尘耐心地等了一会儿,见沈佳妮迟迟没有醒来,伸手在她肩上轻轻推了一把,"沈小姐,幼儿园到了。"

"哦……"揉了揉眼睛,沈佳妮打了个哈欠,脸上有着隐藏不住的疲态。

"倾尘,我昨天才下飞机,匆忙间只能给小天找到一家普通的幼儿园。滨城你比较熟,抽空帮我联系一家条件好一点的幼儿园吧。"

闻言,穆倾尘挑眉,听出沈佳妮有长期在滨城停留的打算,"沈小姐打算在滨城长住?"

"嗯,最少半年时间吧。这边有生意要谈,小天也需要熟悉国内的环境。"沈佳妮冲穆倾尘温婉一笑,见他微微变了脸色,哂笑道:"谢谢你送我过来,等下我和小天打车走好了,就不再麻烦你了。"

语落,沈佳妮拉开车门走了下去。

眼睁睁看着沈佳妮走进了幼儿园,穆倾尘揉了揉胀痛的额角,他从口袋里掏出一根烟,点燃,狠狠地吸了一口。

看来,沈佳妮这次来的滨城,真的是有备而来的……

这种情况下,最好的解决方法不是逃避,而是找个机会向殷雪坦白一切。不然,若是被她知道了自己欺骗她和沈佳妮私下里有来往,甚至很有可能还有一个私生子,真不知道会闹出什么事端来!

想通了,穆倾尘发动引擎,调转车头,缓缓驶离了幼儿园。

"倾尘,等一下!"车后,沈佳妮快步从幼儿园冲出来,冲他大喊,"倾尘,小天病了,快送我去医院!"

闻言,本想一走了之的穆倾尘还是将车子停了下来,见沈佳妮踩着高跟鞋跑了过来,他不由得暗暗叹了口气。

穆倾尘将车子停下,沈佳妮抱着一个四五岁的小男孩儿坐了上来,他这才重新启动了车子。

沈佳妮急得一脸热汗,看到穆倾尘脸上神色淡淡的,薄薄的唇也抿得极紧,嗫嚅道:"倾尘,不好意思,耽误你回家了。要不你把我放在前面的岔道口吧,那个地方打车方便些。"

"怎么回事?"双眼看向前方的路况,穆倾尘面色十分冷淡。

"小天他好像有些水土不服,中午的时候就开始上吐下泻。"

"妇婴医院离这儿不远,你在这边不熟,我送你过去!"语落,穆倾尘加快车速,车子如同离弦之箭驰骋于公路上。

等红绿灯的时候,穆倾尘看了那孩子一眼。他不过四五岁大小,一张小脸惨白,一双湿漉漉的大眼睛目不转睛地看着他,小手紧紧地抱住沈佳妮的胳膊。孩子怯生生的眼神令穆倾尘心中一软,此时的他已经顾不上沈佳妮是否又耍了花招,只想尽快送他们母子到医院。

不到一刻钟的时间,他们顺利抵达了妇婴医院。穆倾尘帮忙插队挂了号,很快就看了医生。

私人病房里，洁白的床上躺着一个脸色略显苍白的小男孩儿。

"小天，感觉怎么样了？"拿出手帕为小天擦了擦额头上的冷汗，看着儿子病怏怏的模样，沈佳妮心中一痛，眼眶泛红。

小天摇摇头，抓着沈佳妮的手坐起来，窝进她的怀里。乌黑的眼珠子一直看向穆倾尘，他脸上的笑容透着怯懦，声音弱弱地道："你是谁？"

"我叫穆倾尘，是你妈妈的好朋友！"将刚刚买来的果篮放在一旁，穆倾尘看着这个素未谋面的孩子，脸上冰冷的表情不禁柔和了几分。

小天小小的身子缩了缩，伸出一只小手抓住穆倾尘的衣襟，奶声奶气道："穆叔叔好。"

"真是个有礼貌的孩子。"伸手在小天柔软的头发上摸了摸，穆倾尘柔声问道："小家伙，你今年几岁了？"

小天看了沈佳妮一眼，眼里闪过一丝犹豫，咬着手指，声音几不可闻，"叔叔，我今年四岁了。"

四岁！

穆倾尘闻言勃然色变。

四岁，这孩子竟然四岁！按时间来算，倒真的可能是他的孩子……

小天眉毛拧成一团，将头脸埋在沈佳妮的怀里，"妈妈，我饿了……"

"倾尘，小天打完点滴已经没什么事了。"沈佳妮看了一眼面无血色的穆倾尘，脸上有着几分尴尬和慌乱，她抱起小天大步向外走去，"时间不早了，你快回家去吧！不要让你的妻子在家久等了。"

穆倾尘不语，瘫坐在病床上，头痛欲裂。他不相信一个四五岁的孩子会有如此心机，孩子是最纯洁的小天使，他们是不会说谎话的。那就只能说明沈佳妮说的都是真的，小天真的是他的儿子……

他抬头，看到小天趴在沈佳妮的肩上，对上他那一双湿漉漉的大眼睛，炎热的夏天里穆倾尘竟生生地打了个冷战。

沈佳妮母子刚走不久，一个穿着白大褂的医生跟在妇婴医院郝院长的身后，两个人一起走进了病房。

"穆先生，病人的验血报告出来了。"郝院长亲自送上报告单，毕恭毕敬道。

这家妇婴医院是一家私营医院，幕后老板正是穆倾尘。婚后，他考虑到殷雪是RH阴性B型血，担心她将来生孩子会发生意外，特地买下了这所医院并招聘了一批著名专家坐诊，以备不时之需。

穆倾尘起身接过报告单，匆匆地扫了一眼。下午送小天过来的时候，为了保险起见，院方坚持为他做了血常规。刚刚沈佳妮急着离开医院，便没有拿走这份报告。

"穆先生，病人所有指标都很正常。"看着穆倾尘盯着那一张报告不放，郝院长身后的医生解释道。

"血常规……血……"穆倾尘眼底闪过一丝锐利的锋芒，他冷冷看向院长，低声道："我记得下午的时候，给那孩子抽了一管血。"

"是的。"郝院长只觉穆倾尘的眼神仿佛刀子一般，他脊背一凉，忙不迭地点了头。

"一管血……应该够用了吧！"穆倾尘给郝院长递了个眼神，他挥挥手示意医生退下。

接下来，他和郝院长在病房里密谈了十几分钟。半个小时后，走出医院的时候，穆倾尘的脸色微微好转，脚步也轻快了许多。

另一边,沈佳妮抱着小天下了出租车,进入了海滨酒店。

总统套房里,坐在椅子上,小天仰起头看向沈佳妮,咬唇说道:"妈妈,你说过的,撒谎的孩子不是好孩子……"

"小天,我们也是迫不得已的,是不是?"蹲下来,沈佳妮伸手摸了摸小天柔软的头发,眼底隐隐有着一丝雀跃。

"妈妈,我明明五岁,为什么要骗穆叔叔说我四岁……"

"小天,你喜欢穆叔叔吗?"并没有直接回答小天的问题,沈佳妮在他粉嫩嫩的脸蛋上捏了捏,笑着问道。

"嗯!我喜欢穆叔叔!"虽然和穆倾尘只有一面之缘,可是在小天眼里,和爸爸还有凌叔叔相比,穆倾尘十分的和善友好。

"小天,穆叔叔是妈妈的好朋友,他一定会帮我们的!"

"真的吗?穆叔叔真的会帮我们?妈妈,有了穆叔叔,你以后就再也不会被爸爸和凌叔叔欺负了,对不对?"

"嗯,是的!小天,妈妈就快要脱离苦海了……"沈佳妮长长地叹息一声,她紧紧地将小天抱在了怀里,鼻子一酸,温热的泪水涌了出来。

"妈妈,不要哭……妈妈,有穆叔叔帮忙,我们是不是很快就离开爸爸了?"拿着自己胖乎乎的小手去擦沈佳妮脸上的泪水,小天攥紧了小拳头,朗声道:"妈妈,你别哭,小天会保护你的!"

"小天……"看着懂事的儿子,虽然知道欺骗穆倾尘的行为有些可耻,可是一想到这五年来,在丈夫叶奉天身边渡过的如同地狱般的日子,沈佳妮还是咬牙昧着良心做出了今天的安排。

"小天,你觉得好些了吗?"看着儿子惨白的小脸,虽然知道给他服下的泻药在剂量上很有分寸,沈佳妮还是忍不住心疼万分。

"为了妈妈，小天吃点苦没什么的！"拍了拍胸膛，小天站在了椅子上，一副小大人的模样。

"小天，饿坏了吧，我们出去吃饭！"破涕为笑，沈佳妮拿出镜子整理了一下妆容，抱着小天去了宾馆顶楼的餐厅。

另一边，殷雪上午十点开完例会就请了假，想到一个人在家待着无聊便给戚兮打了电话，得知她休了年假在家，便带上前些日子代购买来的一大包尿不湿，直接打车去了戚兮所在的小区。

戚兮生完孩子后，戚妈妈从乡下赶来帮忙带孩子，她出了月子后在殷雪的介绍下就职于穆氏集团人事部，两个人关系依旧十分要好。

殷雪手里拎着在小区门口买的水果，敲响了戚兮的家门。

"穆太太光临，蓬荜生辉啊！"戚兮飞快地拉开门，接过殷雪手上的东西，笑眯眯道："雪儿，你现在可是奴家滴老板娘了，来员工家里还带这么多东西，真是折杀奴家了！"

上班后的戚兮剪了短发，整个人显得干净利落，颇有辣妈风范。

"就你嘴贫！"开门的瞬间殷雪换上了一脸笑容，她驾轻就熟地换上拖鞋走进客厅，四处张望了一下，担心小宝宝在睡觉，忙压低了声音道："李达在班上？周妈妈和我干儿子呢？"

"李达出差，下周能回来。今天天气不错，我妈带着毛毛下楼遛弯去了。"戚兮给殷雪倒了杯水，将刚刚切好的果盘放在茶几上，笑道："你先休息会儿，我刚刚发了奖金，等会儿我请你出去吃大餐。"

"兮兮，我们什么关系啊，不用那么破费的。"殷雪喝了口水，从果盘里捡起一块苹果丢进嘴里。

"雪儿，还在上班时间，你怎么想到来我这儿了？"从殷雪一进门，心细的戚兮就发现她的脸色很不好。她深知自己的这位好友是个工作狂，年假都经常不休，今天是工作日，她不在办公室待着还真是有点不正常呢。

殷雪扯动唇角，笑道："身体不是很舒服就请假回家了呗。我一琢磨，一个人在家待着怪无聊的，正好你也没上班，就跑过来找你了，顺便看看我干儿子毛毛。不过，我想你很快也会有干儿子了。"

说着，殷雪双手交叠置于自己的小腹上，笑眯眯地看向戚兮。

"你是说……你怀孕了？"戚兮惊讶地瞪圆了眼睛。

"嗯。"

"天啊！太好了！"戚兮激动地给了殷雪一个大大的拥抱，开心道："穆倾尘高兴坏了吧？这可是天大的好事！"

"我还没告诉他呢。"

"啊？"戚兮放开殷雪，目光疑惑地落在她略显憔悴的脸上，"雪儿，你是不是和穆倾尘闹别扭了？"

殷雪欲言又止，最终道："没有。他最近太忙了，我没来得及告诉他。"

"真的？"

"嗯。"

殷雪不想让戚兮担心，岔开话题问了些怀孕初期饮食方面的注意事项，戚兮一一详细作答。

看到殷雪心不在焉的样子，戚兮最后还是忍不住开口道："雪儿，你是我最好的朋友，我希望你能过得幸福。我看得出来，穆倾尘真的很爱你。这年头，不要脸的倒贴男人的女人有很多，穆倾尘是一个十分优秀的男人，他这样的男人就算自己把持得住,也不免会招来狂蜂浪蝶。"

"能被拆散的爱情都不是爱情。如果穆倾尘是第二个纪温言,我只能怪自己遇人不淑。"

"傻瓜。你们现在已经结婚了,你们是夫妻,是这辈子最亲密的两个人。雪儿,一段婚姻是需要经营和维护的,是不能轻言放弃的!况且,穆倾尘的为人你还不清楚吗?有件事你或许还不知道吧,上个月穆倾尘开除了新来的王秘书。"

"王秘书?"殷雪对这个王秘书有几分印象,个子高挑,人长得极美。

"我听小道消息说,上个月她陪穆总去美国出差,对穆总施了美人计,穆总压根就没搭理她。谁知道这孩子够极品的,竟然在穆总的行李箱里放了自己的文胸。"

"我都不知道这事儿。"听到后来,原本还有些醋意的殷雪不由得怒极反笑。

"穆总不和你说,一来是觉得你听了只会心里添堵,于你们夫妻感情无益,二来他和王秘书本来也就没什么,说了只会画蛇添足让你多想。穆总那样的身份,这种乱七八糟的事肯定不少。他心里有你,自然应付得来。反倒是你,雪儿,你可别胡乱猜疑,伤了夫妻感情就不值得了。"

戚兮就是戚兮,即便殷雪什么都不说她也能猜到她的心病。被她这么一开导,殷雪也觉得自己有些捕风捉影了。

"好了,别不开心了。我请你出去吃大餐,好不好?"

"算了,不吃大户了。没什么事我先回去了。"心结已解,殷雪起身向外走去,"倾尘刚刚给我打了电话,说他今天提前下班。"

"那好吧,改天我再请你。"

从戚兮家里出来，殷雪回到穆家别墅，美美地睡上一觉后，将楼上楼下好生收拾了一番。看着窗明几净的小窝，心情顿时开朗了许多。

跑到厨房洗了些水果，殷雪一个人坐在宽敞的客厅里，一边吃着水果一边看着电视，只觉神清气爽，似乎好久都没有这么轻松自在了，一扫昨晚和今早的不快。

这时门口传来一阵响动，殷雪从沙发上站了起来，"倾尘，你回来了！"

丢下手中啃得只剩半个的苹果，殷雪小跑过去，张开双臂给了穆倾尘一个熊抱。

"嗯！今天没什么事，就早点回来陪你了！"面对殷雪的热情，穆倾尘脸上的神色淡淡的，他勉强笑了笑。想起今天在医院里发生的事情，心口好似压了一块大石头，竟闷得喘不上气来。

"倾尘，我去热菜，你快上楼去洗澡换衣服。"殷雪勾着穆倾尘的脖子在他脸颊上轻轻吻了一下，随即松开他，踩着拖鞋冲进了厨房。

看着殷雪欢快的背影，穆倾尘身子微微一晃，太阳穴处竟也胀痛了起来。

上楼简单地冲了个凉，穆倾尘围着浴巾走出浴室，他捡起丢在床上的手机看了一眼，有一个郝院长打来的未接来电。

神经瞬间紧绷，穆倾尘大步走到卧室门口将房门反锁，一边拨打郝院长的电话一边折回了浴室。

电话很快接通，穆倾尘压低了声音，"刚刚不是交代过了，下班时间不要给我打电话。"

"穆总，对不起，我……"面对穆倾尘的怒气，郝院长张口结舌。

"好了，有什么快说吧。"说着，穆倾尘从浴室探出头看向房门处，生怕这个时候殷雪上楼来。

"我刚刚验了那孩子的血型，他是AB型血，而您是B型血。"郝院长深吸了口气，语调中带了一丝兴奋，"所以，穆总，那个孩子肯定不是你的儿子。"

闻言，穆倾尘心头涌起一阵狂喜。他记得沈佳妮是B型血。B型血的母亲和B型血的父亲是无论如何都不能生出AB型血的孩子的！这一点，毫无疑问！

"穆总，我觉得没必要再做亲子鉴定了，您觉得呢？"

"……"

"穆总？"

半响，穆倾尘找回自己的声音，淡淡道："郝院长，多谢了。这件事到此为止吧。"

"好的，您的意思我明白。"

和郝院长通完电话，穆倾尘走出浴室躺倒了床上，一时间只觉卸下了压在心头的巨石，顿时浑身轻松许多。躺了不到两分钟，楼下传来殷雪喊他吃饭的声音，穆倾尘坐起来，两只手在脸上搓了搓，换上一套干爽的浴袍快步下了楼。

餐桌上摆着四道家常小炒，菜香四溢。殷雪端着排骨汤从厨房走出来，她腰间系着淡蓝色的围裙，长发束成马尾，一张娇俏的瓜子脸上带着浅浅的笑容，整个人说不出的温婉可人。

"老婆，辛苦了。"穆倾尘快走几步，接过殷雪手中的汤碗放到餐桌上。

两个人挨着坐下，穆倾尘盛了一碗汤放到殷雪面前，"今早看你脸色不是很好，喝点汤补补。"

殷雪拿起勺子喝了一口，忙舀了一勺送到穆倾尘嘴边，"倾尘，你也尝尝。"

平时都是穆倾尘下厨炒菜煲汤，殷雪在一旁打下手，昨天是两个人的结婚纪念日，她第一次下厨。今天下厨，则是因为她心情好。没想到第一次煲排骨汤，味道竟然还不错。

"味道很好。"穆倾尘不吝啬地赞美道。看得出来，殷雪今晚的心情很好，而他因为郝院长的那一通电话心情也很不错。

两个人腻腻歪歪地吃了这顿饭，晚餐过后，穆倾尘自告奋勇地跑去洗碗。殷雪亲自将围裙系在他的身上，站在他身边看他忙碌的样子，眉眼间全是笑意。

"倾尘，你知道我今天为什么这么开心吗？"

"为什么啊？公司发奖金了？"

"不是呢。"殷雪不好意思地笑了笑，想起戚兮给她讲的王秘书的事，低下头小声道："倾尘，听说你辞退了一个秘书。"

穆倾尘手上刷碗的动作顿了顿，扭头看了殷雪一眼，眉心微微蹙起，唇畔的笑意略显凉薄，沉思了片刻，道："嗯。若不是看在她和你一样都是 RH 阴性 B 型血，我才不会破格录用她呢。"

殷雪闻言愣了一下，说实话听穆倾尘这么说，她此时此刻心中竟多了一份窃喜。这时殷雪才意识到，原来她骨子里一直都是个"小肚鸡肠"的小女人。

"原来如此。"殷雪轻轻抱住穆倾尘的腰身，在他胸膛上轻轻地蹭了蹭，柔柔地笑道："我原来以为我是个很大度的女人，别的女人觊觎我的男人也不屑与之计较争辩。可到了今天，我才明白，原来我对王秘书之流一直都抱有敌意，甚至恨不得除之而后快。或许，每个人的身体里都住着一个调皮的坏小孩吧。我的这个'坏小孩'，已经被情敌们成功地激活了。"

"雪儿，放心，处理这种事情我很有分寸的。无论如何，我都不会让你不安和委屈。"

"嗯。"殷雪笑得轻松甜蜜。

穆倾尘轻轻拥着殷雪,两个人回到客厅,他拉着她在沙发上紧挨着坐下,盯着她的眼睛,柔声道:"雪儿,有件事我想和你说。但说这件事之前,我想和你说的是,无论之前发生过什么事,也不管以后会发生什么,你一定要信任我,更要相信我们之间的感情,好不好?"

"倾尘,你干吗这么严肃啊。"殷雪眼角扫到茶几上的EMS快递,忙伸手将它拿起来,"对了,我今天下午在家的时候收到了一份快递,收件人写的是你的名字。"

"我的快递?"

"是啊,邮政的快递员亲自送上门的。可能是文件吧,我帮你拆开好了。"说着,殷雪从抽屉里取出剪刀,小心翼翼地剪开了纸盒。

"里面是什么啊?"殷雪将手伸进去,指尖碰触到几张纸一样的棱角却很硬的东西,小声嘟囔了一句,"好像不是合同呢。"

穆倾尘心里突然涌起一丝不好的预感,他刚伸出手想要将快递拿过来,殷雪却快了一步,她将包装纸盒用力地抖了抖,里面的东西一股脑地倒在了沙发上。

那是十几张七寸照片,最上面的那一张照片里,穆倾尘蹲在沈佳妮的身旁,正动作温柔地为她穿上鞋子。照片拍摄的光线有些昏暗,角度却很好,准确地捕捉到穆倾尘面上柔和的神情和眼眸中难掩的疼惜。

"雪儿,不是你想的那样的!"

他最担心的事情还是发生了,而且以这样糟糕得不能再糟糕的方式毫无预兆地赤裸裸地展现在殷雪的面前。情急之下,穆倾尘将沙发上的照片一把捞了起来丢进了一旁的垃圾桶,脸色一阵青一阵白。

殷雪低着头，一言不发，此刻的她满脑子都是穆倾尘和照片中女人在一起的"和谐"画面。半响，她抬眼，一脸不可置信地看着身边急于掩饰的丈夫，心脏仿佛被一只无形的大手紧紧攥住，竟连呼吸都疼痛不已。

"雪儿，你听我说，事情是这样的。"穆倾尘双手箍住殷雪的肩膀，轻轻摇晃她的身子，"照片里的女人叫沈佳妮，是我在美国念书时的同学。昨天下午她来找过我，我们只是叙叙旧而已。晚上的时候，她被打住进了医院，我只是去看看她。我不知道这些照片是谁偷拍的，也不知道偷拍者是什么目的。雪儿，我现在能肯定的……"

"你说的这些我现在不想听。我累了，你先让我静一静。"殷雪眼眶一热，泪水险些滚落下来，她深吸了口气，轻轻拨开穆倾尘的手，起身向楼上走去。

看到殷雪沉默、痛苦而隐忍的表情，穆倾尘心中难过到了极点，他将头埋在膝上，双手插入短发，整个人颓废不已。

良久，穆倾尘起身拿起垃圾桶，将里面的照片一张不落地捡了回来，细细地翻看了一遍。

这些照片，有的偷拍了昨天下午他和沈佳妮在一起吃饭的场景，有的偷拍了他送沈佳妮去医院的情景，就连今天他抱着小天去妇婴医院也被偷拍了，这真是不能不让他恼火。

所有的事情，好像都是从沈佳妮出现的那一刻变得复杂而诡异的，穆倾尘知道他应该找个时间好好质问沈佳妮一番。可现在殷雪如此的伤心，他想要安抚她，却一时间心乱如麻，不知该从何说起。

点燃一根烟，穆倾尘狠狠地吸了一口，思来想去，他拿起手机，开始给殷雪发微信。这是他们婚后闹别扭时惯用的沟通方法，穆倾尘深思熟虑后，将这两天发生的事情事无巨细地写了下来,统统发给了殷雪。

等待的时间格外漫长,穆倾尘吸了一根又一根烟,整个人几乎被烟雾团团包围。不知过了多久,他靠着沙发迷迷糊糊地浅睡着,隐约感觉到有人靠近,一个激灵猛地睁开了眼。

"上来睡吧。"殷雪丢给穆倾尘一个薄薄的毯子,转身就往楼上走,上了二楼后扭头看了他一眼,冷冷道:"记得洗澡。肚子里的小宝宝可闻不得烟味儿。"

闻言,穆倾尘困意全无,他猛地睁大了双眼,错愕地抬头看着二楼扶梯旁的那抹娇俏的身影。

小宝宝……

小宝宝!

难道说,他的雪儿怀孕了?!

"傻样!"殷雪此时气已经消了,看着穆倾尘呆萌惊讶的样子只觉好笑,她低头双手放在小腹上,眼角眉梢带着柔柔的笑意,"快点上来休息,小宝宝可不能陪着咱们熬夜。"

"哎!"穆倾尘答应得痛快,他先是将一楼所有的窗子打开通风,吹散了客厅里的烟味儿这才急匆匆地上了楼。

冲了澡,顶着湿漉漉的头发钻进被窝,穆倾尘长臂一伸将殷雪捞进怀里,心里开心得冒泡泡。

殷雪背对着穆倾尘,别扭地挣扎了一下,最终还是乖乖地任由他环着自己的腰身。他的大手温柔地小心翼翼地抚摸着她的小腹,炙热的呼吸喷薄在她的脖颈间,痒痒的,一阵酥麻。

殷雪缩了缩脖子,翻身瞪了穆倾尘一眼,"别乱摸,小宝宝才一个月。"

"老婆,给我些时间,这件事我一定会处理好的。不要生气了,好不好?"穆倾尘柔声哄道。

"懒得理你那些破事。"殷雪拉过穆倾尘的胳膊当枕头,寻了个舒服的姿势，闭上了双眼。其实在看到他发的那条长长的微信后，殷雪已经没有那么生气了。商场如战场，嫁给穆倾尘的这一年，她深深地明白了这个道理。这一次，她不知道沈佳妮接近穆倾尘是何种目的，也不知道偷拍照片的到底是谁，她能做的就是相信自己的男人，坚守维护她的婚姻。

"雪儿，我就知道你最好了。"叹息了一声，穆倾尘知道殷雪已经原谅了他，心里愈发疼惜她的同时，对沈佳妮的所作所为便愈发深恶痛绝。

殷雪抱着穆倾尘不再言语，她隐隐感觉到这次的事情没有那么简单，以后或许还会遇到更多的麻烦。

第十章 阴谋诡计

半夜时分,殷雪被一阵急促的手机铃声吵醒,她迷迷糊糊地伸手摸到置于床头的手机,接通,那边立刻传来一个女人声嘶力竭的哭喊声:"倾尘,小天从楼梯上跌下来了,流了好多血,求求你,救救我们的孩子!"

听到女人的哭喊声,殷雪立刻睡意全无。听到"救救我们的孩子"这句话,她想起穆倾尘今晚对她的解释,一下子便猜到是谁打来的电话,秀眉不由得紧紧蹙起。

"倾尘,求求你了,救救小天!"

听出沈佳妮语调中的焦急,殷雪看了一眼还在熟睡的穆倾尘,过了几秒钟,才对着话筒低声说了一句,"倾尘还在休息,你是沈佳妮?"

"雪儿……你是雪儿?对不起,这么晚了打扰你们夫妻休息了,可是……小天他……对不起,刚刚我说错话了!小天他……"

打断了沈佳妮的解释,殷雪冷冷道:"你别激动,告诉我你们母子的地址,我这就叫倾尘起来。"说着,殷雪在穆倾尘身上推了一推,然后下床记下沈佳妮的地址,开始为穆倾尘翻找外出的衣服。

她选择相信自己的丈夫。穆倾尘和沈佳妮本来就没有任何的感情瓜葛，小天也不是他的孩子。她不清楚沈佳妮这次又在耍什么阴谋，可孩子毕竟是无辜的，若她隐瞒了这通电话，而那个叫小天的孩子真的出了意外，她一定会后悔一辈子的。

"雪儿，出什么事了？"迷迷糊糊的被殷雪叫起来，穆倾尘打了个哈欠，问道。

"小天从楼梯上滚下来，流了很多血。沈佳妮很着急，想让你立刻过去一趟。"说着，殷雪将写有沈佳妮地址的便笺纸交到了穆倾尘手上，"沈佳妮和小天在这个地方，你快点过去吧！"

"什么？小天出事了？"听到这个消息，穆倾尘撇了撇嘴，他看了眼墙上的挂钟，已经深夜两点了。

把殷雪递过来的便签仔细看了一遍，穆倾尘蹙眉，冷冷道："奇怪了，她们母子大半夜的不在酒店里好好待着，怎么跑到城南的别墅去了？不知道这个沈佳妮又在耍什么花招，雪儿，我还是不过去了。"

"你还是去看看吧，万一孩子真的出事了呢。"殷雪将穆倾尘外出的衣服统统丢到床上，又去衣橱找了一条围巾丢给他，"快去吧，就算是为了让我心安吧。若是无事，你立刻回来就是了。"

"雪儿，你要不要和我一起去？"穆倾尘一边穿衣服一边问道。

"算了，我折腾得起肚子里的宝宝也折腾不起啊。你速去速回就是了。"其实殷雪心里是有些别扭的，她不是圣母玛利亚，之所以会让穆倾尘过去看看不过是为了心安。这个时候，殷雪可不想像其他女人那样，恨不得时时刻刻地跟在自己丈夫身后以防他出轨变心。既然穆倾尘已经知道沈佳妮的真实面目，也知道了小天并不是他的孩子，与其吃干醋，还不如任由穆倾尘和沈佳妮接触顺便戳穿她的阴谋,她倒要看看这个女人还能耍出什么花招来。

"宝贝,我很快就回来,你先睡,别等我了。"穆倾尘穿戴整齐,揽过殷雪的腰身,在她额头上吻了一下,将她塞进被窝里,"雪儿,我爱你!"

说完,定定地看了殷雪一眼,穆倾尘这才转身,大步离去。

抱着被子躺在床上,静静地听着走廊里穆倾尘的脚步声渐行渐远,听着车子引擎声在院子里响起,听着车子缓缓驶离了穆家别墅。

蓦地,眼角有些湿润,殷雪咬唇,双眼盯着天花板,久久不能睡去……

凌晨时分,一辆黑色奥迪飞快地行驶在空荡荡的马路上。

车子里,沈佳妮抱着小天哭成了泪人。

穆倾尘想起刚刚他冲进别墅时看到小天倒在血泊中的场景,不由得想起多年前养母割腕自杀的惨状,他心里升起一丝怜悯,关切地问道:"佳妮,到底发生了什么事情?"

"倾尘,小天若是死了,我也不活了!"沈佳妮用手捂住小天额头上不停流血的伤口,哭得双眼红肿。

"别担心,我已经联系了医院,小天会没事的!"

说话间,车子已经来到了妇婴医院的门口。穆倾尘跳下车,接过沈佳妮怀中昏迷不醒的小天,飞快地冲了进去。

很快,小天被送进了手术室,穆倾尘帮沈佳妮办理完入院手续,陪着她坐在走廊的长椅上静静等候。

"给小天手术的医生很专业,你放心,小天会没事的……"

"倾尘,我好害怕……你不知道这些年我是怎么熬过来的,若是没有了小天，我早就自杀无数次了……"沈佳妮抱住穆倾尘，她的双眼死死地盯着手术室的门，脸上满布泪水。

"佳妮，小天受伤的事情，要不要告诉你先生一声？"上次小天是在酒店失踪的，而这次又在滨城城郊的一栋偏僻的别墅里出了事。一时间，穆倾尘心生疑惑。

"别和我提起那个恶魔！"沈佳妮突然间变得十分激动，双肩剧烈地颤抖，大口大口地喘着粗气，"他就是个混蛋，就是他把小天从楼梯上踢下来的……他不是人！不是人！"

说着，沈佳妮捂着脸，哭得歇斯底里，"是我对不起小天，当初若是我没有生下他，他就不会受那么多的苦了……"

"这到底是怎么一回事？！"穆倾尘闻言一惊，他怎么也想不到是叶奉天将小天害成现在这个模样。

这时，沈佳妮手中小天的病历本掉落到了地上。穆倾尘弯腰捡起，当看到上面病人年龄时，面色微变。

"佳妮，小天不是我们的孩子，对不对？"拿起病历本，无暇顾及此刻沈佳妮的心情，穆倾尘指了指上面写得清清楚楚的"五岁"两个大字，"佳妮，昨天你为什么要骗我？"

"我……"刚刚帮小天办理入院手续的时候，慌忙中沈佳妮填写下了小天的真实年龄，对上穆倾尘厌恶的眼神，一时间她忘记了哭泣，愣愣地看向他。

"昨天小天生病是装出来的，对不对？还有今晚，你和小天又演了一出苦肉计，目的是诱我出来，破坏我和殷雪的感情，对不对？"

"倾尘，你听我解释！"猛地摇了摇头，沈佳妮一把抓住穆倾尘的胳膊，"倾尘，昨天是我不对，我不该骗你的！可是今晚，小天他真的是从……"

"佳妮，我从来没想到你竟然会变成现在这个样子！小天是你的亲骨肉，为了破坏我们夫妻感情，为了有和我在一起的机会，你竟然会把自己的儿子从楼梯上推下来！你真是一个恶毒的女人！"用力地拨开沈佳妮的手，穆倾尘起身，毫不犹豫地大步离开，"医院和医生我已经帮你联系好了，沈佳妮，我已经对你仁至义尽了。我的妻子还在家里等我回去，我们就此告别，再也不见！"

沈佳妮面色苍白如纸，她起身快步追了上去，张开双臂拦住了穆倾尘的去路，"穆倾尘，只有你能帮我了，你不能走！"

闻言，穆倾尘冷嗤了一声，不料下一秒钟，沈佳妮突然冲着他"扑通"一声跪了下来，"倾尘，对不起，我骗了你，你确实不是小天的父亲。可我真的无路可走了！究竟谁是小天的父亲，我也不知道！"

本想头也不回地离开，可当沈佳妮哭着跪在他面前说出这一句匪夷所思的话后，穆倾尘微微错愕，双脚好似生生地长在了地上，再也迈不开一步。

"倾尘，我名义上的丈夫叶奉天，他……他不喜欢女人……我和他结婚这几年来，他从来都没有碰过我……"

"那……小天……"

"倾尘，我们一起念书的时候我就已经结婚并生下小天了。我和叶奉天是商业联姻，我们之间根本就没有感情。新婚之夜，是他在我的水里下了迷药……我的身子……已经不知道被多少男人用过了……"

想起那一夜的凌辱和疯狂，沈佳妮双拳紧握，眼底迸发出熊熊的怒火，那种深入骨髓的屈辱和羞耻令她每一天都在地狱中煎熬。

"叶奉天和他的心上人凌蕴都不是人，他们为了隐瞒自己的丑事，强迫我和其他男人发生关系……他们把我关在不见天日的地下室里,直到我怀上了小天,那段地狱般的生活才告一段落……可是,我生下小天后,那两个混蛋还会时不时地将我绑在卧室里凌辱……倾尘,对不起,昨天我不是故意欺骗你的……倾尘,我是真的走投无路了,只有你能救我和小天。倾尘,我求求你了,看在我曾经救你一命的份上,你帮我一把,我想和叶奉天离婚!"

从最初的惊讶到愤怒,再到疼惜,穆倾尘对沈佳妮原来的那些怒气和怨怼消散了大半,他弯腰扶起她,搀扶着她坐了下来。

"倾尘,半个月前,我在即将收购的药厂那里看到了一份合作企划书,落款处竟看到了你的名字,便加快收购了那家药厂,并借着与穆氏集团合作的机会从美国逃到了中国。那天下午我一到滨城就去找了你,叶奉天和凌蕴他们已经发现了我的企图,昨晚派人去酒店打伤了我。今天下午我又见了你,那两个混蛋今晚找到我们母子,强行将我和小天带到那栋别墅里,他们又想凌辱我……小天想要保护我,却被叶奉天那个混蛋一脚从楼梯上踢了下来,他昏过去了,流了好多血……"

想起今晚发生的事情,沈佳妮将头脸埋在了穆倾尘的胸膛上,再次号啕大哭了起来,"倾尘,我承认这两天我是故意接近你的,对不起,真的对不起!可小天是无辜的,他还小,什么都不知道。你要怪就怪我吧,我不是个好母亲,保护不了我的孩子!"

"我知道你有苦衷,过去的事就不要再提了。"穆倾尘身子有些僵硬,伸出手想要将沈佳妮一把推开。那只手在空中定格了几秒,最终放在她的背上,轻轻地拍了拍。

"倾尘,小天渐渐大了,我真的不想让他知道我这个做母亲的竟是这般的不堪。我给不了他一个健康阳光的家庭,在这样的环境下成长,小天已经有了心理阴影。倾尘,我承认我一直都很喜欢你,可我已经失去了女人的贞洁,根本就配不上你。如今,我只有小天了……如果他有个三长两短,我一定拼命杀了那个恶魔,再自杀去地下陪小天!"

听到"自杀"两个字,穆倾尘的心猛地一疼,眼前浮现出养母梁凤芝割腕自杀倒在血泊中的模样。一股凉意从脊背升起,他打了个冷战,小天满脸鲜血的脆弱模样和养母惨白如纸的脸在他脑海中交错出现,一时间令他只觉呼吸困难,浑身的血液瞬间凝固。

"佳妮,小天他需要你,千万不要做傻事!"半晌,穆倾尘深吸了一口气,柔声安慰道。

这时,手术室的门打开,护士推着小天走了出来。

"小天!"看到小天虚弱无力的模样,沈佳妮一下子从穆倾尘的怀中挣扎出来,瞬间又哭成了泪人。

相比之下,穆倾尘还是保持了一分冷静,他快步走到一脸疲惫的医生面前,"医生,这孩子的情况怎么样?"

"头部的伤只是皮外伤,左手臂骨折,暂时没有生命危险,但还得住院观察一段时间。"

"好的,辛苦了!"冲医生道谢了一声,穆倾尘和沈佳妮一起陪着小天进了特护病房。

"佳妮,小天没有事,你放心吧!"

沈佳妮坐在病床前,呆呆地看着小天苍白的脸,默默地流着眼泪,她雪白的脖颈上有被掐过的痕迹,手腕上也瘀青一片。

眼前的这个女人,虽然并不是他的什么人,但毕竟曾有恩于他,眼见她处境如此凄惨,穆倾尘心中很不是滋味儿。他是个感恩念旧的人,看到小天凄惨的模样,他不由得想起当年养母自杀后,自己孤零零无依无靠的滋味儿。

"倾尘,谢谢你。"擦了擦脸上的泪水,沈佳妮站起身来,

"倾尘,小天这边有我照顾就好。折腾了一晚上,一定累了吧,你快回家去吧,你的妻子还在家里等你。"

"雪儿知道我现在和你在一起,她向来善解人意,不会介意的。"

穆倾尘倒了一杯热水递到沈佳妮的手上,看了眼床上那个小小的身子,他心里已然有了决断,"佳妮,我想帮你和叶奉天离婚,但有些细节我要事先了解一下。你的父母知道叶奉天和凌蕴对你做的那些事吗?"

"呵呵!我暗示过我爸几次,可是……"喝了一口热水,沈佳妮顿了顿,看向穆倾尘的眼神有了几分尴尬,"可是他并不相信我的话。有两次,我伤痕累累地出现在他的面前,他却视而不见。毕竟,沈家和叶家联姻后,两家的生意多有合作。为了钱,我爸可以把我嫁给一个我不爱的人;同样,为了钱,他当然不会允许我和叶奉天离婚……"

"那……你有叶奉天和凌蕴在一起的证据吗?照片,视频,都可以!"

沈佳妮毕竟是个女人,为了她的名声和小天的未来着想,穆倾尘理所当然地不想将那两个混蛋凌辱她的事情作为离婚的有力证据。

所以,现在唯一的突破点就是找到叶奉天是同性恋的证据!

"没有……他们两个行事十分小心,所以……我一直抓不到他们的把柄!"

"还有一个问题,你们两家生意上往来的资金到底有多少?这一点很重要,毕竟你父亲不想破财!"

"大概有三十亿美金吧!"捏着杯子,沈佳妮看向穆倾尘的眼神有了几分急切,"倾尘,这么多钱,那个混蛋一定不会和我离婚的!可是……小天他……"说着,沈佳妮看了眼依旧昏迷不醒的小天,泪水像断了线的珠子滚了下来。

"别担心,船到桥头自然直。"起身,穆倾尘在沈佳妮肩上拍了拍,柔声道:"你先照看小天,放心,这里很安全。我去给你们买些粥,很快就回来。"

掏出钱包和手机,将自己的西服外套披在了沈佳妮的身上,穆倾尘又安慰了她几句,起身欲离去。

"倾尘,有件事我想求你……"一把拉住穆倾尘的手,沈佳妮仰起头,脸上的神情颇为尴尬,"倾尘,我的事情并不光彩……所以,你可不可以替我保密……"

穆倾尘毫不犹豫地一口应下,"好!"

"那……你会把这件事告诉你的妻子吗?"

"放心吧,我答应你,这件事我不会告诉任何人!"迟疑了片刻,穆倾尘再次做出了承诺。

"谢谢你,倾尘!"闻言沈佳妮脸上一喜,她低头,目光落在两个人紧紧相握的双手上,忙尴尬地松了手。

相对于沈佳妮的满脸羞红,穆倾尘面上一派清明,见她不似刚刚那般情绪失控,他暗暗地松了口气,快步走出了病房。

走出医院,微凉的风吹拂在面上,穆倾尘掏出一根烟,点燃,狠狠地吸了一口。

掏出手机,穆倾尘思虑再三,还是拨打了殷雪的手机号码。

电话只响了一声就被接了起来。

"倾尘,孩子还好吗?有没有生命危险?"殷雪的声音很平静,听不出有什么情绪。

"雪儿,小天很好,不过要住院观察几天。刚刚佳妮和我摊牌了,小天确实不是我的孩子。你放心,我和她之间本来就没什么。"

听穆倾尘语气中并无不快,又唤沈佳妮为"佳妮",殷雪眉心微动,淡淡地"哦"了一声。

"雪儿,佳妮需要我的帮助,今晚我就不回去了,你好好休息。"

"嗯。好。"

"雪儿,还有件事我想告诉你,我想帮佳妮和她丈夫离婚。可是,我答应了佳妮,不能把她的隐私告诉给你。所以……"

"……"这一次,殷雪捏着手机,久久没有应答。

她的丈夫突然对她说要帮另外一个女人离婚,却不能告之缘由,如此遮遮掩掩,实在令人心生不悦。她终究只是一个小女子,即便心胸再宽广,遇到这样的事情也难以理解和释怀。

"雪儿,对不起,我知道这么做你心里会很难过。可佳妮毕竟对我有恩,小天又是个很可爱的孩子……她们现在有难处,我若不帮一把会内疚一辈子的。雪儿,你相信我,不要吃醋好不好?"

"倾尘,我爱你。"殷雪话语间透着绵绵的情意,很轻柔,也很坚定,"无论你做什么,我都会支持你。"

说到最后,她的声音变得哽咽,担心哭出声来,忙匆匆地挂断了电话。

握着手机,穆倾尘站在医院正门的花坛旁,想到殷雪此刻一定十分的委屈难过,他就心痛如绞!可一想到沈佳妮哭泣的脸和小天躺在病床上的模样,他咬咬牙,最终还是坚持了最初的决定。

过了十分钟,穆倾尘再次拨打了殷雪的手机。这一次,过了好一会儿殷雪才接通了电话。

"雪儿……"

"……"

"雪儿,对不起……"

"我不想听这些话了。倾尘,我们是夫妻,你没有做对不起我的事,又何必道歉呢。你忙吧,我困了,这就睡了。"语落,殷雪叹息了一声,挂断了电话。

将手机丢在一旁,殷雪一个人躺在冰冷的床上,眼睛愈发酸胀。

以她对穆倾尘的了解,殷雪当然明白他一旦答应了沈佳妮就不会轻易改变主意,他一定会帮她离婚的。只是他下定决心要帮沈佳妮,真的仅仅是想要偿还她当年救命的恩情吗?就算穆倾尘如此想,那沈佳妮呢?她接近穆倾尘的目的真的只是为了获取他的帮助,和自己的丈夫顺利离婚这么简单吗?如果她的目的如此纯良,为何之前还要设计穆倾尘,甚至连一个天真可爱的孩子都要利用,故意破坏他们夫妻的感情呢?

今晚虽事出有因,但殷雪深知她和沈佳妮的第一个回合,她已经输了,而且输得彻彻底底,输得惨不忍睹……

只是,两个女人之间的争斗,最终谁胜谁负,唯一的决定权只在那个男人的手中,她又能做些什么呢?一哭二闹三上吊,这些都不是她殷雪能干出来的事,就算她不要尊严地又哭又闹,又真的能挽留他的人,他的心吗?!

辗转反侧,到了凌晨三点,殷雪还是难以入眠。顾忌到腹中的孩子,她强迫自己不再胡思乱想,不知过了多久终于浅浅地睡了过去。

第二天中午,滨城大学。

殷雪顶着两个大大的黑眼圈走进了学校的大门。当初申请赴美读博时,她寻求了研究生导师闵浩哲的意见和帮助。因为怀孕的缘故,她忍痛拒绝了这份邀请。却不料今早接到了闵老师的电话,劝她不要轻易放弃这个大好机会。

毕竟闵浩哲在这件事上曾给予她很大的帮助，于情于理她都应该当面向他解释。所以强忍着身体的不适，殷雪和闵浩哲约定了时间后便急匆匆地赶到了滨城大学。

行走在校园里，看着同学们那一张张朝气蓬勃的笑脸，殷雪不用照镜子就知道此刻的自己定是面色雪白，目光空洞。她仰起头看向蔚蓝无云的天空，突然只觉眼前阵阵发黑，脚下的步子也有些虚浮……

殷雪扶额，定了定神，耳边传来刺耳的尖叫声，她一扭头就看到一辆劳斯莱斯从身后拐角处直直地向她冲了过来。

"小心！"殷雪身旁的人看形势不妙，忙拉住她的胳膊向路旁带去。

劳斯莱斯擦着殷雪的左腿飞驰而去，强烈的冲击令她和那人一起跌进了旁边的草坪上。

"你的腿流血了！"殷雪的小腿严重擦伤，血流不止，闵浩哲忙掏出手帕覆在了伤口上。一想到刚刚的凶险，他惊魂未定，手指不受控制地轻颤，声音也变了腔调，"雪儿，你没事吧。"

这时，殷雪才觉得小腿火辣辣的疼痛，她抬头看向闵浩哲，扯出一抹虚弱的笑，"闵老师，谢谢你，我没事！"

擦了擦小腿上的血迹，殷雪在闵浩哲的搀扶下挣扎着站了起来。看到殷雪的脸色很不好，闵浩哲眉头紧蹙，"还是去医院处理一下吧。"

这时，刚刚那辆险些将殷雪撞到的劳斯莱斯又开了回来，一阵急促的刹车声后，性能极好的跑车在殷雪身边停下。

闵浩哲脸色微变，护着殷雪向路边靠了靠，刚要开口责问，车窗滑下，露出一个男人张狂的脸。那男人不过二十几岁，面容英俊，戴着墨镜，唇角挂着一丝冷笑，"殷小姐，刚刚若不是这位先生多事,此刻你应该躺在医院里!"

"你是谁?为什么要开车撞我?"眼眸微微眯起,殷雪冷冷问道。

"殷小姐,你不要怪我,要怪就怪你老公太多管闲事!"说着,那男人伸手摘下了墨镜,眉眼间隐隐透着邪气,那张脸皮肤白皙,五官精致,竟比女人还要俊俏!

"殷小姐,不,我应该叫你穆太太。你男人太关心我的家事。麻烦你管住自己的男人,不要让他对我的女人有非分之想!"语落,男人扬起下巴,斜斜地横了殷雪一眼后,发动引擎,跑车如离弦之箭般迅速离开。

"原来如此……"眼睁睁看着那辆劳斯莱斯嚣张地离开,明媚的阳光下,车身泛着阴冷的寒光,竟令殷雪心底生出了一丝寒意。

一口气堵在胸口,上不来亦咽不下,殷雪小腹一阵绞痛,白皙的额头上登时冒出了一层冷汗。

"闵老师,麻烦您送我去妇婴医院,立刻!"殷雪气息微弱,几乎瘫软在闵浩哲的怀里。

妇婴医院?看到殷雪护着自己的小腹,闵浩哲马上明白了几分。此时此刻,他也顾不得许多,一把将她拦腰抱起,朝着不远处的停车场跑去。

将殷雪放到车子的后面,闵浩哲跳上他的那辆宝马车,"雪儿,很快就能到医院,坚持住!"

"我……没事。"殷雪摇摇头,想起刚刚发生的事情,便感到了一阵后怕。不知道穆倾尘那边会不会有危险,殷雪忙拿出手机给穆倾尘打电话,却在拨出号码时发现他的手机根本打不通。

昨天晚上,穆倾尘打来第二个电话后,再也没有和她联系过。这个时候，他应该是陪在沈佳妮母子身边，对他们百般体贴、万般呵护吧……

殷雪咬唇，腹中的疼痛越来越剧烈，眼睛蓦地变得酸胀，她咬紧牙关强忍着才没有落下泪来。

这个时候，为了保住肚子里的孩子，她不能哭，也不能慌乱。因为，如今她唯一能依靠的，只有自己……

深吸了口气，殷雪给妇婴医院的郝院长打了电话。挂断电话后，她的脸色愈加苍白。

闵浩哲嘴唇紧抿，双手紧紧握住方向盘，一脚油门加快了车速。终于，半个小时后，车子停靠在了妇婴医院的门口。

被郝院长迎进了医院，迅速地做了检查，又打了保胎针，殷雪才渐渐觉得肚子不似刚刚那般疼痛了。

将怀孕的事告诉了穆倾尘后，殷雪便得知妇婴医院已经被穆氏收购，并从他那里得到了郝院长的联系方式。没想到，今天竟然派上了用场。

躺在病床上，殷雪感激地看向闵浩哲，勉强扯出一抹笑容，"闵老师，今天多谢你了。"

眼底闪过一抹疼惜，闵浩哲定定地看向面前看似柔软却十分倔强坚强的女子，心里一时间五味陈杂。

她是他的得意门生，亦是他心爱的女人。只可惜，面对这段感情他从一开始就选择了退缩，而从她嫁人的那一刻起，就连远远地看上她一眼都已成了奢望。暗恋是一枚酸涩的果子，永远结不出甜美的果实。若是她一直幸福安好也就罢了，偏偏她突然以这副狼狈的样子出现在他面前，他又如何心安！

张了张口，到了嘴边的话化作一声叹息，闵浩哲淡淡地问："因为怀孕，所以你放弃了去美国读博的机会？"

"是的。"低垂下眼睫，殷雪不敢直视闵浩哲的目光。他的体贴令殷雪心生感激,若他刚刚问及肇事者是谁,她实在难以启口,"闵老师,对不起,我辜负了您的厚望。我的血型很特殊,这一辈子恐怕只能有这一个孩子。所以……"

"我理解并尊重你的想法,梅杰斯那边,我会安抚好的。"

"谢谢您。我这边没什么事了,休息一会儿就可以回家。您若是忙就先回学校吧。"

"等穆倾尘来了我再走,你一个人在医院,我不放心。"

殷雪闻言脸色微变,眼圈突然泛红,她咬唇偏过头去,瘦弱的肩膀微微颤抖。

"你联系不上他?他不会来了,对不对?"闵浩哲暗暗握拳,向来儒雅的俊脸满布怒色,"这个穆倾尘到底在搞什么!"

"他最近很忙,我这边也没什么大事……"

殷雪的声音带着哭腔,闵浩哲只觉一颗心仿佛被一只无形的大手捏住,他猛地站起来,胸脯起伏,目光落在殷雪眼角滚落的泪珠上,满腔的愤怒凝滞在胸口,终究没有爆发出来。良久,闵浩哲从牙缝中挤出了一句——"我去给你打瓶热水"。

看着闵浩哲匆匆离去的背影,听着私人病房的房门被"嘭"的一声关上,殷雪用被子蒙上头脸,狠狠地猫在被窝里哭了一场。

不知过了多久,哭累了,殷雪浑浑噩噩地睡了去。待她醒来,窗外已夕阳斜下。

立于窗前的男子听到声响,忙奔到病床前,关切道:"醒了?饿不饿?先喝点温水吧。"

水杯被送到唇边,殷雪迷迷糊糊地喝了几口水,这时闵浩哲打开房中的灯,明亮的灯光令殷雪不适应地闭上眼睛,待她再次睁开眼时,面前闵浩哲那张温柔的脸越发清晰。

将自己裹在被子里,殷雪闭上眼掩去眼底浓浓的失望。在她最脆弱的时候,最需要温暖呵护的时候,她的丈夫没有陪伴在她的身边,她甚至不知他身在何处。这真是天大的讽刺!

"闵老师,我想回家。"殷雪哑着嗓子道。

"可是你的身体……"

"我不想待在医院,我想回家……"殷雪紧闭着双眼,泪水不受控制地流了下来。

"你别哭……"相识数十年,闵浩哲第一次看到殷雪无助哭泣的模样,他的印象里,她一直是温婉坚强的。

"我去问问郝院长,若是你身子没大碍,我送你回家,好不好?"

"嗯!"殷雪慌乱地擦着眼泪。

闵浩哲转身离去,不到十分钟便回到了病房,手里提着一个塑料袋,无奈道:"给你开了些保胎药,回家后记得按时吃。"

第十一章 婚姻保卫战

坐上闵浩哲的车,殷雪回到了家中,闵浩哲将她一直送进别墅。

站在玄关处,殷雪一眼便看到穆倾尘的鞋子凌乱地躺在客厅的大理石地面上,面上不由得露出几分欣喜,她从闵浩哲手中接过保胎药,"闵老师,今天给您添麻烦了。要不要进来喝杯茶再走?"

闵浩哲看了眼穆倾尘的皮鞋,苦笑着摇了摇头,"学校那边还有点事,改天你再请我喝茶吧。"

"那也好,您路上开车注意安全。"

"好的。"闵浩哲扭头向外走去,走出几步后又折了回来,他目光灼灼地看向殷雪,十分郑重道:"雪儿,无论发生什么事,我永远站在你这一边。照顾好自己,有事第一时间给我打电话。"

语落,闵浩哲后退几步,贪恋的目光在殷雪的脸上流连,在隐忍的情感濒临爆发之际,他强迫自己再次转身,拉开门,头也不回地走了出去。

闵浩哲挺拔的身影消失在视线里,殷雪隐隐觉得今天的闵老师和以往似乎有些不同,但她的疑惑很快被欣喜取代,忙换上拖鞋径直上了楼。

"倾尘!"推开卧室的门,殷雪一眼就看到穆倾尘穿着西服躺在床上，正睡得深沉。

闭上了嘴巴，放缓了脚步，殷雪走近大床，低头看着穆倾尘睡熟的模样。他脸色有些发青，显然昨天一晚上都没有休息，眼底有着两团青色，嘴唇亦是干裂苍白。

殷雪叹息了一声，她虽然生气吃醋，但看到穆倾尘这幅憔悴的模样，仍然十分心疼。下了楼，殷雪来到厨房为穆倾尘做起了晚饭。她想着，等吃完饭，他们两个人应该坐下来好好谈谈。他想要帮沈佳妮离婚她并无意见，可沈佳妮的丈夫今日的举动已经伤害到她和腹中的孩子，她没有理由向穆倾尘隐瞒这件事。当然，她是有私心的。希望他知晓这件事后，能放弃帮助沈佳妮离婚。

做完了晚饭，殷雪累极了，歪倒在沙发上，躺着躺着，竟沉沉地睡了过去。

再次醒来的时候，已经是晚上九点了。屋子里突然变得闷热异常，空气中弥漫着浓浓的煤气味儿！

心中一惊，殷雪不敢轻易开灯，摸黑跑进了厨房。

果然，煤气管道的阀门被人打开了！

身子微微一颤，来不及多想，殷雪忙关闭阀门，打开厨房的窗子。想到穆倾尘还在二楼休息，她一边喊着他的名字，一边向楼上跑去，"倾尘，快起来！这里很危险！"

叫喊声在看到卧室大床上空无一人时戛然而止，殷雪愣了愣，找到自己的手机，又迅速地换了一套衣服，再次回到了一楼。

餐厅里，餐桌上的菜肴并没有动过的迹象，一张纸条放在穆倾尘经常坐的位置上。殷雪将那纸条攥在手心里，而后换了鞋子跑出了穆家别墅。

站在穆家别墅的大门外，殷雪借着月光看了一眼那张纸条——"雪儿，我有事要办，今晚就不回来了。你早些休息，爱你！"

连续看了三遍纸条上的内容，殷雪只觉自己的一颗心仿佛浸渍在冰水中，彻骨的寒意从胸口升腾、蔓延至全身的每一个细胞。

如此看来，穆倾尘醒了之后来不及吃她做的饭菜，就被沈佳妮叫走了。

而就在穆倾尘走后，沈佳妮的丈夫趁她熟睡之际派人潜入别墅，打开煤气管道的阀门，试图再次谋害她和肚子里的孩子！

好在自己一醒来并没有急着开灯，察觉到不太对劲就立刻从家中撤了出来！想到这里，殷雪心跳剧烈，不禁心有余悸。过了好一会儿，她才压制住心头繁杂的情愫，渐渐地冷静下来。

抿唇，殷雪面色紧绷，想了想，她开始给物业打电话将家中煤气泄漏的事情简单的讲述了一遍。

不到五分钟，物业公司的王经理带着手下保安匆匆赶到。殷雪简单交代一番后，从车库里找了辆车跳了上去，开车飞快地离开了穆家别墅。

婚后，在穆倾尘的劝说下她考了驾照。拿下驾照的第二天，他一口气给她买了三辆车。因着穆倾尘一直接送她上下班，再加上她向来不喜开车，这几辆车便一直搁置在车库里。

其实殷雪的车技并不差，只是童年的阴影深入骨髓，令她对开车多了几分顾忌。而这一次，她的身边没了他的陪伴，情急之下，她竟然也能"自食其力"了。

想到这里，殷雪唇角的笑意牵强而苦涩。

已经接近晚上十点钟了，滨城的夜晚依旧繁华热闹，殷雪一个人开着车子行驶在喧嚣的街道上，突然间有了一种天大地大无处容身的无助与迷茫……

丈夫心系旁人，自己在同一天接连两次被情敌的丈夫暗害。

殷雪从来没有觉得自己的人生这般失败惨淡,伸手在自己的小腹上摸了摸,如今她唯一拥有的恐怕只有腹中的这个孩子了……

天空不知何时下起了蒙蒙细雨,虽然不大却生出些许寒意来。殷雪的眼眶酸胀。这个时候,穆倾尘应该陪在沈佳妮的身边,为她撑伞避雨,两个人卿卿我我,甜甜蜜蜜的吧……

脑海中,那一副"和谐美好"得不成样子的画面愈发清晰,殷雪将车子停在马路边,埋首在方向盘上,低声啜泣。

不知过了多久,有人轻轻敲着车窗,熟悉的声音传来,"雪儿,你怎么了?"

殷雪缓缓抬起头,隔着车窗看到戚兮那张关切的脸,泪水再次无声地流淌了下来……

"你这是怎么了?"戚兮怀里抱着孩子,急得脸色发白。她晚上带宝宝出来走走,在小区门口发现了殷雪的车子,这才走过来看个仔细,"你先别哭。有事到家再说。"

锁好车子,殷雪跟着戚兮回到她家。潜意识里,戚兮是她的好友兼亲人,所以她在彷徨无措的时候开车去了她所在的小区。

挤在戚兮的床上,殷雪从一言不发到哭泣述说,断断续续中,将心中的委屈不满全部发泄了出来。

听了殷雪的哭诉,戚兮沉默良久,道:"雪儿,那个叶奉天真是个疯子!在学校里都敢开车撞你,这次煤气泄漏的事恐怕他也脱不开关系。穆倾尘被灌了迷魂汤吧,放着安生的日子不过,非要管沈佳妮和叶奉天离婚的事。"

"我被撞的事,倾尘他还不知道。"在闺蜜的面前,殷雪毫不掩饰心中的不悦,"今天我回家的时候他已经睡下了,我们连说句话的时间都没有。"

"雪儿,找个时间和穆倾尘坐下来好好谈谈吧。就算他想要报答沈佳妮的救命之恩,也不能拿自己的老婆孩子做赌注吧!那个叶奉天如此丧心病狂,连孕妇都暗害算计,可见是个狠角色。穆倾尘若是执意管人家夫妻的事,叶奉天肯定还有后招对付你们母子的!若是你和孩子有个三长两短,这可怎么是好!"戚兮越说越生气,拿起手机一边拨打穆倾尘的号码,一边愤愤道:"难怪你生气。若不是看着你们一路走来,分隔十年后还能再次相遇相爱相守,别说你了,就连我这个外人都要多想了!"

穆倾尘的手机一直接不通,戚兮愈发愤怒,将手机丢在一边,"穆倾尘是个聪明人,怎么不懂得避嫌的道理呢!真是气死人了!"

"戚兮,我累了。咱们早点休息吧。"殷雪用湿巾擦了擦脸,闭上眼睛,挨着戚兮躺下。

"……"看着殷雪憔悴伤心的模样,戚兮想张口安慰却不知从何说起。想要骂上穆倾尘几句,又怕火上浇油。嘴巴张开又闭上,戚兮最终只好闭了灯,也躺在了床上。

过了一会儿,戚兮的呼吸渐渐平稳,打起了轻轻的鼾声。

黑暗中,殷雪睁开双眼,翻了个身,久久难以入睡。

这么多年,经历了父母双亡、初恋丧生、未婚夫劈腿的种种磨难,她都咬着牙挺过来了。而这一次,伤心之余,她感到前所未有的失落与疲惫。她骨子里是个缺乏安全感的女人,曾经用铜墙铁壁将自己的心包裹得严严实实、密不透风。十年前,穆倾尘是她生命中唯一一缕阳光;十年后,他的臂膀和胸膛是她温暖的港湾,他亦是她唯一深爱的男人。而如今,她的心变得柔软,受不得一点点的委屈和伤害,她早就不是那个面对感情冷淡理智的女子。这段感情和婚姻里,她容不下另一个女人的出现,即便她并没有顶着第三者的帽子,即便穆倾尘对她这个妻子依旧情深如故。

这一次,她是真的累了,身心俱疲。

第二天殷雪醒来的时候,戚兮还在熟睡。看了眼时间,已经是上午十点多了。口渴难耐,她蹑手蹑脚地起了床。

推开门,殷雪一边揉着红肿的眼睛,一边向外走去。不料她刚刚走了两步,脚下就踩上了一个软软的绳子似的东西。

一低头,当殷雪看清自己踩的东西是什么的时候,她蓦地瞪大了双眼,一声凄厉的尖叫从喉咙深处发了出来。

迅速跳起,殷雪眼角瞥到不远的桌上有一把剪刀,她毫不犹豫地奔了过去。手起刀落,下一秒钟,那条蛇被殷雪飞出的剪刀死死地钉在了地上。

"雪儿,发生什么事了?"听到殷雪的叫声,戚兮推开门走了出来,当看到地上那条黝黑冰冷的蛇时,登时吓白了一张脸。

"雪儿,你没事吧!"一抬头,戚兮看到殷雪扶着桌子摇摇晃晃地站着,她脸上沁出豆大的汗珠,整个人如同紧绷的弓弦。

殷雪小时候被一条毒蛇咬伤过,那一次她险些丢了性命。从那以后,她对蛇,甚至绳子样的东西都有一种莫名的恐惧。

刚刚,她也不知道哪里来的勇气出手除掉那条蛇,可能是想到屋子里有戚兮、老人和孩子,她才会变得勇敢胆大。

"戚兮,孩子呢?"殷雪紧张道。

"昨晚你过来,我妈担心孩子哭你休息不好,就带着毛毛去另一套房子了。雪儿,你脸色很不好,要不要去一趟医院?"深知孕妇不能受到太多的惊吓,戚兮拿起外套和钱包,扶着殷雪向外走去。

戚兮开车,殷雪刚刚坐稳,手机就响了起来。

看了眼手机屏幕,见是一个陌生的号码,殷雪冷笑了一声,心中了然。她深吸了一口气,心情稍稍平复后摁下了接听键。

"殷小姐,昨天晚上和刚刚的礼物你可满意?"话筒那端传来一个男人熟悉而张狂的声音，夹带着几分嗜血的味道。

"不过如此，叶先生，我也不是被吓大的！"

"殷小姐，哦，不对，我还是应该叫你穆太太！我还是那句话，管好你的男人！我叶奉天的女人，不是谁都可以染指的！"

"叶先生，有什么卑鄙的手段尽管使出来，我殷雪才不会怕你！这里是中国，是法治社会！就算你在美国有钱有地位，这里也不会任你胡作非为！你两次三番对我暗算恐吓，我会报警的！还有，叶先生，我也送你一句话——管好你的女人，不要让她对我的丈夫有任何非分之想！不然我也会对她不客气！"

"呦！不愧是穆倾尘的女人，够硬气！咱们走着瞧！"语落，叶奉天挂断了电话，他将手机重重地摔在了地上，一张邪魅的脸黑如锅底。

"奉天，何必和一个女人生气！"叶奉天的对面坐着一个和他年纪相仿的年轻男人，他一头极短的黑发，脸的轮廓有着西洋人的硬朗线条，眼睛却是漆黑的颜色，显然是一个中美混血儿。

"蕴，你了解我的，我并不是不想和沈佳妮那个贱女人离婚，只是……"抬头，看向餐桌对面动作优雅地往面包上涂黄油的凌蕴，叶奉天脸上的怒气消失不见，取而代之的是一脸柔情。

"我明白。叶沈两家生意上牵扯太多，一旦离婚，你们叶家损失惨重！"脸上的神色淡淡的，凌蕴将面包塞进了嘴中，唇畔的笑意有些牵强。

"蕴，有时候我真想抛下这里的一切，和你找个世外桃源定居下来。这样我们就可以光明正大地在一起了！"

"奉天，别做梦了！你我都抛不下彼此的家族企业，更何况我们这样的逆天'组合'无论到哪里都很难被别人接受！"看到叶奉天苦着一张脸，凌蕴耸耸肩膀，故作轻松地笑，"奉天，我在想咱们这次专程跑到中国来找那个女人的不痛快，是不是有些过分了？还有，那天晚上你不应该一脚将小天踢下楼梯的，毕竟他是你名义上的儿子！"

"哼！那个贱女人我虽然不喜欢，但她毕竟是我们叶家的人，偷偷逃出来找男人给我戴绿帽子，我岂能轻饶她？！至于那个孽种，他的存在不过是我们掩人耳目的障眼法，若是他死了，咱们大可以故技重施，让那个贱女人再为我生一个！"眼神阴郁，叶奉天绝美的五官因为气愤和阴毒变得格外扭曲。

"那倒也是！那个贱女人嫁给你之后还对穆倾尘百般殷勤，这次竟特地跑到中国来找他。她想和你离婚，没那么容易！"

"哼！穆倾尘敢和我作对，他染指我的女人，我就派人暗算他的老婆。哈哈哈！蕴，我觉得这个游戏真的是越来越有趣了！"

"是啊！那个女人虽然无辜，但谁让她留不住自己男人的心，让穆倾尘那个家伙有闲心管你的家事！所以她也该死！"

叶奉天和凌蕴对视了一眼，随即仰起头大笑了起来，两个人举起高脚杯轻轻碰了一下，将嫣红的红酒一饮而尽！

"穆太太，你的情况不太好，保险起见，还是住院观察几天吧！"

妇婴医院的妇科检查室外，郝院长脸上的神色十分凝重。

"好！"点了点头，殷雪此时的心情跌到了谷底。好在有戚兮陪着，还不至于完全崩溃。

戚兮迅速地为殷雪办理了住院手续，将她送入病房休息。

服了药，殷雪很快就睡熟了。这时她的手机响了起来，戚兮见是闵浩哲打来的电话，一边接通一边走出了病房。

"闵老师，你好。我是戚兮。"

"戚兮，你好。雪儿在吗？"

"她……"戚兮犹豫了一下，将殷雪受了惊吓在医院保胎的事告诉给了闵浩哲。

"妇婴医院是吧，我马上到。"

半小时后，妇婴医院。

殷雪依旧在昏睡，守在病床前的戚兮看到闵浩哲来访，对他使了个眼色后，两个人一起蹑手蹑脚地走出了病房。

安静地站在门外，闵浩哲透过门上方的玻璃小窗向里面看去。正午的阳光折射进来，病床上那孤单的身影恰好处于光亮和阴影的交界处。漆黑的长发遮住半边脸，另半边惨白的脸镀上了一层金色光圈，说不出的孤寂凄美。

"闵老师，我知道你想问什么。"

戚兮的声音将闵浩哲从沉迷中扯回到现实，她压低了声音，将事情的始末细细地和他讲了一遍。

"原来如此！难怪最近殷雪的情绪一直不好，连带着她的胎像也不是很稳。"蹙眉，闵浩哲气愤之余慎重地提出了建议，"戚兮，发生了这样的事，殷雪再留在滨城恐怕会有生命危险。还有，她现在身体很虚弱，真的再也受不了任何刺激了。"

"我也是这么想的！只是，离开滨城，雪儿又能去哪儿呢？"

"去加拿大吧！我的父母和弟弟都在那边，也算有个照应。到了那里，有我的家人保护，殷雪和孩子一定会很安全的！而且那边的医疗水平比国内要好很多，利于保胎。只是，殷雪和穆倾尘现在的关系很微妙，让她出国去养胎，会不会……"想到这里，闵浩哲苦笑着摇了摇头，"戚兮，我担心殷雪她根本就不会同意我们的建议！"

"这个……还是我找个机会和雪儿好好谈谈吧！"叹息了

一声，戚兮和闵浩哲道了谢，接过他买的水果后折回病房寸步不离地继续照看殷雪。

闵浩哲的心思戚兮岂会不懂？看着沉睡中也皱着眉头的殷雪，戚兮脸上闪过一丝犹豫。若是穆倾尘执意要帮沈佳妮离婚，出国养胎或许是唯一的法子了吧。只是，殷雪这个正妻一走，岂不是遂了沈佳妮那个贱人的心愿？不妥，实在是不妥！戚兮纠结良久，却也知道她不能替殷雪拿主意，毕竟这是殷雪和穆倾尘的家事。

中午时分，城南一间低调的别墅内，穆倾尘抱着小天上了二楼。

昨天晚上，穆倾尘在家中接到沈佳妮的电话，她哭着对他说小天醒来后不愿意在医院里接受治疗，一直在哭闹。

于是，前一夜几乎没有合过眼的穆倾尘就因为这个电话，从床上爬起来，套上衣服打算马不停蹄地赶往医院。

下楼，走过餐厅时穆倾尘看到满满一桌子精致的菜肴，一扭头又看到殷雪脸上带着泪痕躺在沙发上，显然睡得极不安稳。他停下脚步，内心挣扎了一番，留下字条后，还是选择了离去。

面对殷雪，穆倾尘不是不心疼，也不是不内疚。他打算帮沈佳妮脱离苦海后，每天都陪在她的身边。赎罪也好，补偿也罢，他们是夫妻，还有很多时间在一起，他们还有一辈子要携手并肩共同走下去。于是，他自以为是地认为，以后还有很多时间让殷雪原谅他这几日的疏离和淡漠。

来日方长！

这四个字因为穆倾尘的太过自信和笃定，在他的脑子里早已生根发芽。

上了二楼，穆倾尘动作轻柔地将小天放在了床上，目光对上他那一双乌黑却空洞的眼眸，穆倾尘心底不禁涌起怜惜之情。

这个孩子身上，有他的影子。养母死后，他曾经也是这样的迷茫无助，将自己完全封闭，甚至险些患上自闭症。若不是参加了特种兵，后来又遇到了殷雪，初恋的青涩与甜蜜冲淡了少年心中的阴霾，他还不知道自己会变成什么样子。

昨天傍晚，他赶到医院的时候，这个小家伙不肯配合医生的治疗，整整哭闹折腾了一整夜。好在穆倾尘足够有耐心，在他的安抚下，小天在他的怀里总算是平静了下来。

第二天，征求了医生的意见，又和沈佳妮商量了一番，他们决定将小天接出医院，带回家好好静休调养。

"小天，胳膊还疼吗？你喜欢吃什么，穆叔叔给你做好不好？偷偷告诉你哦，穆叔叔的厨艺很不错的！"

"小天……"看到小天那副呆呆傻傻的模样，沈佳妮忍不住从背后抱住了穆倾尘的腰身，"倾尘，小天他会不会……"

"没事的！"沈佳妮的动作过分亲昵，但穆倾尘并没有推开她，反而伸手在她的手背上轻轻地拍了拍，"佳妮，发生了这样的事，小天心里怕是有了阴影。你放心，我会请最好的心理医生来给他做心理治疗的！"

"倾尘，谢谢你！"很有分寸地松开了手，沈佳妮抹了把眼睛，"我这个做母亲的，都没有你想的周全！"

"你太爱小天了，所以他一出事，你就乱了阵脚。"扭头，冲沈佳妮笑了笑，穆倾尘在小天身边坐了下来，抚摸上他稚嫩的脸颊，"小天，你是不是从来都没有去过游乐场？叔叔像你这么大的时候，爸爸、妈妈每天都很忙，他们都没有空陪叔叔，所以我长这么大，也没有去过游乐场呢！"

"是吗？"毕竟是小孩子，一听穆倾尘提及游乐场，再加上他从来都没去过游乐场，不禁甚是向往。小天空洞的眼神渐渐有了神采,"叔叔,你小的时候,也那么可怜啊!"

"是啊!所以穆叔叔想要带小天一起去游乐场玩,小天要配合医生和妈妈,乖乖地吃药休息,快点好起来。等你好起来了,我就带你去游乐场,好不好?"

"真的?!"因为激动,小天的小脸有些泛红,他抓住穆倾尘的手摇了摇,"穆叔叔,你真的要带我去游乐场玩吗?"

"当然!"伸出手指和小天拉钩钩,看到他满脸的雀跃,恢复了孩童的活力,穆倾尘心里终于松了口气。

穆倾尘哄了小天好一会儿,终于他说笑得乏困了,接连打了几个哈欠后,蜷缩在被子里睡了。看着睡梦中的小天嘴角挂着一丝甜甜的笑容,穆倾尘面容虽憔悴,目光却十分柔和。

起身,穆倾尘踮着脚走出了卧室,去了一楼。

"倾尘,忙了一上午,还没有吃午饭呢!"光线极佳的厨房里,沈佳妮站在梳理台前,一边忙碌一边笑着说道:"倾尘,我的手艺比不得雪儿,你将就着吃一顿吧!"

看到这一幕,穆倾尘不禁想起昨天傍晚离开时,殷雪为他做的那一桌子精致的菜肴……

"佳妮,不用忙了。"摇了摇头,看着沈佳妮热情地端着一盘水果沙拉走出了厨房,穆倾尘冲她摆摆手,"小天已经没事了,我也应该回家了!"

说着,穆倾尘走到玄关处,换了鞋子。

"倾尘,这里安全吗?"见穆倾尘急着走,沈佳妮脸上闪过一丝不舍和惊慌,"倾尘,那两个混蛋,会不会找到这里?"

"不会的。你放心,这别墅很安全。我也安排了人暗中保护你们母子!"换上鞋子,穆倾尘推开门,头也不回地大步走了出去。

"倾尘!"看着穆倾尘急匆匆的背影,沈佳妮心中一凉。

低头，她懊恼地看着手中按照穆倾尘口味做好的水果沙拉，顿时没了胃口。

简单地用了午餐，沈佳妮转身上了二楼。

进入小天的房间，沈佳妮轻轻地坐在床边的椅子上，这时她发现小天的手中握着穆倾尘的手机。

轻轻地将手机从小天的手心里抽离出来，沈佳妮的目光落到屏幕上小天和穆倾尘的合影照片上。照片中，小天窝在穆倾尘的怀中，笑容阳光，眼神明亮，叔侄两个人笑得十分开心，画面格外和谐。看得出来，小天是真的很喜欢穆倾尘。

扭头，看着小天睡梦中微微翘起的唇角，突然间沈佳妮心中冒出了一个大胆的想法——为了儿子，为了自己，夺回那个原本就倾心不已的男人！

清澈的眼眸闪过一丝阴险，沈佳妮弯起唇角，拿着穆倾尘的手机去了隔壁。

刚刚进入隔壁的房间，穆倾尘的手机便响了起来，沈佳妮低头一看，屏幕上跳跃着"亲爱滴老婆"五个字，她微眯起眼眸，笑着接通了电话，"喂，你好！"

站在安全楼梯里，戚兮握着殷雪电话，当听到沈佳妮的声音时，微微有了一丝错愕。

"是雪儿吧。你好，我是沈佳妮。倾尘昨晚几乎没怎么睡，他现在正在休息。有什么事，你和我说好了！"

听出沈佳妮语气中的"反客为主"，戚兮登时一股怒火涌直逼面门，她深吸了口气，冷冷道："我不是殷雪，我是她的好朋友戚兮。麻烦你告诉穆倾尘一声，让他立刻来妇婴医院一趟！"

"好的。我这就叫倾尘起来。雪儿她怎么会在妇婴医院？她怎么了，是不是肚子里的小宝宝出事了？"沈佳妮的声音甜甜的,透着关切:"真是不好意思,雪儿都怀孕了倾尘还往我这边跑。请告诉我她在哪个房间,我这就和倾尘一起去医院看她。"

受不了沈佳妮的虚情假意,戚兮冷哼一声,丢下一句"抱歉,我这边还有事,请让穆倾尘给雪儿的手机回个电话吧"就挂断了电话。

攥紧了殷雪的手机,戚兮深呼吸了几次才将怒火压制了下去。这个沈佳妮还真是一个不好对付的角色,短短几句话就能把人气得半死。好在这次是她打了这个电话,若是换了殷雪,还不知道她会气成什么样子。

另一边,别墅里,沈佳妮握着穆倾尘的手机,想到他的妻子已经怀了身孕,这几天他还陪在她们母子二人的身边,不由得露出得意的笑容。如此看来,穆倾尘对她并不是毫无男女之情的。他向来是个心软重情又念旧的人,当年若不是沈家父母阻拦,再加上她那时候已经嫁给了叶奉天,或许他们早就在一起了。想到这里,沈佳妮心中原本的那一点羞耻感和愧疚感顿时消失得无影无踪!

"殷雪,对不起。就算你已经成了他的妻子,我仍旧要夺回原本就应该属于我沈佳妮的男人!"沈佳妮捏紧了手中的手机,双眸迸发出雪亮的光。

出了别墅,一边开车,穆倾尘一边看了眼时间,见才刚刚下午三点,他放缓了车速,在附近找了一家大型超市停了下来。

推着购物车,此刻的穆倾尘更像是一个居家小男人。

这几天,他只顾着陪小天,都有些冷落殷雪了。每当想起昨晚殷雪一个人孤孤单单地躺在沙发上,脸上犹挂着残留的泪痕,穆倾尘心里仿佛被猫儿的爪子挠了几下,虽然不痛不痒,却是说不出的难受。

毕竟殷雪刚刚怀孕,这个时候正需要他的关心和照顾。他却陪在沈佳妮母子身边,怎么说都有些过分!所以穆倾尘暗暗打算,一定要赶在殷雪下班之前,为她准备好一顿丰盛而浪漫的烛光晚餐!

想到这里,穆倾尘心里舒坦了一些。他加快了速度,不多时购物车里就堆满了各种食材和调味品。

从超市回到穆家别墅后,穆倾尘顾不上冲凉就跑到厨房里一阵忙碌。刚刚五点钟的时候,穆倾尘将饭菜做好,他擦了一把脸上的汗水,坐到了大厅的沙发上,目光盯着门口,等待殷雪的归来。

接连两天没有休息好,穆倾尘本就乏累至极,在沙发上躺了不到五分钟,就沉沉地睡了过去。

不知过了多久,穆倾尘是被一阵急促的敲门声吵醒的。他揉了揉干涩的眼睛,窗外已是夜幕降临,一片漆黑。

这个雪儿,都怀孕了还加班,这么晚才回来!

点亮大厅的灯,穆倾尘一脸欣喜地跑去开门。

"穆先生,你好。"门外站了一个眼熟的中年男子,穆倾尘认得他是别墅区物业的王经理。

"你好。"穆倾尘眼中闪过一丝失落,"王经理,这么晚了有什么事吗?"

王经理关切道:"穆先生,有件事必须和您沟通一下。昨晚您家里煤气泄漏,我们检查后发现有人从厨房的窗子闯入了这栋别墅。所以我想问一下,要不要我们物业帮忙报警?"

"煤气泄漏,有人闯入?"穆倾尘一头雾水,"怎么回事?你把话说清楚!"

"穆先生,昨天晚上您家里煤气泄漏,是穆太太给我们物业打了电话。"

穆倾尘一惊，环顾四周没发现殷雪回家的迹象，顿时出了一身冷汗，"那……我太太呢，她人现在在哪里？"

"昨晚我们赶过来之后，穆太太自己开车离开了，而后就一直没回来。物业那边只登记了您的联系方式，我们一直联系不上您，又不好直接替你们报警……"

"你是说，我太太昨晚离开后就一直没有回家？"穆倾尘倒吸了一口凉气，他摸了摸裤兜，这才想起手机落在了小天那里，忙冲到座机前，给殷雪打电话。

"喂，穆倾尘，是吗？"是戚兮接了电话。

听出是戚兮的声音，穆倾尘一颗心提到了嗓子眼儿，"雪儿她怎么样了，现在在哪儿？"

"穆大总裁，您可真是大忙人！"

"戚兮，对不起，都是我不好。你先告诉我雪儿的情况，我快要急死了！"

"雪儿在妇婴医院308房间，她现在的情况很不好。你要是还有良心的话，就赶紧过来吧！"

"我这就过去，马上到！"放下话筒，穆倾尘穿着拖鞋就向外跑去。

"哎！穆先生，报警的事……"

"以后再议！"穆倾尘丢下这句话，跑进车库，驾车冲出了穆家别墅。

心中焦急万分，穆倾尘一路加速，不料，车子刚刚驶出小区没多远，就远远地看到前方宽敞的道路上摆放了一堆巨大的石头。

穆倾尘踩了急刹车，车子还没停稳他就拉开车门走了下去。

穆倾尘刚下车，不知从哪里窜出来十几个黑衣大汉。他们将穆倾尘团团围住，不由分说地挥舞着手中的砍刀朝他兜头砍来。

事发突然，穆倾尘微微错愕，偏头躲过致命一击后，站稳身形，飞快地出手反抗。这十几个打手的手中皆有利器，招招致命，雪亮的刀子在月光下泛着阴冷的光。

穆倾尘后退几步，飞起一脚踹向最近的一个打手，劈手夺过他手上的长刀。穆倾尘挥刀防御，电光火石间，接连砍倒了三个打手。众人惊恐地停止了进攻的动作，趁着这个空隙，穆倾尘飞快地朝车子跑去，拉开车门跳了上去。

众打手见大势已去，很快就消失在夜色里。而穆倾尘将油门一脚踩到底，车子不要命地向前冲了去。"嘭"的一声巨响，穆倾尘硬生生从巨石中闯出了一条路。

车子驶出别墅区，街道两旁的景色飞快地倒退，穆倾尘的胸脯剧烈起伏，眼底满是懊悔。

他今晚在路上突然遇袭，而殷雪昨晚在别墅里遭遇煤气泄漏，一定是他无意间招惹了什么麻烦人物，才会给家人带来麻烦。

"雪儿，对不起……"

在心里不知道说了几百几千个"对不起"，想起这两天殷雪受到的冷落和伤害，穆倾尘便觉得自己的一颗心疼得仿佛要炸裂了开来……

第十二章　千帆过尽，我仍在等你

到了医院，穆倾尘一路狂奔到了病房。

病房里，戚兮正坐在殷雪的病床前为她削苹果，当听到房门被人用力地推开，她一抬头，便看到了穆倾尘气喘吁吁、满头大汗地跑了进来。

"穆倾尘，你总算来了！"戚兮放下手中的东西，站起来冷冷道。

"雪儿……"看到殷雪面无血色地躺在那里，穆倾尘脚步一顿，眼眶泛红，一步一步地朝她走了过来。

听到穆倾尘的声音，殷雪低垂的头猛地抬起，她唇角的笑意凝住，目光落到穆倾尘左手手背上那一道长长的伤口上，心中抽疼了一下，顿时眼中的幽怨之色消退了许多。

见状，戚兮起身，丢下了一句"雪儿，我先出去一下。你注意自己的身体，千万不要和某些人生气"，又狠狠地瞪了穆倾尘一眼，快步出了病房。

穆倾尘走到殷雪病床前，他低头，看着殷雪瘦了一圈的脸庞，嘴唇张了张，最终还是没有说出什么。

半晌，两个人只是静静的互相凝视着，终于，不约而同地开了口——

"雪儿，你好些了没有？"

"倾尘,你身上还有没有其他伤口?"

语落,两个人都忍不住抿唇一笑,见殷雪似乎没有十分责怪自己,穆倾尘心中暗暗松了口气,他拉了一张椅子坐下,握住殷雪的手,"雪儿,对不起。咱们的孩子还好吧?"

感受着穆倾尘掌心的温暖,殷雪长叹一声,幽幽道:"倾尘,昨天在滨大,沈佳妮的丈夫叶奉天开车差点就撞到我。昨晚家里煤气泄漏,今早戚爷家里被放了一条毒蛇……还有你手上的伤,我想……怕是都和叶奉天脱不了干系。"

听到殷雪提及她还遭遇了车祸和毒蛇,穆倾尘大吃一惊,一阵后怕后一股怒火从心底升起,他攥紧了双拳,手背上的刀伤涌出滴滴血珠,"这个叶奉天,竟然敢对你下手!"

殷雪别扭地将头偏向一边,抿紧了唇不去看他,"倾尘,我不想干涉你的决定。和你说这些,你心里有数就好。我不管你在外面做什么,我是你的妻子,替你受过被你连累都是应该的。我只希望你能多替我们肚子里的孩子考虑,他再也受不了任何惊吓了!"

垂头,穆倾尘沉默良久。他起身出去,回来的时候左手缠了纱布,右手则多了一管擦伤药。

掀开殷雪的被子,坐在病床上,穆倾尘将她的小腿轻轻地放在了自己的腿上,"郝院长说这药很管用,擦上就不痛了!"

说着,穆倾尘挤了一些药膏在左手的手心上,而后,双手合十,用力地搓了起来。直到搓得掌心发热,穆倾尘这才用指尖蘸着掌心的药膏,细细地涂抹在殷雪瘀青的伤口上。

穆倾尘眼神温润,动作轻柔,他无声的温柔令殷雪心里暖暖的。一时间,殷雪只觉这几天堆积在心中的愤恨和幽怨,似乎没有那么浓烈了……

"倾尘,你身上还有其他的伤吗?"忍不住,她柔柔地开口问道。

"没了！若不是那些人搞突袭，你老公才不会受伤呢！"穆倾尘淡淡一笑，身子前倾，在她的脸颊上迅速地吻了一下，"我就知道，老婆大人最关心我了！"

"活该！"懒得和穆倾尘调笑，不用问殷雪也知道他手上的伤是怎么来的。

"嗯！老婆大人教训的是！只是，老婆大人现在怀了小倾尘，千万不要动怒。要是生气，老婆大人就打我几下，出出气吧！"

闻言，殷雪的目光变得冰冷了下来。她原本希望穆倾尘能知难而退，不要再管沈佳妮夫妻的闲事。如今看来，他似乎并没有放弃的意思。

深吸了几口气，殷雪垂下眼帘，尽量放缓了语气，道："倾尘，这几天的事情我就不再追究了。我两次三番地受到沈佳妮丈夫的暗算，就算是为了我，为了咱们的孩子，你不要再管人家的家事了，好不好？"

"……"穆倾尘皱眉。

"倾尘……和你说实话吧，你帮沈佳妮，我心里很不舒服……"殷雪放下架子，干脆利落地表明了观点。

过了足足三分钟，穆倾尘拉起殷雪的手，轻柔却坚定地说道："雪儿，我一定会帮沈佳妮离婚的！"

不是不想顾及殷雪的感受，可一想到沈佳妮这些年过的地狱般的生活，还有小天那双乌黑天真的眼眸，穆倾尘思虑再三，还是将自己心中的真实想法说了出来。

闻言，殷雪脸色一白，"倾尘，你爱她，对不对？"

"不！雪儿，我爱的是你！"

见殷雪眼底泪光浮动，穆倾尘心中一疼，一把将她揽在怀中。

"放开我，穆倾尘，你放开我！你不爱我了，就直截了当地告诉我好了，我不会为了维持一段无爱的婚姻，无耻到拿孩子来要挟你！"

"雪儿，你先别生气，先听我解释！"

滚烫的泪水滴落在穆倾尘的手背上，仿佛烙在他的心上。他用力地抱住殷雪，道："雪儿，还记得我们新婚之夜一起承诺过，以后无论彼此做了什么，都要无条件地信任彼此！雪儿，沈佳妮的隐私我不能告诉你，而我也有着不得不帮她的理由。雪儿，相信我好不好？我娶了你，就会爱你一辈子，无论你是不是怀了我的孩子，我都不会背叛、更不会放弃我们这段婚姻的！"

听了穆倾尘的话，殷雪渐渐平静了下来，她仰起脸，定定地看向穆倾尘，"倾尘，你真的非帮沈佳妮不可？"

"雪儿，对不起，我不能告诉你沈佳妮的隐私……但是，我……非帮她不可……在小天身上，我看到了我幼时的影子。孩子是无辜的，我想帮她们母子一把。"

"那……好吧！"点了点头，殷雪低头，默默地流着眼泪。过了好一会儿，她才幽幽道："倾尘，我选择相信你！"

"雪儿，对不起，我又让你受委屈了！"殷雪如此通情达理，不哭不闹，反而令穆倾尘更加内疚。他再次抱紧了她，信誓旦旦道："我这就安排人手保护你和孩子。你放心，以后这样的事再也不会发生了。"

抬手，殷雪轻轻地抱住了穆倾尘的腰身，将头脸埋在他的胸前，"倾尘，我等着你帮完沈佳妮，回到我身边的那一天……"

"会的！雪儿，那一天很快就会到来的！"

闻言，殷雪缓缓地闭上了双眼，心中不知是喜是悲……

第二天下午，妇婴医院。

病房里，殷雪手上拿着一本《男式针织衫花样图》，面对戚兮的怒目而视,她低下头,淡淡一笑,"沈佳妮的儿子叫小天,他想见倾尘了!"

"哼!那个女人,太有心计了!让自己的儿子拿穆倾尘的手机往你的手机上打电话,亏她想得出来!"

将手中的苹果重重地丢到地上,戚兮气呼呼地转身,向房门走去,"雪儿,你大方,我可受不了!我这就去那个贱人那儿把穆倾尘给叫回来,顺便给她点颜色看看!"

"戚兮,不要去!"抬起头,殷雪叹息了一声,扬手将耳边的长发挢了挢,"戚兮,我答应过倾尘,我会无条件地相信他。"

戚兮一双拳头握得紧紧的,看着殷雪那副风轻云淡的模样,重重地跺了下脚,愤愤道:"雪儿,你傻了吧!你就不该让穆倾尘过去!"

这时,殷雪的手机铃声响起,她见是穆倾尘打来的,忙接通放在了耳边。

"嗯……啊……"

"佳妮……佳妮,我爱你……"

"倾尘……轻……轻一点……"

男女欢好时肆无忌惮的声音传了过来,殷雪握住手机的手指根根收紧,一颗心仿佛被无数根针狠狠地扎着,细细密密的痛若一张网将她整个人笼罩在内,难以逃脱!

良久,戚兮见殷雪只是握着手机,不言不语,脸色惨白,就连嘴唇也失去了血色。

猜想又是叶奉天那个变态打来的威胁电话,戚兮忙走了过来,"雪儿,谁打来的电话?"

"没事!"殷雪猛地回过神来,她慌乱地挂断了电话,看了戚兮一眼,"戚兮,我想喝橙汁了,你去给我买一杯回来!"

见戚兮出了门,殷雪眼泪"唰"地一下落了下来,她大脑一片空白，手脚冰凉，耳边回放着刚刚听到的不堪入耳的声音……

他说过，他爱的是她，要她相信他。她做到了，可换来的却是欺骗，愚弄，背叛！

手机铃声再次响起，透过泪眼，她木然地看了眼屏幕，见是闵浩哲打来的，半响才摁了接听键。

"殷雪，我现在和穆倾尘在一起。"闵浩哲醇厚的声音传来，"我和戚兮提起过，想要你去国外安胎。现在，穆倾尘对我的提议也很感兴趣。不过，我们想要征求你的意见。"

闵浩哲后面说了什么，殷雪已无暇关注，她脑子中反复回响着"我现在和穆倾尘在一起"这句话，思绪纷乱，却隐隐嗅到了一股阴谋的味道。

殷雪稳了稳心神，轻咳了两声，尽量维持镇定的声音，"闵老师，麻烦你让倾尘接下电话。"

"雪儿，闵老师说他弟弟在加拿大的一所妇婴医院就职。你的血型特殊，我一直担心生产时会发生意外。国外的医疗水平比国内要先进一些，所以我在考虑让你去那边生产。至于保胎的事，我想听听你的想法。"

勉强听完穆倾尘的话，殷雪柔声道："好的，这件事我会好好考虑的。对了，倾尘，你的手机呢？"

"小天非要抱着我的手机才肯睡觉，没办法，我把手机放在沈佳妮那里了。我刚刚买了新手机，打算等下再去移动大厅补张手机卡。"

"嗯，等你回来我们再商量吧，替我谢谢闵老师。我累了，先挂了。"语落，殷雪挂断手机，向后一靠，身子瘫软在病床上。

穆倾尘和闵浩哲在一起，这一点毋庸置疑。而沈佳妮，想必用了什么高端的声音伪装软件，故意制造事端，目的只有一个——破坏他们夫妻之间的信任和感情!

好在闵浩哲歪打正着地打了这通电话,而她还算沉着冷静,没有动了胎气,并没有着了那个女人的道!

她信任自己的丈夫,同情沈佳妮和她那个无辜的孩子。而沈佳妮呢,却不知廉耻,一而再再而三地设计陷害!

不过,这又能怨谁呢?!是她的丈夫给了情敌明目张胆伤害她的机会,而她因为深爱着这个男人,除了信任,又能做些什么?!

气愤,懊恼,纠结,各种负面情绪在殷雪身体里叫嚣,她一连做了几次深呼吸,才让自己再次平复下来。一个隐隐的念头跃入脑海,她摸了把额头上的冷汗,看向窗外的那轮残阳,唇角终于扯出了一抹苦笑。

"雪儿,我给你买了现榨的橙汁。"戚兮开门走了进来,看到殷雪一个人静静地靠坐在床头。夕阳从窗外洒落在她的身上,为她蒙上了一层淡淡的黄晕。

摇了摇头,看到殷雪这副模样,戚兮心中懊恼却又不能再说什么,只好将橙汁放在床头,拎起一旁的暖壶走了出去。

打了一壶热水,戚兮回来时,殷雪仿佛一尊雕塑,依旧保持着她出去时的姿势。

殷雪长长的羽睫眨了眨,她扭头,定定地看向她的这位好友兼闺蜜,突然间淡淡地却十分坚定吐出一句话——"兮兮,我想和穆倾尘离婚"。

"啪"的一声,戚兮手中的暖壶掉落在地上,摔成了无数碎片……

第二天。

一男一女,一前一后地走出民政局大门,两个人鼻梁上各自戴了一副茶色墨镜，令人看不清他们眼中的神色。

女的是殷雪，她一改以往素净的衣着，穿了一件火红色的风衣。这样的打扮，在民政局门口格外显眼。走下台阶，殷雪停下脚步。凉风起，树上枯黄的叶子在空中打了个转儿，从她肩上飘落，最后落在她的脚下。摘下墨镜，她缓缓转身，露出一张妆容精致却冷若冰霜的脸，"穆先生，恭喜你恢复单身。"

穆倾尘薄薄的唇抿得极紧，明媚的阳光下，那张刀刻般俊朗的面容覆上一层厉色。他缓缓扬起手，修长的手指间夹了一张巨额支票，墨色镜片后那一双深邃的眸子闪过复杂的神色，朗声道："有了这笔遣散费，你下半辈子尽可衣食无忧。以后，不要再来找我了。"

听到最后一句话，殷雪脸上的血色尽褪。良久，她红唇勾起一抹讽刺的弧度，接过支票飞快地撕得粉碎，朝穆倾尘面上一扬。

"穆先生，祝你和老情人早日破镜重圆，百年好合！"从牙缝中挤出这句话后，殷雪挺直脊梁，踩着高跟鞋头也不回地穿过马路，钻进一辆没有牌照的黑色奥迪车。

目送殷雪转身离开到那辆车消失在视野里，穆倾尘这才收回目光。他伸手拂去肩上的碎叶片，目光落在左手无名指的婚戒上，他的心仿佛被一只无形的大手狠狠攥住，剧烈而绵延的痛令他紧蹙眉头。

恍惚间，他和她在一起的每一幕仿佛幻灯片般在脑海里一一闪过，她是他最爱的女人，是他一心要相守白头的妻子。如今他们却走到离婚这一步，虽是形势所迫，但也只能怪他身不由己。

叹息一声，穆倾尘快步走到停车场，刚坐上车，他的手机响了起来。

电话接通,叶佳妮温柔的声音从话筒里传来:"倾尘,我和小天做好了饭菜,你要不要过来和我们一起吃?"

"改天吧。现在这个时候,我刚刚离婚,咱们不宜立刻见面。"语落,穆倾尘立即挂断电话,顺便关了手机。

启动车子,穆倾尘驶离了停车场。一路上他甩掉了跟踪的几拨人马,最终在胡同深处换上一辆不起眼的奇瑞QQ,直奔飞机场。

这时候,不知道能不能赶得上为她送行。双手抓紧了方向盘,穆倾尘难得露出一丝焦急的神色。

滨城,机场大厅。

"闵老师,今天我演技还不错吧!"殷雪坐在椅子上,调皮地眨了眨眼。此刻的她面色红润,眼眸澄清晶亮,根本看不出来是一个刚离婚的怨妇。

"非常好。"闵浩哲俊朗的脸上浮现出浅浅的笑意,眼里闪过一丝疼惜,他从行李箱里取出毯子轻轻覆在她的身上,"天气转凉,小心身体。"

"谢谢。"殷雪掖了掖身上的毯子,双手下意识地放在小腹上,"闵老师,这次我去加拿大保胎多亏您多方周旋。我替肚子里的小宝宝谢谢您。"

"这些都是我应该做的。"闵浩哲身边放了两个旅行箱,粉红色的是殷雪的,蓝色的则是他的。这一次,他会陪同殷雪前往加拿大,亲自将她送到弟弟闵楠的医院,安排妥当后才会回国。

"还是给您添麻烦了。若不是您这次正好要去加拿大那边讲学,我是无论如何都不敢让您这位大学者陪我跑一趟的。"

"你我认识多年,除了师生情谊,我们还是很好的朋友,何须言谢？"闵浩哲笑笑，拿出两张机票，"时间差不多了，雪儿，我们该安检了。"

"嗯。"殷雪站起来，将毛毯叠好递给闵浩哲，趁着他往行李箱塞毛毯的空当，她下意识地环顾四周，却没发现那人熟悉的身影。

"雪儿，我们走吧。"

"嗯。"垂下眼睑，遮挡住眸中失落的表情，殷雪默默地跟在闵浩哲身后。

此时，远处的一根柱子后，闪出了一抹颀长的身影。看到殷雪不时回头张望，穆倾尘心中一紧，置于身侧的双手不由得暗暗握拳。

安检处排起了长龙，穆倾尘目力极佳，他眼睁睁地看着那抹火红的身影一点点地挪动，最终消失在视线里，这才戴上墨镜，迅速离开。

殷雪和闵浩哲一起顺利登机，她给闺蜜戚兮发了条微信："兮兮，今天我和穆倾尘办了离婚手续，现在我在飞机上，打算去加拿大保胎。抱歉，我没有事先告诉你这些，好好照顾毛毛，保重身体"。

微信刚刚发过去，戚兮立刻打来了电话。

"雪儿，你真的和穆少离婚了？"戚兮开门见山地问。

"嗯。"

"天！我以为你只是口头说说的！穆倾尘这个王八蛋，他明明知道你怀了他的孩子还和你离婚，他还有没有良心？"

听到戚兮一副激动的语气，殷雪不禁扶额。她就知道戚兮是个火爆脾气，才没有把离婚的真相告诉她，也没让她过来送机。

"戚兮，有些事我现在不便和你说。闵老师陪我一起去加拿大，飞机马上起飞了，等到了加拿大我再和你联系。你不用替我担心。照顾好自己和孩子，乖！"

"是闵浩哲老师吗？哦哦哦！我明白了！雪儿，穆倾尘是靠不住了，闵老师这么多年一直都很喜欢你，他条件又不比穆倾尘差。这一次，你可要把握好机会哦！好了，我不打扰你们的二人世界了。到了那边记得给我发微信，再见！"语落，戚兮立刻挂断了电话。

殷雪哭笑不得地将手机从耳边移开，对上闵浩哲探究的眸子，她关了手机，耸了耸肩膀不做解释。

不久，飞机缓缓起飞。殷雪坐在最里面的位置，透过小小的窗子向下俯瞰。

"刚刚是戚兮打来的电话？"身边的闵浩哲突然发问。

"嗯。"殷雪讶然，脱口道："闵老师，您还记得她？"

"我记得你念书的时候，有一个叫戚兮的好闺蜜。"

"是啊，她是我最好的朋友。"

想到自己能和穆倾尘走到一起，戚兮这个媒人可谓功不可没，殷雪面上的神色愈发柔和，她从随身的包里拿出一本《男式针织衫花样图》随意翻看了起来。

闵浩哲愣愣地看向身旁淡雅的女子，她向来素面朝天如清水芙蓉，没想到离婚之日却画了淡淡的妆容，原本精致玲珑的五官透着几分纯媚，白皙的肌肤近乎透明，长长的睫毛如同蝶翼，那美好的侧面如同一幅雅致到极点的水墨画，在他平静的心湖激起层层涟漪。

"雪儿，你和穆倾尘离婚真的一点都不担心吗？"闵浩哲忍了又忍，最终没沉得住气。

殷雪卷翘的睫毛一点一点地扬起，露出清澄明亮的瞳仁，她的目光转向窗外，唇角恰到好处地扯出一抹温婉的笑意。蔚蓝的天空，洁白的云朵，干净而纯粹，令人心旷神怡。

叹息一声，心头泛起难言的酸涩，殷雪低下头，双手叠起放在小腹上，唇角的笑意分外柔和，淡淡道："闵老师，我相信命运，更相信他。"

闵浩哲讶然，心突然疼了一下，看到殷雪难过却坚定的表情，他心底的那点期冀瞬间土崩瓦解。

其实，走了"假离婚"这步棋，她又何尝不是再赌一把？！

输了，她便会输掉自己的丈夫。

赢了，她就可以将沈佳妮母子二人从穆倾尘心中彻彻底底地拔除，从此以后，便再也没有人能够将她和穆倾尘分开……

一个月后，加拿大的一家私人医院里。

午后的阳光明媚慵懒，殷雪坐在落地窗前的靠椅上，手上动作灵活地打着针织衫。

"雪儿！"特护病房外，戚兮冒冒失失地冲了进来，额头上满布汗水，"雪儿，我刚刚得到消息，沈佳妮和叶奉天在美国离婚了！"

闻言，殷雪手上的动作顿了顿，她缓缓地抬起头来，看向戚兮，眼中的神色复杂莫测。

"雪儿，你当初不应该轻易和穆倾尘离婚的！你看看，沈佳妮离婚了，她一定会缠上穆倾尘的！"

殷雪抿紧了唇，心跳紊乱——自己和穆倾尘假离婚的事情，除了闵浩哲和戚兮，所有的人都被蒙在鼓里。

这一个月来，为了不引起叶奉天的怀疑，穆倾尘秘密送戚兮母子来到加拿大陪伴殷雪，他本人和她再也没有联系过。

而穆倾尘，也化身为沈佳妮的护花使者，几乎每时每刻都陪在她和小天的身边。

同时，国内外各大娱乐报纸上，关于两个人的绯闻铺天盖地席卷而来。有了网络作为传播载体，即便是身在加拿大，殷雪还是或多或少地感觉到了一点点的压力。

偏过头，殷雪看向窗外，目所及处，皆是一片浓密的绿色。她伸出手去，拿起水杯，不急不缓地向唇边送去。

"雪儿！"

"戚兮，我知道，你们都觉得我离开倾尘的行为很傻！可是，那种情况下，除了后退一步，我别无选择！难道，我要冲到沈佳妮面前，给她两个耳光，告诉她离我老公远一点？！倾尘并没有背叛我们的婚姻和感情，我又何必与一个心机深重的女人胡搅蛮缠！换个角度，若是倾尘没有禁受住沈佳妮的诱惑，和她有了情感纠缠。这样的男人，我即便用尽心机抢了过来，又有何用呢！兮兮，有一种进攻就叫作防守！如今，我能做的只有安心养胎，默默等待倾尘回到我的身边。"殷雪将水杯放到一边，目光柔和地落在平坦如初的小腹上，脸上浮现出一抹极浅淡的笑容，"其他的都不重要，只要倾尘的心在我这里，只要我们的孩子健健康康的，我受些委屈也是值得的。"

这时，楼下传来熟悉的汽车引擎声。

两分钟后，轻快的脚步声在走廊里响起，房门被人敲了敲便立即拉开，一个脸上有着阳光般笑容的男人大步走了进来。

"雪儿，我来看你了！"闵浩哲将手里的水果放到一旁，拉过一张椅子坐在了殷雪的身旁，"雪儿，这几天觉得怎么样？"

"我很好。这里的医生和护士都很友善，医疗环境也比国内要好！"起身，殷雪为闵浩哲倒了杯热水。

闵浩哲看了眼站在一边愤愤然的戚兮，又看了眼一脸平静的殷雪，顿时明白殷雪应该已经知晓沈佳妮离婚的事了。他端着杯子，心里的那点期冀再次落空。

察觉到闵浩哲眼眸中的失落，殷雪低垂下眼帘，柔柔道："闵老师，你该不会也是来替我抱不平的吧！"

闵浩哲尴尬地笑了笑，"原本以为会看到一个怨妇，没想到，是我低估你了。雪儿，你不愧是我的高徒，果然没有让我失望！"

语落，他掏出手机，调出他和穆倾尘的聊天记录后递给殷雪，"当然，穆倾尘也没有让我失望。"

殷雪接过手机，细细看过后，唇角抑制不住地上扬，眼睛却变得湿润……

清晨，穆倾尘将车子开到沈佳妮母子落脚的别墅。

车子停稳，穆倾尘刚刚下车，一身明黄色T恤短裤的小天就扑了过来，一把抱住他的大腿，蹭了蹭，"穆叔叔，我想你了！穆叔叔，你是要带我去游乐场玩吗？"

"是啊！穆叔叔今天就是来带小天去游乐场玩的！"一把将小天抱了起来，穆倾尘抬头，冲沈佳妮笑了笑，"佳妮，我们早些出发吧！"

"好！"看着叔侄俩亲热的模样，再联想到穆倾尘这一个月来对自己的关照，沈佳妮不禁笑得甜蜜。

如今，自己已经顺利离婚，沈家没有损失一分钱不说，就连小天的抚养权，穆倾尘也帮她一并争取了过来。此时此刻，沈佳妮对穆倾尘充满了感激和崇拜之情。

从穆倾尘怀中接过小天，沈佳妮抱着他上了车，系上安全带后，她扭头看向一身休闲打扮的穆倾尘，"倾尘，其实我一直很好奇，你是用了什么法子，让叶奉天……"

"佳妮，有些事情，你不知道反而更好些！"戴上墨镜，启动车子，穆倾尘眼底有着一丝复杂的神色。

这一次，他能在短时间内顺利地拿到叶奉天和凌蕴偷情的证据，多亏了殷雪的理解和闵浩哲的帮助。若不是殷雪提出和他假意离婚出国保胎的主意，他又怎能毫无后顾之忧地一心一意地帮助沈佳妮离婚。至于闵浩哲，就更令他意外了。说实话，当闵浩哲派来的人找上他，将叶奉天和凌蕴开房的录像带丢给他的时候，他还真的是吓了一跳！显然，殷雪的这位导师并不是一个简单的人物。

理所当然的，沈佳妮离婚的所有问题都因为那盘录像带的出现，迎刃而解！

车子很快开到了游乐场，穆倾尘拉着小天的手，和他一起走了进去。

三个人买了票，按照游乐场的地图，从摩天轮开始，游玩了起来。

当摩天轮到达最高点的时候，穆倾尘掏出手机，登陆微信，从好友搜索中找到殷雪的名字，点击头像，进入了她的朋友圈。

"千帆过尽，我仍在等你！"

当看到殷雪昨天发布的最新内容，穆倾尘身子微微一颤，眼底瞬间蒙上了一层泪光。

"倾尘，你怎么了……"察觉到穆倾尘神色有异，沈佳妮偏过头来，柔声问道。

"没什么……"低头，看着一脸雀跃的小天，穆倾尘深吸了口气，心如刀割般的难受。

带着小天，挨个游玩下来。很快，一整天的时间就过去了！

晚上，穆倾尘带着小天和沈佳妮去了一家西餐厅，三个人大吃了一顿后，他开车送母子二人回到了住处。

已经是晚上八点了，穆倾尘将车子停靠在别墅门前。明亮的路灯下，他伸出手去，轻轻抚摸小天柔软的发顶，"小天，穆叔叔要走了，可能很长时间都不会再来看小天了！不过，穆叔叔希望小天每天都过得快快乐乐。因为，只有你快乐了，你妈妈才会开心快乐！"

听了穆倾尘的话，沈佳妮顿时有了一种不好的预感。

小天红了眼眶，一双胖乎乎的小手紧紧地握住穆倾尘的大手，哽咽着说道："穆叔叔，你不要小天了吗？穆叔叔，你不要走，留下来当小天的爸爸，好不好？"

"小天，即便穆叔叔不当你的爸爸，穆叔叔还是会对你好，还是会很喜欢你的啊！只是，接下来的一段时间里，穆叔叔要去一个很远很远的地方，因为那里有一个对穆叔叔而言很重要很重要的人。等穆叔叔出差回来，再来看小天，好不好？"

"穆叔叔……"

"小天，穆叔叔不在的这段日子里，你要变得勇敢起来哦！要记得，你是个男子汉，要保护佳妮妈妈哦！"

"嗯！小天会好好保护妈妈的！"重重地点了点头，小天转过身子，死死地抱住沈佳妮的胳膊，"妈妈，你别怕，有小天在，没有人敢欺负你的！"

"倾尘，你要去哪儿？"听了穆倾尘和小天的对话，沈佳妮颤着声音问道。

"佳妮，我答应你的事情都已经办完了。现在，我要去加拿大陪雪儿了！我真是一个不称职的丈夫，殷雪怀孕快三个月了，我还没有好好陪过她呢！"眼底的笑意黯淡了几分，穆倾尘下车，走到沈佳妮那一侧，亲自为她打开了车门。

"倾尘，你不要我了吗？你帮我离婚，仅仅是为了报答我？你别忘了，你已经和殷雪离婚了！她早就已经不是你的妻子了！"抱紧了小天，沈佳妮不肯下车，幽怨地看向穆倾尘，"倾尘，是不是因为我的身子脏了，你嫌弃我，不肯和我在一起……"

"佳妮，我从来都没有说过我帮你离婚是为了和你在一起！"双手滑进裤兜里，穆倾尘定定地看向沈佳妮，脸上的神色冰冷而淡漠,"佳妮,你曾经对雪儿做过很过分的事。这一点,我们夫妻都不想再追究了!帮你离婚这件事,我也仅仅是站在朋友的立场施以援助。佳妮,实话告诉你吧,我和殷雪根本就没有离婚。我们上演了一场假离婚的戏码,不过是为了保证雪儿和我们孩子的安全!"

"好!我明白了!"脸色一寸寸地白了下去,沈佳妮点了点头。此时此刻,她终于明白了,在这场女人的争斗里,她已经彻底地败给了那个叫作殷雪的素未谋面的女人!

抱着小天下了车,沈佳妮默默地走向了别墅的大门。

"沈佳妮,对不起!我只能帮你到这里了。"身后,穆倾尘的声音不冷不淡的传来。

"倾尘,说对不起的应该是我!是我……太过痴心妄想……对本就不该属于我的幸福痴心妄想……"哽咽着说出这句话,沈佳妮抱着小天,飞快地跑进了别墅。

看到沈佳妮落荒而逃的身影,穆倾尘在原地站了几秒钟,随即转身,飞奔到跑车旁,跳了进去。

飞快地启动车子,调头,穆倾尘向飞机场的方向奔驰而去!

清晨,殷雪起床,洗漱完毕后,下楼去了院中的小花园。

坐在秋千上,沐浴着温暖的阳光,殷雪眼神清澈温柔,低头仔细地打着针织衫。她的唇角始终挂着一丝柔柔的笑意,轻柔的风吹拂起她乌黑的长发和身上白色的衣裙。

坐了一会儿,小腿有些发麻,殷雪从秋千架上站了起来,打算回到房间中去。

这时,她的背后传来一阵急促却熟悉的脚步声。

仿佛预料到要发生什么,殷雪脊背一僵,双手死死地攥住了手中织了一半的针织衫。

来人停了下来，站在原地大口大口地喘着粗气。

几秒钟后，殷雪听到那人迈着稳健的步伐，一步步地向自己走进。

一股柔和的力道揽住了她的腰身，下一秒钟，她落入了一个温暖的怀抱。

"殷雪，千帆过尽，我也一直在守候着我们的爱情！"温热的气息喷薄在殷雪的耳畔，穆倾尘沙哑磁性的声音响在耳畔，直抵她柔软的心房。

"真不容易，穆大总裁终于学会如何看朋友圈了！"

半响，殷雪忍住眼中的泪水，她将手中的针织衫和毛线丢在秋千架上，缓缓地转过身子。伸出手去，她钩住穆倾尘的脖子，将自己的脸紧紧地贴在了他的胸膛上。

"雪儿，我以后只看你一个人的朋友圈！"

淡淡一笑，穆倾尘低头，深深地吻上了殷雪粉嫩的唇。

长长的睫毛抖了抖，殷雪缓缓闭上双眼，任由自己沉浸在这个迟来的缠绵的吻里。

头顶，有着不知名的鸟雀在欢快地叫着。

突然间，殷雪感觉，这个阳光明媚的清晨竟是这般的美好……

两个人在小花园里紧紧相拥，热情地亲吻。从这一刻起，他们知道，除了死亡，已经没有任何人、任何事可以将彼此分开！

七个月后，深夜。

产房外，穆倾尘在走廊里来回走动，他伸长了脖子，双眼盯着手术室的大门，恨不得冲进去一探究竟。

"倾尘，你晃来晃去好一会儿了，就不能坐下来消停一会儿！"看到穆倾尘一脸焦急的模样，戚兮无奈地摇了摇头。

"雪儿已经进去快两个小时了,也没人出来告诉我里面的情况,我能不急吗?"听到里面隐隐传来殷雪的叫喊声,本就急得满头大汗的穆倾尘登时白了一张脸,说起话来也没了顾忌。

他话音刚落。一声嘹亮的哭声打破了沉寂的黑夜,紧接着一个护士从里面跑了出来,"产妇顺利生下了一个男婴,母子平安!"

闻言,戚兮和穆倾尘大喜,穆倾尘一个箭步冲进了产房。

很快,殷雪被推了出来,虽然面色有些苍白,但精神还算不错。她身旁,笑得合不拢嘴的穆倾尘抱着一个小小的婴儿。

"倾尘,我终于把我们的孩子顺利地带到了这个世上!"

殷雪眼睛红红的,声音有些嘶哑,脸上的神色却多了几分欣慰。

"雪儿,先不要说话。这个时候,你需要好好休息!"

回到病房,戚兮迫不及待地凑过来,盯着穆倾尘怀中的男婴看了好一会儿。

"雪儿,这孩子的眼睛长得像你呢!穆总,这孩子的鼻子和嘴巴,长得像你!"

一时间,戚兮叽叽喳喳个不停,她抱着孩子给殷雪看了一会儿,又抱着送去了育婴室。

病房里,只剩下他们夫妻二人。

殷雪初为人母,面色苍白,眼中却透着笑意。

穆倾尘挨着床边坐下,她拉起他的手,疲惫地闭上了双眼,"倾尘,我好累……倾尘,我们以后就是一家三口了……"

"嗯!雪儿,我一定会让你和儿子幸福快乐的!"

"嗯!"点了点头,抵不过疲倦,殷雪沉沉地睡了过去。

穆倾尘坐在她的身旁,反握住她微凉的手,一种难言的幸福感将他紧紧地包裹了起来。目光柔软地看向殷雪,低下头,他在她唇上印上一吻,低喃道:"雪儿,我爱你,一生一世!我们一家人,要永永远远地在一起!"